Kadokawa Fantastic Novels

The Testament of Sister New Devil

新妹魔王的契約者 11

「這麼一來，
我的宿願就能實現了——
謝謝你們，
都是你們的功勞。」

新妹魔王的契約者
The Testament of Sister New Devil
11
上栖綴人
插畫◎大熊猫介
Kadokawa Fantastic Novels

彩頁／內文插畫　大熊貓介

The Testament of Sister New Devil

ConTeNts

序曲
獻出彼此的一切 —— 009

第1章
希望之星降臨大地 —— 089

第2章
毀神滅魔之物 —— 172

尾聲
醉人誓約的終末 —— 319

後記 —— 408

倘若千思萬盼也無法達成目的……

以這罪孽深重的誓約屈服一切即可。

只要能與所愛走向未來——違背倫常也在所不惜。

1　序曲　獻出彼此的一切

——這是少女嬌喘不斷，充斥淫靡氣味的虛數次元空間。

由救出刃更等人脫離危機的長谷川千里——阿芙蕾亞所打造。

陰暗房間的中央，只擺了一張東城家地下室特製巨床的複製品。

那裡——即是東城刃更與五名少女締結誓約的地方。

奪占澪的處女以完成主從誓約，一併取得她的「火」屬性力量之後，澪被快感沖得意識朦朧，躺在巨床上休息。

同時在床上，刃更與下一名少女的交媾已經持續了約一個小時。

繼「火」屬性的澪，現在要和刃更締下誓約的是負責「木」屬性的幼小夢魔。

成瀨萬里亞。

床中央——萬里亞脫去過膝襪以外的所有衣物，騎在平躺的刃更胯部。

「啊啊！哈啊♥呼、啊……哈啊、啊啊……呼啊啊啊啊♥」

快感使她陶醉地媚聲叫喚，腦中除了上下擺臀，沒有別的念頭。

那身小學生般的幼嫩肢體，在刃更胯部跳著淫褻的女性之舞。

刃更仰望著這樣的萬里亞，雙手由下包覆搓揉那對彷彿剛發育的胸，剛柱進進出出地穿刺著她。

年幼夢魔每次甩腰，都以她下體的嘴將刃更的陽物吞至最深處，陰道黏膜更如別種生物般纏附其上，陣陣吸扯。

「呃……啊……」

不由分說地，高漲的快感猛然催動刃更的射精衝動。

——一般而言，萬里亞這般少女的身體無法納入刃更那樣的凶器。

尚未成熟的陰戶依然窄小得可愛，勉強塞進去，只會撕裂她的重要部位。

但是——成瀨萬里亞不是人類，而是夢魔。

再幼小都能容納男性的侵入。

所以她狹窄卻彈性極高的祕處，能完全吞下刃更的陽物。

每個動作都濕聲大作，從結合處擠出男女分泌物構成的泡沫，流得刃更內股一片淫光。

而這團猥褻的濃密泡沫，帶有淡淡的粉紅色。

序曲
獻出彼此的一切

那正是東城刃更奪去成瀨萬里亞處女的最佳證據。
然而她即使年幼也是十足的夢魔，落紅比澪要少。
頸子上，依然浮現著從刃更開始動手就出現的東西。
——主從契約的詛咒斑紋。
那是長谷川為使刃更與萬里亞締結誓約而做的事前準備。
施用契約術式時的媒介，當然是夢魔的力量。
因此詛咒發動後，萬里亞陷入了催淫狀態。
而且——在誓約完成之前不會解除。
夢魔所得到的快感又遠高於其他種族。
「！…………啊啊啊啊啊！」
於是刃更配合萬里亞每次腰臀運動，從底下暴挺他的剛柱，同時雙手毫不憐惜地猛掐那對小丘上尖挺可愛的粉紅色乳頭。
「呀啊♥啊啊……呼、啊啊啊♥哈啊、啊————啊啊啊啊啊♥」
萬里亞頓時歡聲大叫，將暴漲的快感推向頂點。
披散長髮，幼嫩的胴體猛一反弓、僵直。
下一刻——萬里亞的私處要榨乾刃更的陽物般一舉收縮。

「唔！………啊———！」

夢魔高潮時的複雜膣內運動，將給予與其交媾的人劇烈的快感。

刃更再也憋不住，在萬里亞體內暴洩男精。

緊接著，兩人結合處湧出大把濃稠的白濁液體。

刃更和萬里亞都經歷數度高潮，萬里亞的器官早已被刃更的陽物與大量精液填滿，使剛才的射精逆流了。

但刃更毫不在乎，往萬里亞體內灌注新的精液，並嘗到彷彿要攔腰斷成兩截的刺激。

——不過刃更必須完成與她們全部的誓約，現在的他沒有極限。

無論射再多次，刃更的陽物依然是威武硬挺，青筋暴露。

不久，萬里亞激烈的高潮漸漸退去。

「啊……啊啊……嗯、哈啊……呼……嗯嗚……呵呵♥」

並以女性嘗到極致快感才會有的痴醉眉目，嬌媚地喘息。

「…………！」

銷魂表情與幼嫩外表的反差，讓東城刃更的興奮更上一層。

恨不得瘋狂蹂躪這個少女——使她完全變成自己的東西。

——而這樣的萬里亞背後，還有個少女全程緊緊環抱著她。

序曲
獻出彼此的一切

那就是下一個要和刃更締結誓約，負責「水」屬性的少女——野中胡桃。

「天啊……原來萬里亞真的也會變成這樣……」

過去她都是單方面被萬里亞調戲，如今見到這年幼夢魔浸淫於高潮餘韻的模樣，使淫慾燻濕了她的眼眸。

「……那是、因為……啊、啊啊……♥」

在強烈羞恥與被虐的愉悅中，萬里亞顫抖著喘息。

——詛咒斑紋仍舊沒有從她脖子上消失。

必然地，那表示他們尚未完成主從誓約。

不過，刃更至今已讓眾多女性向他屈服。

而且全是以最適合她們的手法。

「…………」

因此，東城刃更這次也不會失手。

即使對方是夢魔也一樣。

——在長谷川發動主從儀式，好讓刃更與萬里亞締結主從誓約前。

成瀨萬里亞從刃更那裡得知了自己的身世。

發現自己的父親——原來是前任魔王威爾貝特。

可是真相並沒有造成太大驚訝。

反而覺得豁然開朗。這解釋了各方面都不夠成熟的她，為何會擔任澪的護衛這麼一個極為重要的工作，有種了卻一樁心事的感覺。

而且巴爾弗雷亞召喚的雷基翁在砧公園襲擊澪時——萬里亞以拳揮出的衝擊波中，挾帶鮮紅的波動。

可見那光輝的確是重力波沒錯。

所以她和澪是同父異母的姊妹——真的是成瀨澪和成瀨萬里亞。

想到這裡，除了高興之外，還有那麼一點點靦腆。

——不過萬里亞也覺得，能這麼想是種無與倫比的幸福。

所以兩人決定等澪清醒後，讓萬里亞親口告訴她這一切——然後請長谷川施放主從契約魔法，使萬里亞在幸福與催淫的感覺中與刃更結合。

可是雙方不知快感推至極限多少次，卻仍無法達到誓約的標準。

澪僅僅經過數次高潮，刃更只射精一次就完成了誓約。

恐怕原因是出在——萬里亞對刃更的屈服程度較低吧。

序曲

獻出彼此的一切

對於東城刃更，成瀨萬里亞願意獻出自己的一切。

在這份心意上，她不會輸給澪和其他人。

但在作刃更的下屬，向他屈服這點上還是不夠。

萬里亞和締結主從契約已久，被屈服無數次的澪、柚希和潔絲特三人不同，也不像胡桃那樣接受過萬里亞、露綺亞和雪菈的洗禮，被刃更刻下歡愉的烙印，她總是扮演在一旁慫恿刃更等人的角色。

身為夢魔，使她與刃更交媾所獲得的快感高於他人，但這樣的血統，卻也使她的身體更能承受催淫效果以及其所帶來的快感。

光是性交，說不定無法與刃更達到誓約化的程度。

不，這是當然。倘若誓約化這麼容易就能達成，應該會有更多主從誓約的前例才對。

然而，萬里亞也想不到有效的解決辦法。

過去刃更使澪她們屈服時，都是她在一旁提供建議，從沒想過自己該如何才能進一步屈服於他。

……到底該怎麼做……！

她與刃更的交媾已持續一小時，高潮過無數次，也被他灌了大量精液。

刃更片刻不停的抽插，使這樣的狀態逐漸變成常態了。

再這樣徒增次數，或許會使精神產生抵抗力。

這麼一來，就更難向刃更屈服了。

而且時間有限，不能這麼耗下去。

萬里亞之後還有胡桃、柚希和潔絲特在等著呢。

且不能往後延，不然就無法以「火」→「木」→「水」→「金」→「土」的順序提供刃更五行的屬性力了。

再者，愈是焦急，精神就愈難集中，離屈服愈來愈遠。

見自己這麼沒用，萬里亞焦躁漸增。

「——胡桃。」

這時，刃更忽然喊了她背後的少女。

「————……！」

萬里亞不禁倒抽一口氣。剎那間，恐懼湧上心頭。

——當刃更面臨絕境，有時會做出極為冷酷的判斷。

大有可能以後面胡桃幾個的誓約為優先，放棄萬里亞的誓約和五行屬性力。因此——

「等、等一——」

就在萬里亞怎麼也不想被刃更捨棄，出聲阻止的時候。

獻出彼此的一切

「還記得我們到魔界去那時……我在露綺亞的房間對萬里亞做了什麼事，來向她證明我們的感情嗎？」

「……唔、嗯，我還記得。」

聽刃更這麼問，當時偷窺現場狀況的胡桃似乎是想起自己後來也和刃更雲雨一番，略顯羞澀地這麼說。

「那時候，我們是做給露綺亞看……可是她對萬里亞來說，是近乎不可違抗的姊姊。被她看著，萬里亞也會理所當然地接受。」

刃更說道：

「可是胡桃……對妳來說，萬里亞總是攻方。所以我要妳看清楚我要對她做的事，告訴她會變成怎麼樣。這麼一來——」

「這樣啊……嗯，我懂了。交給我吧。」

聽到這裡，胡桃嫣然一笑——從背後往前壓倒萬里亞。

「啊……♥」

以騎乘位倒上刃更的胸膛，扭轉插在她下體的陽物角度，快感使她的腰不禁一抖。

萬里亞就這麼在被刃更插入的狀態下，覆蓋他的身體。

當胡桃從她背後挪到斜前方時，萬里亞也曉得自己接下來會發生什麼事了。

「——萬里亞，我要用這招屈服妳。」

如此宣言的刃更眼中，宿含絕對的意志。

「！…………是。」

在這麼近的距離被如此有力的眼神注視，使萬里亞吞吞口水，對刃更與胡桃展現她的全部。

「拜託了……請徹底調教我，讓我從裡到外完全成為刃更哥的人吧。」

才剛如此懇願——背後爆出一道破裂聲，接著臀肉出現火辣辣的感覺。

原來是刃更的雙手用力打在萬里亞的屁股上。

——原以為一覺得痛，自己就會大聲哀嚎。

可是叫出聲之前，某種遠遠凌駕疼痛的感覺先猛襲而來。

那是遠超乎揉胸的快感——

「！——啊啊啊啊啊啊啊啊啊♥」

讓萬里亞叫出與刃更交合以來最尖最響的呼喊。

——因為那造成了前所未有的劇烈高潮。

打屁股的痛，僅只停留在臀肉表層……而刃更掌摑的衝擊，卻準確地震撼萬里亞的最深處。

序曲
獻出彼此的一切

「……天、天啊……怎麼會這麼……！」

在露綺亞辦公室被刃更打屁股的快感也相當地高。

可是和現在簡直不能比。

無從想像的快感使萬里亞心裡忽而一亂。

……啊……

下一刻，她想起自己現在是什麼狀態。

快感不高也難——因為刃更的剛柱仍插在她下體。

其他原因，不可能存在。

於是打屁股那撼動臟器的衝擊，使萬里亞的子宮起了反應。

陰道黏膜的運動隨之產生複雜變化，吸吮刃更的陽物般蠕動。

「！…………啊、哈啊啊♥呀、啊啊啊啊啊啊啊……♥」

萬里亞感到刃更的陽物變得更硬更大，快感一舉衝頂。

——可是，不只是這樣而已。

在她體內深處的顫動停止前，刃更又拍下了第二掌。

「〜〜〜〜〜〜♥」

對於再度激烈高潮的萬里亞，刃更使出更進一步的攻擊。

一邊拍打她的屁股，一邊粗暴地抽插刺在她體內的凶器。

震撼子宮深處就足以讓萬里亞高潮了，在這樣的情況下，快感達到頂點的黏膜又遭到陽物猛力摩擦，會發生什麼事呢？

這淫問的答案，成瀨萬里亞已親身體驗。

那是夢魔也難以承受的無類快感。

「哈啊……刃更哥！啊♥不要……啊、嗯嗚♥呼、啊啊！……等、啊啊啊啊！呀啊啊啊啊啊啊啊啊啊啊啊啊啊啊啊啊啊────♥」

即使萬里亞哀嚎般的媚叫也無路可逃。

因為胡桃按在她肩胛部位的手用力向下──將她往刃更擠壓，使她無法抽身。

「我的媽呀，打屁股竟然讓妳爽成這樣……」

斷了萬里亞的去路後，胡桃還帶著因興奮而妖豔的好虐笑容，刻意以輕蔑語氣說：

「呵呵……萬里亞還真是個變態呢。」

「！…………啊、啊啊……！」

平時萬里亞總是攻方，讓胡桃在歡愉中滅頂，現在聽她說這種話，使嬌喘不已的萬里亞拚了命想反駁。

說她是為了向刃更屈服才這樣──而且這樣說來，胡桃才是舔幾口腋下就會高潮的變態

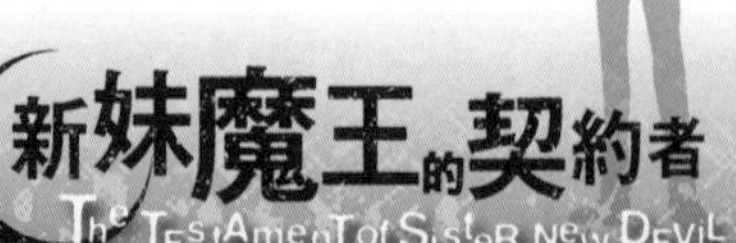

吧。

於是她開口了。

「！……啊啊啊啊啊啊啊啊啊啊～～～～～～～～～～～～♥」

然而……吐出的卻是成瀨萬里亞的真心。

只有充滿被男性粗暴對待的喜悅，既嬌媚又浪蕩的叫聲。

連同在打屁股的同時體內最深處被火速暴插的快樂中，向最愛的少年屈服的幸福感受。

以幼女之姿行成人之事的萬里亞，不斷往痴淫性奴的深谷墜落。

直至淫魔一詞也比不上的淵藪。

所以這時的她，心裡已經沒有分毫的理性。

不知何時，萬里亞自己也開始瘋狂扭腰甩臀。

「呼啊啊……嗯♥刃更哥……啊啊，我們一起…………啊啊啊啊♥」

感到誓約成立的那一刻近在咫尺時，萬里亞雙手捧起刃更的臉如此央求。

「！……我要射了……萬里亞！」

刃更的腰部動作也驟然加劇。

隨後，在野獸般的咆哮中，刃更在萬里亞體內射出大量濃精。

同時在她屁股拍下至今最用力的一掌。

因此——萬里亞也要在這瞬間宣洩快感的奔流。

但就在這時。

……咦……？

成瀨萬里亞忽然感到充滿慈愛的舒適。

——那是刃更的射精與強烈掌摑所給不了的東西。

即使單純繼續下去，也能順利結束。

而刃更卻在這般極限的時刻，溫柔輕撫她的臀瓣。

「…………………啊。」

萬里亞知道刃更對她做了什麼之後，愣愣地驚嘆——就在這瞬間。

浮現在她頸部的主從契約詛咒斑紋迸散而逝。

——成瀨萬里亞，跨過了主從誓約的底線。

那不是主人的厲火調教——而是無比疼惜萬里亞的似水慈愛。

「啊、啊啊……」

突來的變化使萬里亞一時反應不及，不敢相信自己真的已和刃更完成誓約。

「萬里亞……」

刃更輕輕托起她的下顎。

「——從今以後，妳永遠是我的人了。」

當刃更注視萬里亞的雙眸這麼說的瞬間。

他的剛柱終獲解放——在萬里亞體內迸射大量精液。

2

緊接在誓約完成後的劇烈高潮，輕而易舉地沖散了萬里亞的意識。

刃更便將她安放在澪的身邊。

並默默注視這對依偎而眠的姊妹。

「嗯……來嘛，刃更哥哥。」

這時，有個少女從後肩摟抱刃更。

那是接下來要與他結下誓約的少女——野中胡桃。

轉頭一看，接在胡桃之後，現在先輔助她的少女——柚希也上了床。

「刃更……」

並嬌滴滴地呼喚他。

於是刃更轉向另一組姊妹——迫不及待想與他交合的兩名青梅竹馬。胡桃脫到只剩內褲和過膝襪，柚希則留下一條內褲，就此結束準備。

「我不是和萬里亞一樣，沒和你結過主從契約嗎？所以我希望刃更哥哥出手重一點，讓我也那麼屈服……可以嗎？」

胡桃這麼說之後，情慾橫流的眼睛盯住剛拔出萬里亞體內的東西。那反翹高挺的肉棒因抽插與大量射精，正滴著精液與愛液攪成的性愛雞尾酒。

因此，刃更立刻明白了胡桃的「意圖」。

「我是無所謂……真的可以嗎？」

胡桃的頸子和萬里亞那時一樣，因長谷川施放的主從契約而浮現詛咒斑紋，處在催淫發動的狀態。

「嗯……我真的想要。」

然而胡桃盼望更進一步，於是——

「好……既然妳願意的話。」

刃更答應了她的要求，並輕撫她的臉龐。

序　曲

獻出彼此的一切

「謝謝……我會努力去做。」

胡桃開心一笑，臉慢慢湊向刃更胯下。刃更也倚著床頭稍微張開雙腿，好方便她動作。

「嗯嗯……啾、呼啊♥啾、咧嚕……啊嗯……啾嚕……嗯嗯♥」

含住之後，舌頭開始猥褻地爬竄。

野中胡桃在舔舐刃更陽物的過程中，感到澎湃的喜悅。

因為她的宿願實現了。

在長谷川的幫助下獲得主從契約，使她的條件終於和其他人對等。

……我終於也……！

至今胡桃礙於各種顧慮，無法與刃更締結主從契約。

當然，穿上雪菈特製的薄紗睡衣時，她曾藉潔絲特的力量獲得模擬的主從契約，與刃更交歡，加強心靈的連結。刃更告訴她不需自卑，與刃更和潔絲特共享縱情高潮，也幫助她拋開陰霾。

可是她後來還是很羨慕澪、柚希和潔絲特，心底自卑似的感覺並未完全消除。

但現在她已決定脫離勇者一族，再也沒有任何阻礙。

——和柚希一同前往刃更出生的家，告訴他這個抉擇時。

胡桃恨不得立刻就和刃更結下主從契約。

不過那必須在人間的滿月之夜才能進行，萬里亞又不在那裡。

所以與賽莉絲對決之前，只能以加深柚希的主從契約來強化刃更——儘管胡桃也有參與，充其量只有輔助效果罷了。

在這段抓襟見肘的時間，斯波已展開行動，完全占了上風。

——後來，在這虛數次元空間清醒時。

得知長谷川與刃更的關係，以及兩人也結了主從契約時，胡桃真的十分錯愕，對於長谷川後來居上，感覺也頗為複雜。

沒有情緒化的反應，是因為有過潔絲特那次的經驗。

況且長谷川是胡桃的救命恩人，不僅是黃龍的相剋龍息，過去運動會時也從坂崎手中救過她一次。不感激就算了，豈有怨恨的道理。

然而長谷川提出主從誓約的當下，胡桃以為自己又只能當個協助的第三者，差點被自己的無力壓垮。

……不過。

一聽見曾為十神的長谷川能無視滿月限制，以夢魔特性施放主從契約魔法，胡桃立刻向她懇求。

希望與刃更締結主從契約，挑戰誓約化。

序曲
獻出彼此的一切

隨後萬里亞也提出相同請求……長谷川也接受了她們的願望。

所以現在，野中胡桃終於能達成抱憾已久的夢想。

初嘗主從契約的詛咒……夢魔催淫效果的頭一個感想是——

……原來姊姊她們是這種感覺……

曉得至今侵襲柚希等人的是什麼感覺，讓胡桃高興得不得了。接受萬里亞或露綺亞的夢魔洗禮，穿上雪菈的薄紗內衣時，她也曾陷入催淫狀態；但同樣是催淫，一想到來自於與刃更的主從契約，就連那份酸楚也格外不同。

——自己終於能和大家一樣，向刃更屈服、派上用場了。

「啾噗……嗯啾、咧嚕♥哈啊……嗯呼、咕啾……啊啊……嗯嗯♥」

帶著令人顫抖的喜悅，胡桃如痴如醉地用嘴服侍刃更。

舔淨沾在陽物上的精液和愛液，咕嚕一聲全部吞下去之後。

「嗯——啾……啊……哈啊啊……♥」

因催淫而發疼的股間深處，開始產生一團熾熱的酥麻，使胡桃不禁放開刃更的陽物，嬌喘扭動。

——夢魔的愛液，是一種極強的春藥。

刃更等人從大型房屋改裝建材行回來時，胡桃曾聽說澪和潔絲特不知道這件事而狂亂非常的事。

所以舔過抽插萬里亞，使她高潮連連的陽物會發生什麼事，自然是不必多提。光是以皮膚吸收在浴缸中稀釋過的夢魔愛液，就能讓澪她們欲仙欲死，現在胡桃還是直接喝下了肚。

當然，這全是胡桃心甘情願。

但是——效果卻遠遠超乎她的想像。

「不會吧……怎麼這麼……啊啊！——啊啊啊啊啊啊啊啊啊♥」

使得胡桃發燙的篷門湧出大量愛液，一發不可收拾。

小小的內褲擋不住爆發的山洪，濕痕霎時擴大，往內股溢流。

「啊……啊啊、嗯……哈啊……啊啊………♥」

到這時，催淫效果已讓她動彈不得，只能淫聲嬌喘了。

但事情沒有那麼快結束，重點才剛要開始。

於是——

「快呀，胡桃……刃更在等妳呢。」

柚希從背後抱住她，在耳畔細語，讓她跪了起來，膝行到刃更胯部。刃更的矛尖就直指著她胯下的正中央。

如此相視的對面座位——就是胡桃要和刃更結合的體位。

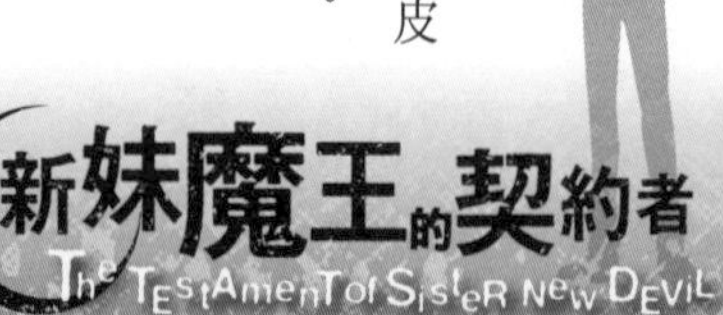

接著——

「刃更……要看著她喔。」

柚希或許是見到胡桃遭到強烈催淫的模樣而更加興奮，眼裡淫慾蕩漾地這麼說，並將左手食指探進胡桃內褲襠部向旁一勾——將胡桃的私處完全暴露出來。不知不覺地，她的股間已經是能夠完全納入刃更的狀態。

「————」

被刃更如此近距離地注視——

「！……啊啊……啊啊啊啊啊……！」

使胡桃羞得頓時腰腿無力。

因此，胡桃必然會慢慢坐下去。

刃更順勢用手調整剛柱角度——讓他挑人淫慾的尖端完全對準胡桃的陰戶。

胡桃因強烈催淫而使不上力，無法阻止自己繼續往下坐。

於是噗啾一聲濕響，私處觸及刃更的尖端，且隨著身體下沉，陰戶被慢慢撐開。

當刃更的尖端就此深入一段——

……啊……

野中胡桃感到那尖端抵住了她體內的邊界。

——當刃更侵入那道牆，自己就真的是他的人了。

所以胡桃向後轉頭，媚聲道歉：

「嗯……姊姊……對不起喔……被我搶先了。」

「不要在意，用五行屬性力排順序，是我們講好的事。再說——」

柚希對她微笑。

「我是妳的姊姊嘛……先給妳沒關係。」

「！……嗯，謝謝……」

胡桃對表情溫柔的姊姊點個頭，轉向刃更。

對眼前的他——要獻上一切的對象說：

「拜託，刃更哥哥……占有我吧。」

「…………好。」

聽了胡桃的請求，刃更只是短短這麼說，並用力抓住她的腰際。

「胡桃，開始嘍……」

在胡桃因自身體重失去處子之身前，刃更先主動按下了她。

序曲

獻出彼此的一切

「！……啊啊……………」

胡桃的私處也投降了似的納入刃更的陽物。

隨後，當她下到最底，坐上刃更胯部的那一刻——

「！……啊啊……啊啊啊啊啊啊啊啊啊啊啊啊啊啊♥」

野中胡桃驟然高潮了。強烈催淫的效力、被刃更奪去處女以及完全容納他——這些喜悅的總和，使快感暴衝上最高點。

不知是催淫效果還是以往的經驗，胡桃的初體驗沒有痛楚，只有喜悅，眼角湧出感動的淚水。

——接下來，她完全失去了思考能力。

因為強烈高潮淡去後，刃更開始了由下往上的抽插。

每次陽物挺進，都激出令人瘋狂的快感……胡桃拚命緊抓刃更，自己也開始小幅上下擺臀。

而那似乎加強了刃更的快感，腰部動作欲發激烈，胡桃也感到刃更的陽物在她體內逐漸膨脹。

可是，她不懂那是什麼徵兆。

因此——

「唔……啊啊……！」

對於刃更洩出呻吟的瞬間爆發的大量精液，胡桃完全沒有心理準備。

「啊……啊啊♥射出來了……刃更哥哥的那個射在我裡面了……啊啊啊啊啊啊啊啊啊啊啊啊啊啊啊啊啊啊啊啊啊啊啊啊——————啊♥」

自己的最深處——子宮內部，被大量精液灌滿。

這樣的喜悅，使野中胡桃再度淫叫著劇烈高潮。

東城刃更見到胡桃在他眼前因劇烈高潮而不斷抽搐。

儘管如此，主從契約的斑紋仍未消失。

——以一般詛咒而言，這樣就該消解了。

但他們要結的是最頂級的誓約，這種程度還差得遠。

所以，在胡桃仍沉醉於第一次的體內射精當中，刃更說：

「……柚希，來幫我屈服胡桃。」

「沒問題……要怎麼做？」

人在胡桃背後的柚希向刃更請求指示。

序曲
獻出彼此的一切

「還記得妳在我『村落』的家，被我和胡桃怎麼弄的嗎？」

刃更這麼說，並將雙手繞到胡桃背後。

然後大把抓住她的小屁股，往兩旁一掰。

「…………我知道了。」

見狀，柚希立刻從這動作了解了一切——嘴角漾起準備使壞的笑。

另一方面，似乎是劇烈高潮的餘韻讓掰開屁股也帶給胡桃無上的快感，全然沒注意到刃更和柚希想做什麼。

「啊……呼啊……討厭……嗯♥」

只顧著擺弄深含刃更陽物的下體。

——殊不知在她背後。

柚希將右手食指和中指整隻含進嘴裡，慢慢抽出。

手指上，沾了滿滿的唾液。

「…………胡桃，放鬆一點。」

並帶著狐媚的笑，在可愛妹妹的耳邊絮語。

胡桃感到柚希似乎在叫她，以迷濛的眼向後望。

「嗯……哈啊……姊姊……？」

「胡桃………」

見到柚希面露她從未見過的狐媚表情。

——但是，現在的胡桃無從推測那所為何事。

她現在渾身上下都是被刃更直刺花心的喜悅，完全放棄所謂思考的概念。

「………我來讓妳變得和我一樣。」

柚希話一說完——胡桃就感到有東西從下方侵入身體。

……咦……？

胡桃還不懂自己身上出了什麼事。

她的陰戶已經滿滿地含住刃更的陽物，沒有其他東西侵入的餘地。然而——的確有某種東西鑽進了她的身體。

這時——

「這樣就看得見了吧……」

刃更這麼說，並慢慢向後躺下。

胡桃抓著他，必然跟著向前倒——而下體與他相連，臀部自然跟著高高翹起。

序曲

獻出彼此的一切

……啊……

到這裡，野中胡桃終於明白自己的狀況。

——柚希的右手，正往她的屁股伸。

於是視線跟著移過去——發現了位在其末端的真相。

柚希的中指和食指，插在她的後庭花裡。

「咦…………這是……」

簡直不像現實發生的情景。

這讓胡桃一時無法理解現況。

「開始嘍，胡桃……」

「要全部接受喔……這都是為了完成和刃更的誓約。」

刃更和柚希以溫柔無比的語氣這麼說，緊接著——

「咦……不要——啊啊啊啊啊啊啊啊啊啊啊啊啊啊啊♥」

野中胡桃全身反弓著激烈痙攣，失控地高潮了。

這是兩人同時抽插——一起猛攻前後肉穴的緣故。

——屁股是柚希的弱點，絕不是胡桃的弱點。

可是，胡桃與刃更等人的淫行已深度開發她的身體，即使是第一次交媾，也從膣穴獲得高度快感，隨精液衝入子宮而迸然高潮。

因此，愛撫肛穴必然也會帶給她無法自持的刺激——如此的前後交攻，使胡桃同時嘗到兩種不同的頂級快感。

「！……還沒完……再來……！」

這樣就已經夠激烈了，刃更卻仍嘶吼地這麼說，展開進一步攻勢。

對面座位這樣的體位允許他這麼做。他反覆用力挺腰，抓住胡桃的手強行舉起，舔起她的弱點——腋下。

開始抽插也沒脫下的內褲也遭強行拉扯，深深陷入她的敏感部位。

「啊啊啊……刃更哥哥、那邊……啊啊♥嗯！……哈啊、呀啊啊♥哈啊、啊啊……嗯、哈啊啊啊♥不要……不、啊啊……呼啊啊啊啊啊啊啊♥」

胡桃身陷異次元級的快感風暴，迸射著女性祕泉一股腦地向刃更屈服——而且這樣的狀態，還持續了一段時間。

——最後。

「……！……啊啊……哈啊♥啊嗯……哈啊……嗯♥啊啊！……呼、啊啊……♥」

胡桃前後肉穴被刃更和柚希持續猛攻到兩眼完全失焦，沉溺在他們給予的快樂中。

「！……啊……又要射嘍，胡桃……！」

快感達到頂點的刃更，對這樣的她如此宣言。

「——————」

胡桃跟著用腿鉗住腰——加深兩人緊貼，直至極限。

——這反應，是來自誓言永遠服從東城刃更的少女本能。

於是下一刻，刃更也解放了要使胡桃永遠服從的男性本能。

岩漿般的火熱奔流，從膣穴一口氣灌滿整個子宮。

「～～～～～～～～～～～～♥」

讓胡桃達到甚至出不了聲的高潮，逾越極限而拋下了意識。

接著，那嫩白的頸部上——

主從契約詛咒的斑紋完全消失了。

3

序曲
獻出彼此的一切

順利完成與胡桃的誓約後，潔絲特進房裡來。

現在終於輪到柚希——結束後，就是排最後的潔絲特了。

「柚希……」

刃更也讓胡桃睡在先完成誓約的兩人身邊，喚來與他從小一塊兒長大的少女。

「………嗯。」

柚希開心地點頭，往刃更身上依偎。

——頸部，有著胡桃與刃更纏綿時就已浮現的主從契約詛咒斑紋。

雖然嘴上說姊姊讓妹妹無所謂，但實際上已經迫不及待。或許是對自己口是心非的羞恥化作罪惡感，觸發了詛咒吧。

那也顯示她對刃更的欲求是多麼強烈。

「開始嘍……」

因此，刃更以短短幾個字道盡千言萬語。

「刃更主人……柚希小姐，請容我從旁協助。」

潔絲特也表情妖媚地表明職務。

「土」屬性的她要以相生之理，強化柚希準備灌注給刃更的「金」屬性。

「………嗯，麻煩妳了。盡量做。」

隨後，柚希雙眼春色蕩漾地這麼說，要刃更動手。
刃更便要求她們採取方便他完成第四道誓約的姿勢。
潔絲特平躺下來，柚希交疊著爬到她身上。
「…………柚希，屁股抬高一點。」
接著，刃更輕聲下令。
「嗯……是，刃更……」
柚希轉過頭，翹高臀部搖了搖，彷彿要讓他看得更清楚。
刃更伸手抓住內褲，慢慢往下拉。
臀縫逐漸顯露——當內褲褪至膝蓋處，柚希就接連抽出雙腳，將它完全脫下。
「……………………」
不必刃更多說，柚希也知道自己該做什麼。
以狗也似的跪倒姿勢——緩緩張開雙腿。
粗猥地展露雙臀之谷與陰戶裂縫。
「柚希……前面跟後面，妳想要哪邊？」
刃更輕撫她的屁股問。
「！……這個……」

這壞心眼的問題讓柚希羞了一下。

「嗯……兩邊都隨你高興啦。」

並且搖著屁股，求刃更趕快開始。

於是——

「…………好吧——我知道了。」

刃更輕聲回答後，將分身尖端抵上柚希的私處。

接著慢慢向前挺腰，把自己推了進去。

「！……啊啊……♥」

感到刃更進入體內，使野中柚希不禁恍惚地一叫。

被刃更奪去貞操的這一刻，她已經等好久了。

和其他人一樣，刃更選擇了前面。

但這也是當然的。

畢竟將處女獻給刃更，是達成誓約化不可或缺的條件。

刻意要刃更選擇，是為了使兩人關係更進一層。

既然所有人都是用夢魔的催淫特性與刃更締結主從契約，要將自己的一切獻給刃更，誓言永遠的絕對忠誠——那麼，有件事她們不得不承認。

那就是，自己會成為絕對服從東城刃更的性奴。

從青梅竹馬成為戀人，進而成為家人——這樣的關係變化已成泡影。

可是野中柚希甘之如飴。

聽過長谷川說明後，她們都下定了決心。

而且——柚希等人與刃更之間，都有著斬不斷的感情。

無論關係變得再怎麼荒淫、再怎麼罪惡，這份感情也絕不會變質。

所以她相信——現在就是證明的時刻。

更重要的是，刃更是鐵了心要把柚希幾個占為己有。

澪、萬里亞和胡桃……都和刃更步入了新的關係。

野中柚希也要將自己全部靈肉獻給東城刃更。

然而——

……啊……

刃更的陽物與她的欲求相背，忽然停止入侵。

——因為柚希的陰戶內部一小段位置處，有個東西擋住了撞門杵。

序曲
獻出彼此的一切

野中柚希簡直不敢相信，這麼深愛刃更的自己體內，竟然會有抗拒他的東西。

於是她心想——她不要這種東西。

這樣的東西只會害她無法完全接受刃更。

但她畢竟珍藏了那阻礙這麼多年。

好在有朝一日，獻給自己最愛的人——刃更。

而現在，願望終於要實現了。

「嗯……刃更拜託……占據我的第一次吧。」

因此，她向左轉頭，開口央求。

「好……我會的。」

刃更目光如炬地注視她。

「不只是第一次……從今以後，我會不停侵占妳的一切。」

「！……嗯……」

這窩心的絕對宣言使柚希幸福得渾身一顫，點了點頭。

然後——她清楚聽見小小的破裂聲。

——柚希很清楚刃更的尺寸有多大。

不僅看過了好幾遍，還和其他人動口動手無微不至地服侍。

不知是萬里亞偶爾會拿出來共裏盛舉的夢魔祕藥效用，還是主從契約使柚希等人屈服的副作用，刃更的陽物現在是大得令人難以置信。

柚希幾個身上也發生了同類的變化，最顯著的就是胸圍了。剛重逢時還無法以胸部服侍刃更，如今已不成問題。

此刻——柚希的淫穴也同樣能完全接受刃更的剛柱。

「嗯……啊、哈啊啊啊……♥」

痠軟的感覺從胯部竄上背脊，使柚希不禁愉悅地叫。

——背後位使她的眼睛看不見實際情況。

但可以肯定的是，她的私處已將刃更吞到最底。

這不僅給她火熱的巨大硬物撐開私處的感覺和痛楚——還有股溫暖緊貼的她的雙臀，向前擠壓。

那是刃更的胯部，沒有任何懷疑的餘地。

野中柚希已將自己的處女獻給東城刃更——與他交合。

她和刃更是懂事之前，出生沒多久就見過面的青梅竹馬。

兩人最鹹濕的黏膜，終於在這一刻交錯了。

「刃更主人，柚希小姐……兩位總算結合了呢。」

序曲
獻出彼此的一切

這時，躺在柚希底下，當個溫柔肉墊的潔絲特帶著滿面慈笑送上祝福。
「兩位請繼續……我也會略盡棉薄之力。」
並敦促柚希和刃更進行後續行為。
而那也是柚希所願。
「刃更，拜託你……蹂躪我吧。」
於是柚希說出心願，撒嬌似的表現出至今最深的屈服。
「既然妳想要……我就成全妳。」
刃更聽了如此輕聲答覆——慢慢退回深入的剛柱。
尖端的肉冠，要將她臟器挖出來般用力摩擦。
「！…………啊啊啊啊♥」
那甜美的感覺使柚希的腰臀不受控制地震顫。
破處時的痛楚彷彿不曾存在，一絲也沒留下。
有的只是，對於即將到來的荒淫時刻的期待。
當剛柱一路退到柚希的陰戶邊緣，刃更抓她腰的手忽然使勁。
隨後——
「——柚希，我來了。」

「！——」

聽見刃更低沉地這麼說，柚希吞吞口水而點頭。

剎那間「啪！」地一聲，柚希的屁股被猛力一拍。

——臀部是柚希最敏感的部位。

到了最近，在主從契約發動詛咒而陷入催淫狀態時，光是被刃更拍幾下就會輕易高潮。

可是現在，屁股的打擊沒有讓柚希感到快樂。

因為其他地方的感覺強烈得多了。

拍擊她屁股的不是刃更的手，而是腰。

刃更以可怕的速度，一口氣插進了最深處。

腦袋理解這事實的瞬間，野中柚希的身體將那種感覺認定為快感——

「！…………啊啊！啊啊啊啊啊啊啊啊啊啊啊啊啊啊♥」

使她歡聲媚叫，轟轟烈烈地高潮了。

膣壁到子宮驟然緊縮，讓她更強烈地感受那剛柱的硬度與大小，倍加提升高潮的快感。

「——啊啊！哈啊啊啊啊啊啊……♥」

腰臀暴跳，手腳發軟，維持不住姿勢。

就這麼投入懷抱般摔在平躺的潔絲特身上。

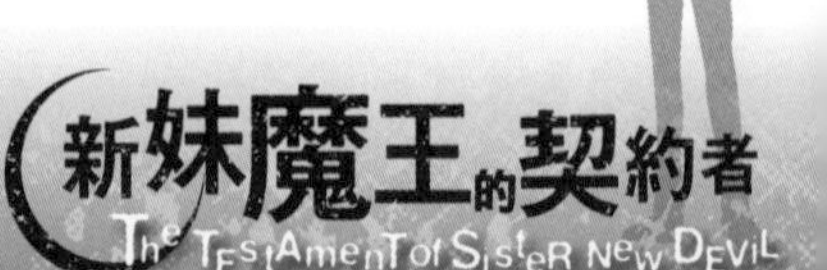

「柚希小姐請放心……我會撐住您的。」

潔絲特以碩大的胸部溫柔地接住她，並輕擁她的頭這麼說。

胸部將柚希的頭埋在中間，尖端已經興奮得鼓脹硬挺。

「所以──儘管把妳的一切交給刃更主人吧。」

這句話，柚希完全沒聽見。

因為儘管她倒在潔絲特身上，屁股仍被強行高高抬起。

在刃更的陽物完全插入的狀態下，開始了更激烈的抽插。

「嗯！……啊啊！……哈啊♥啊啊，刃更……嗯！、呀啊啊♥哈啊……呀、哈啊啊啊！嗯嗯♥呼啊啊……好棒……哈啊、呀……嗯嗚……哈啊啊啊啊啊♥」

刃更的剛柱一次又一次地直搗花心，撞得屁股響亮地啪啪響，同時將更大的淫叫撞出柚希的嘴。

──沒有其他體位的活塞運動，能比背後位更激烈。

而且刃更採取單跪姿，腰部活動更靈活，攻擊角度比其他體位都還要廣──經過不計其數的連續高潮，柚希才慢慢理解到這猥鄙的事實。

從柚希與刃更的結合處，不只流出失貞的微量血液，因刃更的抽插而刮出的女性蜜液也如洪水氾濫，流得底下的潔絲特滿胯下都是。

柚希和刃更的性交愈演愈烈，好比一對淫獸。

「呃……我直接射嘍……可以吧！」

刃更興奮與快感高至頂點，語氣激動地說。

「！……哈啊♥快射……射在咱裡面，愈多愈好……啊啊啊啊啊♥」

柚希也求刃更在她體內洩洪。

而那一刻，唐突地到來了。

「柚希……！……唔啊啊！」

刃更喊著柚希的名字直刺最深處的瞬間，柚希感到怦然一震——有股力量從內側推擠她的膣壁。

「呀啊！……啊啊！啊啊啊啊啊啊啊啊啊啊啊啊啊啊啊啊啊啊啊啊啊啊啊～～～～♥」

子宮口遭到精液飛瀑的噴灌，使野中柚希劇烈高潮。

這原本是生育下一代必經的神聖行為，柚希卻從中感到無法置信的悖德甘美。

「……哈啊、嗯……呼……哈啊……啊……♥」

柚希陶醉在罪惡深重的快感中，為飄飄然的感官刺激陣陣顫抖。

「……………」

這時，刃更將他的剛柱慢慢抽離柚希體內。

「嗯……啊……哈啊……啊♥」

柚希猛地一抖，徜徉在體內射精刻畫的高潮餘韻裡，為完成與刃更的誓約而慶幸。

因此──

「柚希──我還要妳後面的第一次。」

她沒聽見刃更的低喃。

「………嗯……刃更……？」

柚希感到一團熱呼呼的東西往臀間擠，眼神迷濛地回頭──見到了那一刻。

當她因高潮而全身弛緩時，射精後依然高聳如舊的肉棒漸漸埋進後庭。

「啊……刃更不要……那裡是……」

「柚希小姐不用怕……誓約就是要將自己全部獻給主人，只要主人想要，沒有拒絕的份。而且──」

柚希無力地出聲抵抗，卻遭到潔絲特制止。

「肛交原本是需要悉心準備的事……不過從魔界回來以後，其實我在每一餐裡都偷偷加了雪菈大人給我的『祕藥』。」

所以──

「刃更主人和我們……用那邊來玩也完全不會有任何問題。」

刃更的陽物彷彿要印證潔絲特的說法，一截截地沒入柚希的菊穴。

「怎麼……啊……啊啊…………啊啊啊啊啊♥」

當刃更完全推送到底——火熱羞恥燒得柚希六神無主，卻也因不同於陰道，在肛門深處擴大的舒爽而渾身打顫。

——在「村落」刃更出生的家被他以手指摳挖時完全不同。

陽物之長之粗，完全不是手指能比擬。它凶狠地撐開柚希的後庭，進犯深處。

……騙人……刃更真的全部進來了……

即使都感受到了明確的快感，柚希也不敢相信眼前的事實。

「…………柚希，手給我。」

這時，刃更向她伸手。

而柚希曉得，那不是出於溫柔。

刃更不是想和她牽手，只是要抓住她的手腕。

——在背後位的狀況下，被對方從背後抓住手腕會變成什麼樣呢？

就連柚希也能輕易想像。

同時她也明白，一旦答應，肯定能與他達成誓約。

潔絲特說……誓約就是要將自己全部獻給主人，只要主人想要，沒有拒絕的份。

序曲
獻出彼此的一切

那是不容質疑的——主從誓約的真理。

於是柚希慢慢向後伸手。

「刃更……」

隨後，刃更的雙手也緊抓住她的手腕。

「…………會怕嗎？」

「不會……你愛怎麼樣都行。」

柚希搖頭回答刃更的問題。

並淺淺回頭，以勾魂眼神嫣然一笑。

「被你硬來——是咱最大的願望。」

野中柚希說出了她心底最深處的願望。

對此，刃更一個字也沒說。

取而代之地，他以硬送到底的連續抽插來答覆柚希的心意。

「～～～～～～～～～～～～～♥」

柚希不堪窄穴深處的熾熱黏膜遭到粗暴摩擦，禁忌的快感霎時衝上頂點。

刃更用力向後拉她的手，同時向上猛頂她的屁股，使柚希跪了起來，全身反弓，一口又一口地將刃更的剛柱吞進更深、更深處。

而且，或許是姿勢的關係，狂插菊穴的刃更將柚希的臀肉撞得更響更厲害。

「呀……哈啊啊、啊啊啊♥哈啊啊……怎麼這麼、啊啊……刃更～～♥呀啊啊……啊啊！刃更！……刃更～～～～～～～～～♥」

後庭遭受蹂躪的悖德感加深柚希的沉溺，將她推進罪惡的歡愉深淵。

柚希的祕處不僅漸漸流出先前內射的精液，還因新的快感而分泌大量愛液，搔弄著內股點滴滑落。

腸中湧出的灼熱快感，隨陽物每一次摳挖而膨脹——不知何時，柚希已主動張開雙腿，渴求更深的結合，並配合刃更的活塞運動擺弄屁股，往刃更身上猛蹭，引導刃更步步深入。

——柚希頸部的主從契約斑紋早已消失。

後庭剛失守不久，柚希就已經達成誓約化了。

可是——刃更沒有停止與柚希交歡。

而潔絲特只是默默守望。

只要刃更還貪求柚希，兩人的性愛就不會停止。

兩人就此愈沉愈深。

柚希的菊穴已完全接受刃更，從不久前開始「啾噗♥啾噗♥」地發出猥褻濕響。兩人完成誓約後的交歡，隨終局的接近而愈發激烈。

「唔……呃……柚希，我射嘍……！」

「！……啊啊……嗯♥快射給我……刃更～哈啊……♥」

最後，吞吐其陽物而沉醉在幸福中的柚希，聽見刃更快感達到極限的宣告而轉頭央求。

「──────！」

見狀，刃更將抓著的兩手一把往自己拉，從背後緊抱柚希。左手暴揉她的乳房，右手中指與無名指探進祕縫。

「嗯啊啊───！哈啊啊啊啊啊♥」

「！……啊……啊啊啊啊啊！」

柚希受雙重快感的侵襲而全身猛顫的瞬間，刃更嘶吼著將名為精液的奔流洩入柚希體內。

「～～～～～～～～～～～～～～～～～～♥」

令人以為下腹要被灌滿的強烈射精火熱熱地進犯腸道，讓野中柚希為澪等人還未體驗過的悖德喜悅流下眼淚，縱放禁忌的快感衝上顛峰。

4

菊穴遭刃更爆射而帶來的高潮，沖散了柚希的意識。

儘管如此，刃更和柚希還是順利完成誓約——這就夠了。

「…………潔絲特，久等了。」

放柚希躺下後，東城刃更轉向最後要與他完成誓約的少女。

接著——

「？潔絲特……妳怎麼了？」

「！……非、非常抱歉……刃更主人……哈啊……嗯嗚♥」

潔絲特兩眼潤濕，嬌喘著斷斷續續地說。

其頸部——浮現著主從契約的詛咒斑紋，而且是空前地明顯。

「潔絲特……妳怎麼會……」

「嗯……哈啊……啊啊……嗯♥……刃更主人……對不起，嗯嗚……哈啊啊啊啊♥」

見潔絲特渾身一顫而倒下，刃更立刻上前攙扶。她褐色的肢體熱得燙手，顯示所受的感官刺激強至幾何。

陷入強烈催淫狀態的潔絲特，散發著不曾有過的媚色。

「！——還好嗎？」

擔心之餘，刃更的亢奮也扶搖直上。

他是第一次見到潔絲特被催淫成如此不堪的德行。

她兩隻肥美的乳房，隨劇烈喘息上下跳動。

而肉丘中央那對姣好的乳頭彷彿在渴求刃更的吸吮，漲得是前所未見地大。

為了與這五名少女達成誓約化，刃更的陽物是無時無刻保持堅挺爆脹的亢奮狀態。見到現在的潔絲特，使他的理性差點崩潰。

若情況允許，刃更恨不得什麼也不想，撲上去插個昏天暗地。

——可是，他還有誓約化這個要務在身。

潔絲特現在對主人刃更懷有如此強烈的罪惡感，恐怕是不可能像其他四人那樣邁向新一層關係。

「潔絲特……我先讓妳舒服一點。」

於是刃更這麼說，讓她坐上大腿。

如此後腦置於眼前的姿勢，說是背面座位也不為過。

但刃更還沒有將他的分身送進潔絲特體內。

只是從背後擁抱她，搓揉她的巨乳。

催淫詛咒使潔絲特的乳房軟嫩得彷彿會化在手裡，沾黏掌心的觸感更是令人揉得愛不釋手，並以食指和中指往那脹呼呼的尖端用力一夾。

「啊啊♥不要……嗯、哈啊啊啊♥啊啊……哈啊，不……呼啊啊啊啊♥」

刃更的愛撫逗得潔絲特歡聲淫叫，蠻腰亂扭地高潮，簡單得驚人——繡上黑蕾絲的金色小內褲襠口蜜液橫流，在床上畫出大片濕痕。

「！——————」

那撩人的淫浪表情和反應，讓操翻澪等四人，理性比平常稀薄的刃更心裡湧出強烈衝動，想立刻將自己的肉棒塞進潔絲特體內。

但現在還不能那麼做。

——潔絲特也和澪一樣，願意將自己的一切獻給刃更。

這樣的她偏偏在這時候觸動如此強烈的主從契約詛咒，一定有不尋常的緣由。

潔絲特將自己定義為刃更的侍女，比誰都更忠心。

只有在外來因素使她懷疑自己的存在會對刃更造成困擾或阻礙時，才會觸發這麼強烈的主從契約詛咒。

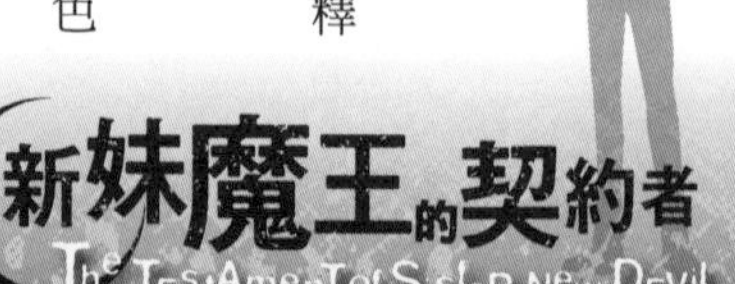

序曲
獻出彼此的一切

……怎麼會這樣？

不想和刃更做——不會有這種事。

不是自以為是。潔絲特對刃更懷有強烈愛欲。

況且服侍刃更時，她比誰都來得高興。

甚至令人猜想，她是最接近主從誓約的人。

可是她現在，卻有空前強烈的罪惡感。

於是，刃更試著貼近潔絲特不曾這麼想不開的心，輕擁比誰都更順從他的侍女。

「潔絲特……妳是不是——」

他想到的，是始終存在於潔絲特心中的恐懼。

「還在怕不是處女以後，自己的力量會消失？」

聽了刃更這麼說——

「！……哈啊……刃更主、人……對不起……啊、哈啊…………♥」

因揉乳高潮的潔絲特向敬愛的主人深感屈服，並乞求他的原諒。

盡全力說出的謝罪之詞，表示刃更說的正是事實。

——與刃更結合，是潔絲特在魔界與刃更再會以來的夢想。

但是她不僅是結下主從契約，以侍女身分照看他起居一切所需，同時也是一份戰力，於是事情出現變化。

成為刃更的侍女之前，她曾是高階魔族佐基爾的部下。

真實身分，是佐基爾以禁咒製造的魔導生命體。

擅長以土系魔法操縱黑曜石，從聽命於佐基爾時，即使是魔導生命體也擁有匹敵高階魔族的力量。

其力量，源自於她的純潔……也就是處女。

即黃道十二宮中，與土地相關的「處女宮」——受到這樣的限制，使潔絲特的土系魔法格外強大。

這點至今應也仍未改變。

——不過聽長谷川說明主從誓約時，她還沒這麼不安。

佐基爾早已死去，現在的她力量又遠比故主強。

況且她現在和刃更締結了主從契約。

知道自己永遠是刃更的人，能成為他的力量，提供刃更更大的幫助，讓她高興得不得了。

可是隨著澪、萬里亞、胡桃和柚希成功達成誓約化，潔絲特心中的不安也逐漸抬頭。

——假如真的發生萬一，與刃更交合而失去力量。

那麼潔絲特就會在這至關重大的時刻扯刃更等人的後腿。

當然，考慮到佐基爾的性格，雪菈等人早在將潔絲特接收到穩健派安置時，就檢查過她身上有無不肖詛咒。

……然而。

什麼問題也沒查到——這反而讓潔絲特放不下心。

獲得高潮而向刃更屈服，使主從契約詛咒的催淫效果稍微減弱，潔絲特便把握時機調整呼吸。

「嗯……刃更主人……我很清楚佐基爾是個什麼樣的人。」

並向右轉頭看向刃更。

「他是個善於詭計的人，沒什麼比折磨對手更能娛樂他……而且透過古代文獻，獲得無人能出其右的禁咒知識。所以我身上很可能有別人絕對不會發現的『陷阱』。」

潔絲特繼續說：

「如果只是我喪失力量甚至性命還算好……要是對疼愛我的刃更主人造成任何危害，那我……」

當她泫然欲泣地說出自己的不安——

「！…………啊啊……嗯嗚♥」

心中湧起對刃更的歉意，使潔絲特再度陷入激烈催淫狀態。

這時——

「不用擔心……妳一定能成為哥哥的力量。」

有個人溫柔地對她這麼說。

那是負責以「火」生「土」，準備協助潔絲特與刃更完成主從誓約的人——第一個與刃更完成誓約，因劇烈性愛超過體力負荷，不支睡去的少女。

成瀨澪。

東城刃更看著澪上了床，慢慢爬過來。

她已清醒一小段時間，聽見了他們的對話。

「放心吧，潔絲特……儘管和哥哥做，絕對不會出事的。」

快感的餘燼似乎仍燻得澪意識朦朧，她仍以「哥哥」稱呼刃更，並依偎著跨坐在刃更大腿上的潔絲特，輕撫她的臉頰說：

「更重要的是……都要結誓約了還說謊，這樣不行吧？」

「澪……」

在這裡責備潔絲特會加深罪惡感，反使詛咒增強。

刃更刻意不說出口，出個聲要澪別多嘴。

「…………放心交給我吧，哥哥。」

澪對刃更淺淺一笑就轉回潔絲特，注視她的雙眸。

「嗯嗚……哈啊，我……說謊……？」

強烈的催淫詛咒，使潔絲特眼神渙散地問。

「嗯……剛才妳說自己失去力量或性命也無所謂嘛。當然，我們會有不得不賭命奮戰的時候。為了求生存，有時也要做好犧牲的覺悟。」

可是——

「我們絕不允許那種事發生。而且身為哥哥的侍女是妳的驕傲，在那之前，妳更是一個愛著他的女孩子……不可能不怕無法幫助哥哥，甚至不能待在哥哥身邊的狀況。或者能說，那就是妳最害怕的事。」

因此——

「現在妳心裡這份強烈的罪惡感，並不是來自害怕和哥哥做愛以後會對他造成任何危害……而是害怕自己幫不了哥哥，失去留在他身邊的資格。」

「！…………是的，說不定真的……是您說的這、樣……啊啊啊啊——嗯嗚♥」

被澪點明自己也沒發現的真正想法，使潔絲特的罪惡感愈發強烈而加劇催淫，猛一扭身掙扎——為了讓她舒服一點，刃更抓住潔絲特的下巴轉向自己，強行占有她的唇。

「————」

揉胸的右手往下一探，鑽進濕透了的內褲裡。經催淫而變得極為敏感的內褲底下早已是一片軟爛，刃更用指尖往祕處輕輕一擦——

「呼啊啊啊♥哈啊啊啊啊啊啊啊啊啊啊啊啊啊啊~~~~~♥」

潔絲特就全身一跳——緊接著，刃更右手入侵的內褲裡注滿高溫水沫。刃更的愛撫，引爆了潔絲特的女性淫泉。

「啊……嗯……哈啊……啊……♥」

劇烈高潮使潔絲特高高反仰，恍惚地看著看空中，臉上滿是痴醉。

澪呵呵一笑，帶著妖豔表情看著她說：

「妳到現在和哥哥做了那麼多淫亂的事，要是佐基爾真的有藏陷阱，早就應該觸發了啦。再說打贏佐基爾以後……我們把妳帶回家收容的時候，哥哥不是用『無次元的執行』的手法，幫妳『看』過有沒有陷阱了嗎？」

結果──

「妳身上什麼也沒有……當然，那時候的我們沒有佐基爾那麼強，我也不敢斷定絕對沒漏看。」

所以──

「為了讓妳能完全放寬心和哥哥做……潔絲特，妳就讓哥哥再『看』一次吧。確定妳的力量來源沒有任何問題。」

澪的視線往下一降，盯著潔絲特股間說：

「從那之後，哥哥和妳也結下主從契約，讓我們一次又一次地屈服，和我們一起變強，而且我們現在還達成誓約化了。佐基爾的力量跟現在的我們比起來，根本不算什麼。要是他真的有對妳怎麼樣，一定逃不過哥哥的眼睛。」

澪開導過後，從刃更的大腿抱下潔絲特。

「啊……嗯嗚……♥」

刃更還沒抽手，經這樣一移，順勢將包覆潔絲特股間的小布勾了下來。

澪再讓徹底赤裸的潔絲特面對刃更，自己移到她背後，手抓內膝慢慢抬起她的雙腿。

在東城刃更的眼前，展現潔絲特的陰戶。

身體愈來愈熱。不僅是因為催淫效果仍在體內發酵。

在刃更面前露出最私密的部位，羞得潔絲特發出細小的叫聲。

「！……啊啊……………」

——刃更在看我的那裡。

這個事實，給予潔絲特強烈的羞恥——以及無可自拔的興奮。

「乖喔，潔絲特……讓哥哥看清楚。」

見狀，澪從背後對她耳朵低語，要她繼續。

「嗯……哈啊……刃更主人…………」

潔絲特口吐熱氣，以濕濡的眼注視就在正前方的主人。

接著——

「————潔絲特。」

刃更也用宣告不得違抗般的低沉聲音催促她。

——所謂主從誓約，即是將自身完全獻給主人的誓約。

序曲
獻出彼此的一切

主人想要的，屬下沒有拒絕的份。

那是先前，潔絲特對柚希說的話。

於是——

「…………主人請看。」

潔絲特慢慢撐開祕縫，實踐自己所說的主從誓約原則。並且直接扒到極限，對刃更展現純潔的證明，懷抱期盼詢問結果。

「！…………怎麼樣呢，刃更主人。」

「————————」

刃更不發一語，凝視潔絲特的私處。

眼神極為認真。

「嗯…………啊啊♥」

彷彿被刃更視姦的感覺，帶給潔絲特無比的亢奮，子宮一陣痠軟，小蠻腰不聽使喚地扭動。張大了嘴的淫穴湧出濃濃的女性蜜液，直往屁股流。

沒多久，刃更的視線忽然柔和下來。

「…………放心。妳體內真的沒有任何危險。」

「…………真的嗎……？」

聽刃更似乎也鬆了口氣，潔絲特不禁愣愣地問。

「看吧……我不是說了？」

澪也投來微笑。

「潔絲特……我看妳是個性太認真，太為哥哥著想，才容易擔憂很多事，被它們困擾。」

可是——

「我們不是結了主從契約，還住在同個屋簷下，培養出很深厚的感情不是嗎？妳都想把自己的一切獻給哥哥了，那妳對他的心意——會輸給已經不存在的那個卑鄙小人不知道有沒有留下來的東西嗎？」

「！……不會的，澪大人……不可能有這種事……！」

潔絲特肯定地回答澪這個口吻明確的問題，催淫的效力跟著大幅減弱。

證明她心中的迷惘開始瓦解。

「嗯……我想也是。」

澪也開心地對她說：

「妳和哥哥結下主從契約的時候已經蛻變一次，等等和哥哥做了以後，就是妳第二次蛻變了。妳會從並不存在的舊日恐懼中完全解放，真正成為哥哥的人——和我們一樣。」

序曲
獻出彼此的一切

「————————！」

聽了澪這些話，潔絲特的不安頓時消散……取而代之的是令人顫抖的喜悅。

——能無後顧之憂地和刃更結合了。

一這麼想，潔絲特再也按捺不住。

「嗯……刃更主人……拜託您了。」

於是潔絲特一扭一扭地舞弄腰臀，邀主人占領她的私處。

「好……」

刃更慢慢接近，掩覆著她——那雄壯肉棒的尖端，也順勢抵住陰戶。潔絲特都用雙手扒到最開了，刃更的陽物卻比穴口更粗，沒那麼容易登堂入室。

「——我插嘍。」

儘管如此，刃更仍這麼說並徐徐挺腰，撐開潔絲特的淫穴，將尖端擠進陰道。

……啊……

挺進一小截後，他的陽物碰觸到了潔絲特的禁地。

那是她貞潔與力量的象徵——處女膜。

先前明明還那麼害怕，現在卻沒有半分毫的恐懼。

膜之後是她新的力量，與刃更的新關係。屆時，潔絲特將獲得全新的生命。

因此——

「刃更主人……請讓我蛻變成您真正的侍女。」

潔絲特眼泛薄淚，訴出衷曲。

「那當然……我來了。」

刃更繼續將肉棒慢慢往更深處擠。

潔絲特的處女膜毫無抵抗的破裂，彷彿是恭迎主人的到來。

就在這瞬間。

主從契約詛咒斑紋勒住脖子的感覺迸散了。

「咦………？」

潔絲特也不禁錯愕。

竟如此輕易地完成誓約，澪幾個的努力相形之下彷彿是笑話。

事實來得太突然，使她一時不敢相信。

「沒什麼好驚訝的……因為貞潔是妳力量的泉源嘛。」

刃更淡淡地笑著說：

「而妳將它給了我……等於是把自己完全獻給我一樣。」

到這時候，刃更的剛柱已經完全埋入潔絲特體內，尖端緊緊地壓在子宮口上。

與刃更交合的幸福，和澪幾個同樣達成誓約化的喜悅，以及將刃更完全吞入膣腔的快感霎時串連。

「啊……啊啊……啊啊啊啊啊啊啊啊啊啊啊啊啊啊啊啊啊啊啊啊♥」

感官刺激飆到極限，使潔絲特忍不住尖聲淫叫，全身不自禁地跳動。

這份歡愉，遠超乎弱點——耳朵被輕咬的快感。

彷彿長久以來，潔絲特守護的並不是自己的貞潔。

而是貞潔保護潔絲特不受來自膣腔的猛烈快感侵犯。

——這場性交，是為了與刃更締結主從誓約而做。

因此，現在就結束也無妨。

可是，潔絲特高潮的豔姿似乎讓刃更獸慾大發，不願就此打住。

剛柱一退就狂插猛送起來。

「呀！……呼啊啊……哈啊啊♥啊啊……刃更主、人♥♥♥」

處女膜的另一邊，已成為供給潔絲特異度快感的極淫領域。在刃更的肉棒由內撐開膣壁，執拗摩擦所帶來的快感狂濤下，過去的高潮簡直形同兒戲，腦袋瞬間一片空白，任連鎖的異度高潮衝擊。

——就這樣約莫過了一小時。

「啊……哈啊……啊啊……♥嗯……哈啊……啊♥哈啊……嗯、呼……刃更主人……啊啊……嗯呼♥」

連續不斷的異度快感和高潮，讓她蛻變成世上最淫蕩的侍女，以背面座位在刃更腿上忘情甩臀。

兩人的結合部位隨潔絲特每次動作擠出白濁沫液，順著刃更的剛柱流過陰囊，滲入床單。

下體被刃更用力抽插，雙乳又被背後伸來的手暴揉變形，使潔絲特愉悅得幾乎發瘋。

「呵呵……潔絲特的表情好色喔……好像很爽耶……」

澪被潔絲特的淫相勾起慾火，也亢奮起來。

她在緊貼潔絲特正面，與刃更前後夾著她的狀態下將雙手伸過她的後腰，抓住臀肉就是一陣狂揉。

「嗯……好厲害喔，乳頭脹得這麼大……啾♥」

並以呼著熱氣的嘴大口吸吮左乳頭。

「不要……澪大人，這樣……啊啊啊啊啊啊啊啊～～～～♥」

不同的快感同時交疊讓潔絲特身體猛一反弓，噴灑女性淫泉，將澪肚臍一帶淋成一片濕熱。

「……啊……哈啊…………♥」

不知是第幾次的高潮褪去之後，潔絲特即使癱軟恍惚，也仍愉悅地驚嘆。

因為她見到刃更的陽物射了這麼多次也依然挺立——索求她的肉體。

「…………快了嗎，哥哥？」

「……對，我差不多了……澪，右耳交給妳。」

神遊得已經扭不了腰的潔絲特，聽見使她蛻變的兩人如此簡短對話。

那表示這場淫交即將告終。

「嗯……再來嘛……刃更主人……啊♥」

「好……等全部結束以後，我們再來做個夠。」

潔絲特撒嬌似的乞求，而她那無與倫比的主人，以溫柔至極的聲音這麼說。

「…………哈啊……♥」

當潔絲特口吐愉悅的喘息，點頭答應時。

刃更和澪的嘴湊向她的左右耳——

「潔絲特——妳永遠是我的人。」

「潔絲特——妳是哥哥的人喔。」

並竊聲細語，緊接著一起咬住她敏感的耳朵。

「～～～～～～～～～～～～～～～～～～～～～～～～～～～～～～～～～～～～～～♥」

弱點在抽插中遭到交攻，使快感衝上新的顛峰。

子宮到膣壁隨之驟然進行收縮運動，膣壁緊緊纏抱刃更的剛柱——

「唔……啊啊……唔啊啊啊！」

這瞬間，刃更也往潔絲特窄縮的膣腔射出最後一股火熱精液。

5

就這樣，東城刃更總算成功完成澪等五人的主從誓約。

終於能夠放鬆身體，身一仰就倒在床上。

「…………呼啊……呼啊……」

刃更躺成大字，粗喘著鬆一口氣。

想起這番偉業，使他心中湧出節節高升的成就感，不禁發顫。

──自己達成了傳說級的主從誓約，而且一次五個。

自豪之外，也為澪幾個驕傲。

這絕對的主從關係，並不僅是建立在主人奪去下屬的一切。下屬若不是真心將自己完全獻給主人，不可能達成誓約。

而澪幾個就是為刃更做到這種地步。

「……哥哥，還行嗎？」

這麼想時，與刃更結下誓約的其中一人帶著撒嬌語氣，在大床墊上壓出些微嘎吱聲爬過來，以擔憂眼神俯視他平躺的臉。

那正是剛協助潔絲特完成誓約的澪。

「沒事……潔絲特怎麼樣？」

刃更慢慢起身問。

「不用擔心……她只是最後昏了過去，呼吸還是很平順。」

澪轉頭看看和柚希幾個一起睡的潔絲特，再轉向刃更，並若有所求地看著他。

「…………怎麼啦？」

見到那表情，刃更先姑且問一聲，而澪面泛紅潮，笑瞇瞇地說：

「嗯……我們真的全部都是哥哥的人了嘛。」

「是啊……妳們都是我的人了。」

於是刃更說出絕不可能推翻的純粹事實。

「能把自己完全獻給哥哥，真是太好了。」

澪的眼角湧出喜悅的淚水。

刃更摟住她的肩，一把抱過來。

「嗯……啊啊，哥哥……♥」

澪極其柔順地依偎上去。

碩大的乳房順勢擠在刃更胸口。

仍飽含快感而發燙的淫乳，被慾火燻得彷彿就要融化，乳頭也硬挺鼓脹。

「澪……」

注意到這個事實之後，刃更喊了她。

「哥哥想怎麼樣都可以……因為我已經是哥哥的人了嘛。」

澪也表情飄然地交出自己。

——於是東城刃更恣意動手了。

序曲
獻出彼此的一切

強行侵占她的唇，伸舌揉胸。

「嗯……嗯啾……哈啊，哥哥……嗯、咕啾……嗯嗯♥」

澪開心地哆聲扭動，也勾起刃更的舌，同時右手伸向沾滿精液與潔絲特愛液的陽物，咕啾咕啾地溫柔套弄起來。

——沉浸在激烈性交餘韻中的淫猥後戲就此開始。

刃更退開熱吻的唇，拉著澪的手慢慢向後躺平並張開嘴，對準盪到眼前的胸部頂端那彈晃晃的粉紅色乳頭含下去，大口吸吮。

「呼啊啊啊♥哈啊、嗯……好舒服……啊啊，哥哥……♥」

澪輕扭嬈腰，手仍不放刃更的陽物，悉心呵護般上下錯動。

「嗯……哥哥，我也讓你舒服一下……」

當刃更吸夠澪的左右乳頭而滿足地鬆口時，澪這麼說就慢慢退到刃更胯下。

接著撩起瀏海掛上耳後，含入沾滿精液與潔絲特愛液的陽物吸吸舔舔。

「呼啊……啾噗、嗯……啾嚕……呵呵，好厲害喔……哥哥還這麼有精神……咧嚕、啾……嗯♥」

澪疼惜地涮吸肉棒，臉上浮現銷魂的媚笑。

——那表情與過去的澪完全不同。

當然，因主從契約的詛咒而陷入催淫狀態，或對刃更提供性服務而亢奮時，澪的表情也十分妖豔。

但那些和現在的她完全不能比。多半是將自己完全獻給刃更後，也會墮入無法回頭的淫慾吧。

現在昏睡中的柚希、萬里亞、胡桃和潔絲特應該也是如此。

不過她們的心靈或精神並不會因此毀壞，無法恢復正常。

這種模樣，肯定只是一時失去理智的狀態。

只是——她們的價值觀恐怕已經徹底變樣了。

東城刃更認為，這是理所當然的變化。

因為他就是給了她們如此過度的快樂。

如今，刃更眼前的已是名為成瀨澪的性奴。

那就是他經由悖德的主從誓約而失去，卻也新獲得的東西。

「…………………」

因此，東城刃更欣賞著完全屬於自己的澪。

「嗯……啾嚕、嗯呼……嗯啾、哈啊……♥」

澪含著刃更的陽物，盡其所能忘我地吞吐舔舐，深深的恍惚使她一臉痴醉。

序曲
獻出彼此的一切

——當初在家庭餐廳遇見時，還覺得她是個非常可愛的女孩。

開始同居之後，還經常為她臉紅心跳。

而這樣的澪，現在卻完全成了自己的性奴。

但刃更並不後悔，澪她們應也如此。

待有朝一日返回日常——無論彼此關係會如何演變，這都是贏得這場戰役，繼續存活下去的唯一辦法。

……而且。

假如心中會有半分後悔，他們根本就結不成誓約。

這是刃更等人由衷的心願。

所以澪等人才會願意結下主從誓約，成為他的性奴。

「————————！」

想到自己順從慾望，將澪等人墮為性奴，使刃更心中亢奮暗湧，陽物爆硬。

「嗯……呵呵，哥哥不用忍耐啦……愛怎樣都行喔。」

澪鬆口放開肉棒，搖然跪起。

「你看……我這邊都變成這樣嘍……？」

並猥鄙地展露自己最羞人的部位。

澪的私處又滴流著蜜液的銀絲，渴求刃更的疼愛。
彷彿已不存在的主從契約詛咒正在發作。
「也對……妳已經是我的東西了。」
於是刃更緩緩起身，話一說完就壓倒了澪。
「啊……♥」
澪被壓在底下，感受到刃更的體重而樂得輕呼，並大大張開雙腿。
「哥哥不用留情……儘管蹂躪我吧。」
因主從誓約而完全成為性奴的澪對刃更說：
「快來嘛……換我讓哥哥爽一爽。」
這句話，十二分地足以奪去東城刃更的理性。
「————」
使他剛柱一挺，毫不猶豫往眼前淫縫塞進去。
要將奔騰的慾望——全部灌進成瀨澪。

6

長谷川千里——阿芙蕾亞收容刃更等人後。

斯波讓黃龍完全顯化，並著手掌控其操縱權的工作。

那就是與黃龍同步化。

為此，斯波必須和黃龍留在中央地區——東京鐵塔上。調整其他地區「四神」能量輸出、搜索刃更等人等工作，全交由巴爾弗雷亞代勞。

調整「四神」的部分，已經順利完成。

這是理所當然，因為企圖阻止斯波的人不在這裡。

刃更所帶來的「白虎」，也已和其他「四神」同步化，為顯化黃龍而釋放「金」的五行力量。

「朱雀」、「青龍」和「玄武」也是如此。

再來只要等時機成熟，黃龍就會成為完全體——

……屆時恭一閣下就會獲得掌控一切的力量。

如此一來，就再也沒有人能阻止斯波和自己了。

自己長久以來深埋心中的宿願，無疑將得償所望。

正因如此。

真希望能在那之前撲滅唯一的懸念——巴爾弗雷亞這麼想著，在結界內的東京四處飛行，尋找刃更等人的位置。

黃龍已完成顯化，扭曲的空間隨之恢復正常，得以有效進行搜尋工作。然而——

……還是找不到。

巴爾弗雷亞與高階惡魔瑞斯結有契約，能使用他的能力進入次元夾縫領域，擅長祕密行動。為了不讓人發現自己的存在，他也精通偵察周圍動靜的方法。即使有這樣的能力，他依然找不出消失的刃更等人位在何處。

原因無他——

……因為那是十神阿芙蕾亞的力量吧。

她恐怕是構築了虛數次元空間，完全融入這五行結界之中。

一般的結界就算了，現在連斯波在自己的結界之內都無法感測刃更等人的「氣」。

那麼巴爾弗雷亞要追循他們的動靜或魔力，成功率更是趨近於零。

儘管如此，隨著黃龍的顯化率提升，結界的力量也逐漸增強。

即使是虛數次元空間，也無法永遠融入周遭。

序　曲
獻出彼此的一切

總會有發生錯動，露出破綻的時候。

……繼續盲目亂找反而危險呢。

巴爾弗雷亞的盟友，只有斯波一個。

若自己在管理「四神」輸出調整等必要狀況下遠離中央，刃更等人有可能趁機再度襲擊斯波。

不過斯波現在的力量，又比他們撤退時更強了。

就算萬一有個差池，也不太可能輸給他們……但巴爾弗雷亞仍要預防這個萬一。

於是他中止搜索，返回斯波所在的中央地區。

降落在東京鐵塔大瞭望台的圍牆邊緣。

「————」

同時不禁倒抽一口氣。

因為顯化當中的黃龍，力量層級遠超乎他的想像。

——並不是黃龍的顯化速度超過預期。

目前顯化率約八十五％，與預定相符。

可是這八十五％的屬性力，就足足高出巴爾弗雷亞當初所預料的一倍了。

斯波這名字有「四刃」之意，而「四刃」對應「四神」。

所以斯波才以最能供給他力量的「四神」為核心，來安排這項計畫。

「但想不到……竟然能達到這種地步。」

五行之力，是世間萬物皆有的屬性力。

所以能操縱「氣」的斯波在黃龍身旁進行同步化，不僅能接受黃龍的潤澤，黃龍的力量也會因他增強。

正如相生一般。

這時——

「——喔？回來啦。」

斯波冷不防出現在巴爾弗雷亞背後，不知待了多久。

他是隱藏了「氣」，完全斷絕蹤跡了吧。

但如今擅長隱身的巴爾弗雷亞，並不會對斯波這麼輕易就占據他背後位置感到訝異。

因為斯波的力量，早就遠遠超過那種層次。

「很抱歉，我還是沒找到東城刃更他們。」

總之，巴爾弗雷亞先報告任務狀況。

「那沒什麼。多虧有你穩定『四神』的輸出和平衡，黃龍的顯化才能進行得這麼順利，這樣的幫助就夠大了。」

況且——

「刃更他們會採取的策略，我心裡也有個底。現在他正在一臉認真地努力扭腰吧。」

斯波苦笑著聳聳肩。

「阿芙蕾亞也一樣。她拋棄十神地位以後，原有的力量受到很多限制。現在應該和刃更結了某種契約。」

一口氣後。

「不過呢——他們一樣不是我的對手。」

話聲剛斷，週邊就要替他印證似的發生變化。

中央和四方——散發各屬性色彩光輝的五個地區，其五行能量高至極限而逐漸結晶。

斯波俯視著這樣的現象，笑道：

「一切都按照計畫進行，照著我們的劇本……我們的願望走呢。」

7

在澪身上排解連續誓約化的亢奮渣滓後，東城刃更到浴室沖澡。

長谷川的虛數次元空間，是以她的公寓為藍本所構成。

但變更了大小和隔間，像刃更幾個進行誓約的空間，就是以客房改造而成。因此，房裡多了幾扇原本沒有的門。

其中之一通往更衣間，然後是浴室。

——能完成一道主從誓約，就堪稱奇蹟了。

一口氣連續完成五道，根本是一群瘋子才幹得出來。

因此長谷川建構時，就將刃更等人會遇上瓶頸或需要散心的可能性考慮進去，使用上非常方便。浴室構造和長谷川家相同，刃更用了很多次，自然是熟門熟路，很快就開始沖洗在床上流的汗。

不過同樣滿身是汗的澪幾個沒有同行。

最近，和她們一起洗澡已是常態，讓她們刷過背以後，大多會順道找點樂子，而且都守著底線。

但現在，刃更幾個跨越了守到今天的底線，而且一發不可收拾。要是再一起洗澡，肯定又會在浴室裡無止境地彼此索求。

所以，暫時還是分開洗的好。

——這麼一來，必然是刃更先洗。

序　曲
獻出彼此的一切

既然彼此是絕對的主從關係，一切都會以刃更為優先。

而且，激烈性交的餘韻仍使她們意識朦朧。

刃更便讓她們繼續在床上休息，自己先進浴室。

澡很快就沖完了。

離開浴室時——有個美女在更衣間等他。

「老師……」

長谷川為了讓刃更幾個能埋首於主從誓約儀式——他們的荒淫性交，自己始終待在另一個房間。

「需要衣服嗎？我的力量就連制服也能準備，要什麼儘管說吧。」

眼前的她，身上穿的是亮絲製成的薄紗睡衣。

精緻的蕾絲邊底下，能隱約看見那對銷魂的爆乳，以及線條撩人的豐臀。

這身豪放的煽情裝扮，就是她平常睡前的穿著吧。

她強行進入斯波的五行結界，從黃龍的相剋噴吐下救出澪幾個以及被斯波打倒的刃更，又構築了對方無法察覺的空間並長時間維持。兩人上次對話已經是十幾個小時前的事，假如中間沒有任何休息，就算是長谷川也想必撐不下去。

可是現在的她沒有絲毫疲態，美得嘆為觀止，還以性感笑容說：

「話說回來……你出來得比預定快很多嘛，看來是一切順利吧。」

「……是啊，謝謝老師。」

刃更道出感謝之詞，看向握緊的右拳。

——能感到全身充滿前所未有的力量。

這是拜五道主從誓約，再加上五行屬性力彼此相乘的結果。

澪她們的力量，也一定有飛躍性的成長。

雖然斯波和黃龍應也提升了不少力量，但現在的他們肯定有勝算。

……而且。

如長谷川所言，刃更等人的主從誓約完成得比預想早了很多。

這是因為除了澪以外，所有人都被完成誓約時的高潮完全沖散意識。

所以即使完成誓約後，刃更在五小時限制結束前繼續和澪交歡，對於其他四人，就不用消耗剩餘的時間了。

騰出來的時間，可以用來擬定對抗斯波的戰略。

第一戰完全是被他玩弄於股掌之間。無論力量提升再高，若考量不夠周全，恐怕要再吞敗仗。

可是……

現在他們已經曉得斯波的企圖。當然，他或許會有其他目的或殺手鐧——但這部分用現有資訊推斷就應已足夠。

因此——

「謝謝老師……沒有老師，我們根本做不到。」

刃更鄭重道謝。

「你們得到的力量，是你們潛力獲得證明、成為現實的結果，我不過是提醒你們而已。」

長谷川一個輕笑，表情變得有些哀怨。

「成瀨澪她們和你做的時候，表情真的好幸福，看得我嫉妒死了。害我忍不住想，可以的話也來摻一腳。」

並說出她在另一間房觀賞全程後的感想。

「可是和你交合，恐怕又會打亂你的力量均衡……害你又不能用『無次元的執行』，或是破壞成瀨澪她們在你體內建構起來的五行相生。為了讓你戰勝斯波，我無論如何都要避免這種事發生。不過——」

說到這裡，她兩手輕捧刃更的臉頰。

「拜託你……給我一點點安慰吧。」

長谷川輕輕吻來，在刃更的唇印下柔軟溫暖的觸感。

——東城刃更很清楚長谷川對他的依戀有多深。

所以大方地滿足她，手環繞她的腰，用力摟抱。

「啊啊……嗯、啾……哈啊、嗯唔……啾噗……咧嚕、嗯啾……♥」

刃更的心意讓長谷川閉上的眼角泛出淚水，也以雙手擁抱他，舌頭放肆地與之交纏。

——那是愛侶的承諾之吻。

現在或許只能做到這麼多。

但東城刃更必定會將長谷川千里抱上床——占據她的一切，完成主從誓約。

兩人以此傾情一吻，誓言這絕不能改變的未來。

第1章 希望之星降臨大地

1

距離黃龍的完全顯化進入倒數一小時之際。

與黃龍盤據在東京鐵塔頂部的斯波見到了異狀。

那是劃過結界高空的炫目光芒。

宛如巨大流星的輝曜。

「——來了呢。」

斯波明白那道光是什麼，淺笑著望天呢喃。

只見光來到東京鐵塔正上方，一分為五。

其軌跡，將結界空間切割成五等分。

分為五道的光，還各自變化為不同色彩。

紅、白、藍、黑、黃——即五行的色彩。

不過流星分割空間的軌跡構成的形狀，和斯波的五行空間不同。

沒有設置中央，以東京鐵塔為中心作五等分分割。

就在流星從天而降，撞擊地面的那一刻。

五色光芒竄過大地，往各自彼方飛去。

在東京鐵塔最頂端的斯波看來，光芒瞬時構成一個巨大的五芒星。

「『所羅門五芒星』是吧……我就知道會來這套。」

斯波彷彿已經看透流星的意義——刃更等人的企圖。

「成瀨澪和她的隨從瑪莉亞、侍女潔絲特，還有勇者姊妹野中柚希和野中胡桃五個人，各自擔任了一個屬性吧。」

斯波身旁——巴爾弗雷亞浮在空中這麼說。

所羅門五芒星。

那也是日本平安時期著名陰陽師的代表性符號，故又稱「晴明桔梗」。

根據另一種五行思想而生，較重視相生相剋，將其效力最大化的「陰陽五行思想」，不像斯波版本那麼重視方位。

刃更和澪他們，應是打算以「木」、「火」、「土」、「金」、「水」等五屬性來對抗斯波以「四神」和「聖喬治」構築的五行。

「這一步是要用所羅門五芒星建構新的巨型結界吧。阿芙蕾亞的結界是用來躲我們，那這個結界會不會是用來防止『四神』在我們的結界解除時失控，危害外面的正常空間呢？」

這種想法並不壞。或者說，以刃更幾個的立場來想，也不得不這麼做。

正因如此，他們這一手早在預料之中。

這是當然。他們要做的不只是阻止斯波的野心而已。

而是保護這個世界不受企圖毀滅勇者一族的斯波破壞。

若無法保護東京，對他們而言也形同敗北。

……沒有刃更的動靜，就是因為這個緣故吧。

應該是認為在無法擔保外界安全的情況下和斯波開戰風險太高，所以刃更自己還留在阿芙蕾亞的結界裡。

那麼他要等到所羅門五芒星結界完成之後才會現身。

——可是這種戰術有個問題。

「在已經布置好的五行上強行施加別種五行……沒有一定力量，辦不到這麼蠻橫的作法。」

巴爾弗雷亞這麼說之後，斯波回答：

「是啊。畢竟我們的力量和這個五行結界，都沒有簡單到會讓刃更他們靠運氣找到其他更有效的方法。」

所以——

「他還在阿芙蕾亞做出的虛數次元空間裡作準備，好盡可能提高作戰成功率吧。」

即使距離遙遠，斯波也能清楚感受到。

澪等五人所散發的「氣」有飛躍性的成長，遠超乎對戰「四神」當時。

簡直判若兩人——不，這堪稱是跨次元的成長。

不難想像她們獻出什麼，才能得到這樣的力量。

——以及刃更放棄、犧牲了什麼。

「不過……力量提升的可不是只有他們。」

心想他們還真是不屈不撓之餘，斯波淺笑著仰望黃龍。眼前是近乎完全顯化，就要從第二形態化為最終形態的神龍。

而且力量提升的不只是黃龍。

與黃龍同步化的斯波也藉五行相生，在體內積蓄了堪稱無限的「氣」。在力量躍升的程度上，要比澪她們還高得多。

雖然從神器顯化的「四神」已遭澪等人打倒——

「有時間緩衝而得到力量和計策的，不只是你們而已。」

斯波恭一俯瞰地面。

並回想著誤以為能控制他的「梵諦岡」聖王說：

「如果這也不懂……小心步上阿爾巴流斯的後塵喔？」

2

打下各自負責的五行屬性魔力，使其深植大地。

這就是刃更等人構築所羅門五芒星結界的方法。

這當中，負責「金」屬性的少女降落在東方地區的江戶川。

那即是持有靈刀「咲耶」的野中柚希。

「…………」

她的第一步行動，是戒備四周與搜尋敵蹤。

顯化的青龍已經消滅，周圍沒有敵人的動靜。

可是柚希沒有立刻打下「金」屬性的魔力。

因為在那之前，有個必要的工作。

那就是壓制斯波用來維持五行結界的神器。屬「金」的柚希，負責壓制東方地區的「木」屬性靈刀「青龍」。

只在斯波製造的結界疊上自己的結界還不夠。

的確，主從誓約讓他們獲得過去無法比擬的力量，就連先前好不容易才戰勝的顯化青龍，現在也能輕鬆克制吧。

可是，如同柚希等人獲得新層次的力量，持續進行五行相生的斯波力量也不斷增加。若不先抑制他的力量，一旦斯波故意使「四神」失控，五芒星結界勢將潰決。

前一戰中，柚希一來到這東方地區就遇上了顯化的聖獸青龍。

於是負責打倒青龍的柚希離開對方占地利的江戶川，向西移動，目前還沒能鎖定靈刀「青龍」的位置。

離開長谷川的結界前，他們在作戰會議中，得知胡桃和潔絲特也還沒找出靈劍「朱雀」和靈杵「玄武」的位置就和聖獸交戰了。唯有刃更帶進來的靈槍「白虎」因巴爾弗雷亞的計謀得逞而被迫交出，用來替換由聖喬治變形而成的「複製白虎」，確定位在砧公園棒球場。

……聽刃更說……

通往西地區的出口，與「複製白虎」所在的砧公園相連。

考慮到五行均衡，其他地區的「四神」應也設置在空間出入口附近。

……這表示……

靈刀「青龍」就在柚希附近。

——不過東方地區一帶，充斥著青龍的「木」屬性能量。

而且斯波他們似乎動了點手腳……或不只是構築結界，更將其他四神和自己的力量輸往中央的黃龍，柚希感受不到「青龍」本身的氣息。

但她不是沒有辦法。

「咲耶……告訴我。」

於是柚希呼喚自己的靈刀，請它搜尋四神靈刀「青龍」的所在。

同為「木」屬性的「咲耶」，應能感知「青龍」的波動。

【————】

隨後，「咲耶」指示的是柚希的西南方。

江戶川與支流舊江戶川交界處的綠地。

該地名為東篠崎町，離篠崎水門很近。

「————」

柚希往「咲耶」所示方向望去，發現藍色靈刀就刺在三角綠地尖端的小樹林——其中一枝樹幹上，立刻瞇起雙眼。

從柚希這邊看來，那是舊江戶川對岸。

河面最窄處也超過一百公尺。

一般人得往南繞，走水門頂端過去，不怕濕的就直接游過去。

可是現在的柚希可以奔過水面。

「————！」

柚希朝河水揮下「咲耶」。

刀光一掠，展開的只有虛空。但那一劍還掃出了櫻花瓣的奔流，在舊江戶川水面上鋪出一條粉紅色通道。

柚希就此踏上花道，渡過舊江戶川。

這時——

【————】

伴隨著尖銳獸嚎，一陣龍捲風狀狂暴葉雪火速橫掃而來。

「……！」

柚希迅速後躍，葉雪隨即竄過她原先的位置，吹散通往「青龍」的花道。

在原岸著地後，柚希立刻望向葉雪的來處。

【…………】

只見上游——江戶川，有個蒼藍異獸靜靜浮在水面上。

體型遠小於顯化青龍，只有大型馬的尺寸。

——可是牠散發的氣勁，卻完全不是青龍能比。

那壓迫感，甚至比柚希提到中央地區幫助刃更對抗斯波時，噴射相剋龍息的黃龍還要高。

野中柚希知道那是什麼，自然繃起表情低語：

「青色的麒麟……記得叫做……」

其名「聳孤」。

相傳居於四神之長，在五行中掌管中央的神獸除黃龍外，還有另一種——那就是麒麟。

麒麟與黃龍皆是屬「土」，身負守護中央的使命，不過麒麟除「土」之外還有「火」、「水」、「木」、「金」等四種屬性的個體存在。

「火」屬性是紅色的「炎駒」。

「水」屬性是黑色的「角端」。

「金」屬性是白色的「索冥」。

而「木」屬性，就是柚希所注視的「聳孤」。

……可是，為什麼？

一般而言，黃龍與麒麟同被視為四神之長。

既然斯波要使黃龍完全顯化，叫出麒麟反而不自然。

會是中央的黃龍力量增至極限的副作用產生了麒麟，再連帶衍生其他四頭嗎。

……恐怕。

斯波選擇在中央顯化黃龍，是由於麒麟生性不喜爭鬥，可是這並不表示麒麟弱小。

事實上正好相反。若非如此，不可能和黃龍共居四神之長的地位。

且外貌和麒麟相同的其他四屬性個體，也都與麒麟同格——現在，柚希視線彼端的聳孤，就伴隨著濤天的壓迫感，阻擋她的去路。

守護與黃龍同在的斯波——以及其下屬青龍。

……聳孤在這裡，就表示……

柚希心想，其他麒麟也會出現在每個人所去的位置。

而每頭麒麟的五行屬性都與該地區屬性相同——那將增強牠們原本就十分強大的力量。

不過柚希和刃更達成了主從誓約，在屬性又占了相剋優勢。

「…………………」

柚希冷靜地默默評估她與聳孤的實力差距。

頂多旗鼓相當，或許略為不利。

「無所謂。反正我本來就不認為這會簡單到哪裡去。」

儘管如此，柚希仍毅然下此結語，握定靈刀「咲耶」向前邁進。

——麒麟是不喜爭鬥的神獸。

只要柚希不逼近，多半不會再攻擊。

可是，牠也不會離去。

聳孤恐怕不會想青龍那樣，隨對手轉移戰場。

讓牠留在這裡，牠會利用江戶川的水進行相生，不斷增強自己的「木」屬性。

沒時間猶豫了。

在黃龍顯化為完全狀態前，一刻也不能拖沓。

因此——

「不准你妨礙我們……妨礙刃更！」

吶喊的同時，野中柚希架持「咲耶」疾奔而出。

攻向阻擋去路的敵人——聳孤。

3

——事如柚希所料，麒麟也出現在其他地區。

西方地區的澪遇上白色的索冥，南方地區的胡桃遇上紅色的炎駒，北方地區的潔絲特遇上黑色的角端。

各執一方，要阻礙她們構築所羅門五芒星。

不過，只有一人免於麒麟的襲擊。

那就是為構築所羅門五芒星，而來到屬「水」的北方和屬「金」的西方之間——西北方，負責「木」屬性的萬里亞。

斯波是以方位概念構築五行結界。

因此屬「土」的麒麟無法離開斯波所在的中央地區到這裡來。

所以這一帶和其他地區一樣，沒有在構築結界前必須壓制的四神，原本應該是負擔最輕的地區。

可是——

「…………！」

成瀨萬里亞卻處於與其他地區同等或更糟糕的狀況裡。

她為植入自身魔力而降落的地點，是位在東京西北方的大片綠地。

都立石神井公園。

這個四神與麒麟的空白地帶，卻成了激烈的戰場。

這是因為，一度和萬里亞在砧公園交戰的高階魔族再次現身了。

『所羅門五芒星的五行相生，是以木為起點。』

巴爾弗雷亞的聲音來自四面八方，無一定點。

找不到對方的位置，不只是因為他使用了隱身能力。

最主要的是，萬里亞被無數敵人包圍了。

魔神雷基翁。

那是巴爾弗雷亞也曾在砧公園召喚，與其結下支配契約的高階魔神。

——第一戰中，每個雷基翁的力量沒什麼大不了。

所以還能應付。

可是現在，萬里亞眼前的雷基翁群，速度和威力等基本戰鬥力大幅提昇，還開始互相合作。

而且當時巴爾弗雷亞有要務在身，得將變為「複製白虎」的聖劍「聖喬治」送給斯波。

……說不定。

萬里亞心想——說不定當時巴爾弗雷亞都在放水。

『只要解決妳，你們的計畫就泡湯了。』

隨著這句挾帶冷笑的話——

【————】【————】【————】【————】【————】

雷基翁成群結隊地襲來。

「是啊，或許是那樣沒錯——但也要等我倒下再說！」

對於如此大批魔神，萬里亞反覆以相同動作轟散這群雷基翁。

用灌注魔力的拳搥打地面，掀起放射狀的衝擊波衝開他們。

所羅門五芒星結界，要將五屬性魔力植入大地後才能構築。

萬里亞就是在攻擊雷基翁的同時進行這項準備。

問題是，倘若連續打擊使地面陷成深坑，雷基翁就會變成從上方攻來。在四周由土地圍繞的坑洞裡空間有限，難以自由迴避。

所以萬里亞沒有停在一點，邊移動邊搥打地面。

如此連續的迴避與攻擊，使公園地面到處是巨大陷坑，彷彿遭到大量隕石轟炸。

第①章
希望之星降臨大地

萬里亞對石神井公園無冤無仇，弄成這樣實在很不好意思，不過在這個整座東京陷入嚴重危機的當下，只好請它委屈點了。

畢竟結界解除後，公園就會恢復原狀。

於是萬里亞毫不停歇地迎擊，並灌注發動所羅門五芒星結界的所需魔力，目前狀況相當順利。

……可是。

儘管如此，她也不曾有片刻鬆懈。

魔神雷基翁還有許多看不透的部分，仍是深不可測。

再說要在這西北地區植入「木」屬性，僅是打倒雷基翁還不夠——也得打倒操縱雷基翁的巴爾弗雷亞才行。

……在砧公園……

萬里亞只能不停打倒無限增殖的雷基翁，無法直接對戰巴爾弗雷亞。

——對方是力量足以單獨和魔神締結契約的高階魔族。

無疑比萬里亞對付過的任何敵人都更棘手。

因此比起往大地灌注魔力和迎擊雷基翁，萬里亞的注意力更放在提防巴爾弗雷亞趁隙偷襲上。

雷基翁的確是能輕易阻擋視線的厚實掩護。

可是對巴爾弗雷亞而言，高大的雷基翁也是包覆萬里亞的牆堵。

而且萬里亞不斷向四周擊出能夠轟飛雷基翁的衝擊波，巴爾弗雷亞無法接近。

雖然擊出足以轟飛雷基翁的強力衝擊波，魔力就會擴散，能植入大地的量就會比一般少

——

……但用次數彌補就好。

萬里亞已用拳對大地灌注了逾百次的「木」屬性魔力。

保持下去，再過幾分鐘就能灌滿發動結界的所需魔力。

這表示——巴爾弗雷亞一定會在那之前動手。

……到時候。

若有必要，萬里亞會立刻動用「魔法鑰」解開封印。

希望那樣能一舉擊潰巴爾弗雷亞。即使沒那麼容易，解除封印不僅能強化體能，魔力也會有飛躍性提升。

屆時只要一拳，就能灌滿所羅門五芒星結界的所需魔力。

所以——重點是時機。

「…………………」

就在灌注大地的魔力一拳又一拳地接近滿盈，萬里亞的緊張也來到最高點的時候。

「…………………！」

赫然發生於眼前的事態，使萬里亞不禁抽氣。

出拳時，底下地面冷不防出現一道魔法陣。

……糟了！

瞬時加快思考速度之餘，意料外的狀況使萬里亞憤恨咬牙。

恐怕這不是一般的魔法陣。

打下這拳，自己將完全中招。

——可是這拳不能停。

因為這麼做，會使得周圍的雷基翁一舉淹來。

但也不能往空中躲。

巴爾弗雷亞有隱身能力，將自己暴露在毫無掩蔽物的空中，只會變成肉靶。

用絕招「魔法鑰」解除封印——時間也不夠。

……既然這樣！

「喝啊啊啊啊啊啊啊啊啊啊啊啊啊啊！」

萬里亞破釜沈舟，以裂帛之勢擊出伴隨鮮紅重力波的拳。

——結誓約之際，她從刃更那得知了威爾貝特才是她的親生父親。

她現在釋放的就是他的力量。

將威力抑制在五成，是因為使出十成力道會導致昏厥。

不過憑現在的萬里亞，五成就有足夠的威力。

就算眼前這道魔法陣是遭受攻擊就會觸發的陷阱型，也應該能用垂直方向的重力波壓制。

於是萬里亞毅然決然，往魔法陣揮出纏繞鮮紅波動的右拳。

伴隨強烈重力的衝擊波在魔法陣炸裂——

「——歡迎。」

但下一刻，成瀨萬里亞聽見巴爾弗雷亞的聲音從極近處傳來。

而且是空中。

這時，萬里亞擊出的鮮紅重力波已在底下地面擴散。

「————！」

「那個魔法陣，是我用另一個契約魔神『瑞斯』的力量布下的。」

就在側邊，佇立在半空中般的巴爾弗雷亞對心裡一怔的萬里亞說：

「這兩個魔法陣，和異次元直接相連。」

到這一刻，巴爾弗雷亞已經完成攻擊準備。

纏繞漆黑氣場的右手朝萬里亞張開——掌心前是巨大的十連重型魔法陣。

「妳的應變反應很不錯——可惜還是不夠。」

於此同時，先前所無可比擬的超巨大雷基翁衝出魔法陣，而且他直徑少說有五公尺的拳已向萬里亞揮下。

直逼眼前。

「！……可惡！」

眼見掩覆整片視野的巨拳從旁襲來，萬里亞鼓振雙翼試圖迴避，但已經無路可躲。

只能硬接這一擊——

「——嘶吼吧，洛基。」

但在捱揍之前，一道黑色衝擊波伴隨平淡口吻從斜上方射來，一舉吞噬貼近萬里亞的超巨大雷基翁。

超高度壓縮的魔力洪流，一擊就轟得巴爾弗雷亞叫出的超巨大雷基翁不留一點殘跡。

萬里亞隨之望向衝擊波的來處。

「你不是——」

「……你怎麼在這裡？」

萬里亞的驚嘆，幾乎與巴爾弗雷亞的疑問重疊。

兩人所望之處，有位青年佇立空中。

那是手持黑色魔劍的現任魔王——雷歐哈特。

4

「怎麼了……我們來到這裡有那麼奇怪嗎？」

現任魔王對仍未進入狀況的瑪麗亞和巴爾弗雷亞如是說。

「我們」二字，表示來到這裡的不只他一個。

隨後，有個人彷彿要證明雷歐哈特所言不假，穿破他身旁的虛空現身了。

那是身兼現任魔王派及穩健派代表，負責監視東城刃更勢力的青年——拉斯。

他化身為名叫瀧川八尋的人類，而非原來魔族姿態。

「這個結界的確很了不起……而且又在人界，我們原本是不能親易進入。」

可是——

「我們現在仍然出現在這裡，那麼你猜猜，我們是怎麼化不可能為可能的呢？」

「……我懂了，是雪菈閣下吧。」

聽了拉斯的話，巴爾弗雷亞說出他立即想到的真相。

「媽媽……？」

萬里亞仍是一頭霧水，表情困惑。

拉斯對她點點頭說：

「沒錯。除了連接魔界和人界的次元境界外，還有其他連接兩個世界的方法。妳媽就是偷偷在妳身上加了這樣的保險。」

雷歐哈特接著說出保險究竟是什麼。

「雪菈閣下以她從前被譽為魔界最強夢魔的力量，構築了『次元通道』。這是為防萬一，雪菈閣下在妳身上建立了一條直接和她相連的通道。」

「只是這空間內外的次元隔絕程度比魔界和人界還要大，結果連結斷裂，導致出口座標出現了一點偏差就是了。」

拉斯說道：

「不過我們還是順利進來，又剛好趕上，這樣就夠了吧。」

「難道……媽媽在現任魔王派和穩健派決戰以後，就料到會發生這種事……？」

「並沒有。雪菈閣下對妳下保險，是在你們來到倫德瓦爾和我們現任魔王派決戰之前，好在緊要關頭趕來救人。」

雷歐哈特對不敢相信的萬里亞解釋：

「不過決戰之後……她其實有很多機會可以消除連結。況且樞機院都不在了，魔界已經沒多少人有能力和戰勝我們的東城刃更等人旗鼓相當，而且與他們敵對了。」

然而——

「反過來說，假如你們再度陷入危機，那你們的敵人也是我們必須全力戒備的敵人。雪菈閣下保留這個連結，就是為了預防這種事吧。」

真是慧眼獨具。

「也難怪她能和人稱最強魔王的威爾貝特相提並論了。」

「你們要求勇者一族將東城刃更等人視為聖域，居然還插手這件事……這樣的行動也未免太輕率了吧。」

保持沉默的巴爾弗雷亞對雷歐哈特說：

「在這個兩派剛開始合作的時期下如此輕率的決定，很可能會殃及你和莉雅菈殿下好不容易得到的未來喔？」

「就是啊，真的是怎麼勸都勸不聽呢。」

拉斯苦笑著往身邊的雷歐哈特看。

「──是有這樣的風險沒錯。」

雷歐哈特也認同了巴爾弗雷亞所說的可能。

「可是巴爾弗雷亞……不管你怎麼想，你都是我的部下。身為部下的你涉入這種事，我這個主人卻只是隔岸觀火，也會變成反抗勢力攻擊我們的口實。為了阻止這種事，我只好在事情暴露前暗中解決這件事。」

「……所以你就專程跑來了？」

「部下犯錯就是主人犯錯。魔界我交給八魔將顧了。」

再說──

「姊姊也希望我繼續和拉姆薩斯閣下協力推動兩派同盟。」

「莉雅菈陛下……？」

巴爾弗雷亞皺起了眉。

「真的是怎麼勸都勸不聽呢。」

拉斯百般無奈似的一字不差地重複上一句話，並催萬里亞說：

「所以啦，那傢伙就給雷歐哈特應付。妳不要發呆，趕快把那個結界什麼的弄好吧。」

「…………好吧，拜託你們了。」

萬里亞是選擇相信他們了吧。

她說完就降落地面，開始往大地灌注發動所羅門五芒星所需的「木」屬性魔力。

「好啦……我就在一旁納涼看戲吧。」

見狀，拉斯就已經忙完了似的雙手往後腦一抱。

「……拉斯，快想辦法處理那個。」

雷歐哈特以視線指向遠處。

那裡有一頭盤踞在朱紅高塔上的巨大金龍。

「喂喂喂，不要開這種玩笑好不好？那根本是籤王吧。」

「——根據你的報告，麻煩的對手應該還有一個才對。」

對於斯波恭一，雷歐哈特只知其名，不知其人。

從拉斯的報告來看，刃更的勝算是前所未有地低。

——當然，實戰並非純以戰鬥力高低定勝負。

刃更就是如此一路與比他更強的敵人死鬥過來，其中也包括雷歐哈特。但即使是如此關關難過關關過的刃更，拉斯也不認為他有多少勝算。

既然比誰都更嚴格判讀情勢的拉斯如此判斷，應該是不會錯。因此——

「就算是東城刃更，要同時對付那個人和那個東西也很吃力吧，你過去幫點忙。」

「你說得倒簡單……怎麼不想想我去對付那隻大得亂七八糟的龍吃不吃力啊？」

聽了拉斯的抱怨，雷歐哈特道出一項事實。

「……我拜託姊姊替我擋一擋穩健派那邊的問題，現在應該很忙。」

「？對啦，忙那些政治的事當然是很勞心勞力……」

他繼續對不得要領的拉斯說：

「可是……要是東城刃更戰死，成瀨澪也丟了小命，我們和穩健派的同盟就會立刻告吹吧。虧姊姊費了那麼多苦心。」

然後——

「要是她知道你的怠慢占了一部分責任——」

吐一口氣。

「不知道姊姊會怎麼想喔。」

「你…………可惡，下流！哪有這樣威脅的！」

拉斯似乎是聽懂了雷歐哈特的話，咒罵個幾句就消失不見。倒不是逃跑，而是去辦事。

因此，雷歐哈特也要完成自己的任務。

「我不想花太多時間……先開始了。」

「你以為多了兩個人就能顛覆戰況嗎？」

巴爾弗雷亞見雷歐哈特架起魔劍，嗤之以鼻地笑。

「你在說什麼傻話……都沒在聽嗎？」

雷歐哈特也對過去的部下面泛淺笑說：

「我應該說過——魔界已經交給八魔將顧了。」

5

現任魔王雷歐哈特帶來的幫手，並非只有拉斯一個。

雷歐哈特身邊還有幾個和八魔將同等，甚至更值得信賴的親信。

在東城刃更等人來到魔界時，和他並肩作戰的夥伴。

——在雷歐哈特對付巴爾弗雷亞的當下。

其中一名夥伴，來到在南方地區進行空戰的野中胡桃身邊。

第1章
希望之星降臨大地

靈劍「朱雀」，就插在川崎火力發電廠中。

但儘管找到靈劍位置，於東京灣上空飛舞的胡桃仍在紅色麒麟——炎駒更甚朱雀的超高熱猛攻下居於劣勢。

因為朱雀和炎駒的火，已將結界空間內的東京灣完全燒乾。

沒水可用就等於失去武器，胡桃打得左右支絀。

「！你怎麼會……！」

見到身形巨如岩堆的魔族闖入戰鬥，使胡桃不禁驚呼。

——那是曾在魔界與刃更交戰的高階魔族。

率英靈攻打穩健派根據地維爾達城的彪形大漢。

「別誤會了，勇者一族的少女……我不是來與妳為敵的。」

高大的高階魔族——加爾多低聲這麼說之後，銳利目光射向炎駒。

【————】

那紅色麒麟也立刻將加爾多視為敵人。

並反射性地吐出巨大火球。

宛如小型太陽的烈焰團塊轉眼化作不死鳥的形狀，燒盡沿途空氣襲向加爾多。

「不經過召喚也能構成聖獸……真是厲害的火。」

「喂，你還在——！」

眼見加爾多即使火焰靈鳥逼至眼前也只是低聲讚嘆，急得胡桃想叫他閃躲，但她臨時想起一件事。

那就是加爾多攻打維爾達時展現的能力。

同時，那現象就在胡桃眼前發生了。

加爾多淡然平舉右手，火焰不死鳥撞上他的掌心——下一刻發生的不是爆炸，而是吸收。

炎駒吐出的巨大火鳥被加爾多吸進體內了。

【————？】

意料外的狀況，使炎駒倍感疑惑。

這時，加爾多的身體已經膨脹了近乎一倍。

只見他長出一對巨翼和尾巴，額上多出兩隻角，雙臂有如脈動的岩漿滾滾沸騰。

「很遺憾……你應該是擁有強大力量的知名神獸吧。」

加爾多以轟炎魔神般的模樣說道：

「可是只要是屬火的，任何攻擊都對我無效。」

而且——

「勇者一族的少女，妳聽著……這裡大致上的情況，我都從拉斯的報告聽說了。」

「拉斯不是……」

加爾多所說的名字，胡桃也很熟悉。

那是穩健派與現任魔王派聯盟派來人界的監察員——瀧川八尋的魔族名。

他從很久以前就和刃更結下跨越人類與魔族的合作關係，攜手度過許多難關。雖然胡桃不像相信刃更那樣相信他——

……不過。

在勇者一族的「村落」與長老們面談時，瀧川帶來的密文幫了很大的忙。

當然，要求兩族將刃更與澪視為聖域的密文，應也包含穩健派與現任魔王派的各種算計。

但無論魔族有任何意圖，那總歸是幫了他們。

而瀧川在斯波帶「四神」離開儀式堂之際，也曾協助刃更阻止他。

雖不知魔族是怎麼進入斯波設下的五行結界——

「……真的可以相信你嗎？」

胡桃在對峙炎駒的加爾多背後問。

「只要穩健派和現任魔王派的和約在，我就不是你們的敵人。」

「可是我和姊姊……」

瀧川的密文中提到，魔族設定的聖域並不包括野中姊妹。若處理得不好，這樣會讓加爾多等現任魔王派惹上麻煩。

然而——

「沒問題。我們已經從拉斯的報告得知妳和妳姊姊兩個人都脫離勇者一族了。」

加爾多說道：

「所以來這裡之前，雷歐哈特和拉姆薩斯閣下已經達成正式協議，將妳們和東城刃更跟成瀨澪一樣都視為聖域。在你們進入這空間的同時，勇者一族的『村落』和『梵諦岡』也都收到了通知。」

「為什麼這麼快……」

胡桃不禁錯愕，然後恍然大悟。

「該不會是——一開始就準備好了吧？」

魔族早就為了隨時能將野中姊妹納入聖域——隨時能協助她們，做好了一切準備嗎？

「抱歉，這不是我會知道的事。我們來到這裡，就只是為了捉拿協助斯波作亂的我方人士——巴爾弗雷亞而已。」

「我們……？」

胡桃從加爾多說過好幾次的自稱詞感到疑問而問出口時。

遠處響起巨大的轟隆聲。

這不是其他地區第一次傳來戰鬥聲響，可是——

「那是……」

以飛行魔法飛翔於東京灣上空的胡桃，能直接望見中央東京鐵塔的另一邊。

所以她立刻找出聲音從何而來。

北方地區不知何時，多出了一個高如摩天大樓的巨人。

6

胡桃所目擊的，不是巴爾弗雷亞叫出的超巨大雷基翁。

負責「土」屬性的潔絲特正在北方地區與黑色麒麟「角端」戰鬥。

不過她並沒有以魔法製造魔像。

潔絲特的魔像動作絕不遲緩，可是角端的速度遠高於玄武，魔像根本打不中牠。

於是潔絲特只使用土系魔法應戰，而角端恐怕是知道她如何打倒玄武，調動了流經十條駐屯地南方的石神井川河水、空氣中的水分，乃至於地下水管中的水。

牠在自身周圍張設堪稱絕對防禦的水牆，擋開潔絲特的土系魔法並節節進攻。

然而潔絲特的土系魔法，在五行中能剋制角端的「水」屬性攻擊。

即使水能沖散土，土也不會消滅——因此，潔絲特一粒沙也不放過地使用十條駐屯地地面與建築物所有土石。

雙方都有堅固的防禦，但潔絲特少了一項攻擊手段，戰況陷入僵局。

——但時間拖得愈久，黃龍就會愈接近完全顯化。

進而增強斯波的力量，降低己方勝算。

使這地區充滿「水」屬性的靈杵「玄武」就刺在無線電塔頂端。首先要壓制「玄武」的力量，然後在這裡植入「土」屬性的力量。

就在潔絲特準備放手一搏，突襲角端時。

十條駐屯地的直昇機坪兼運動場，突然張開一面巨大魔法陣。

隨後，遠高於無線電塔的巨人出現在魔法陣中央。

「那是……」

潔絲特降落在大禮堂屋頂，望著曾經見過的巨人而低語。她在維爾達市區的戰鬥中直接對付過這種巨人——在倫德瓦爾與現任魔王派決戰時，那還是澪的對手。

英靈。

——可是，出現在十條駐屯地的英靈外觀與以往不同。

那巨大身軀周圍環繞著古代文字的陣列，散發魔力的光輝。

「它在詠唱魔法？不對，那是……」

「啊，太好了……看來妳平安無事。」

當潔絲特試圖臆測英靈在發動什麼時，站在英靈肩上的少年發現她的蹤影，鬆了口氣般這麼說。

她知道這個長相可愛的少年是什麼人。

他是在兩派決戰中，曾使用英靈與雷歐哈特並肩作戰的少年——路卡。

倫德瓦爾決戰後——聽說他沒有加入雷歐哈特創立的新議會，選擇進入學院走學者之路。

「你怎麼會在這裡……？」

「這是現任魔王派與穩健派聯盟的決定。」

對於對方的提問，路卡略顯無奈地說：

「為了逮捕涉案的巴爾弗雷亞。你們現在是我們的聖域，為了保護你們不受侵犯，聯盟決定我們插手這件事。」

畢竟——

「要是魔界兩大勢力的聖域有個萬一，恐怕不只是和勇者一族發生全面衝突而已……還可能會連帶破壞穩健派和現任魔王派難得建立的和平。我們雙方都不希望見到這種事。」

「…………這樣啊。」

潔絲特呢喃地表示同意。

——路卡說的多半只是官腔吧。

一旦發覺巴爾弗雷亞投靠斯波，他就成了叛國的反賊，現任魔王派要與他撇清關係的手段多得是。

然而他們卻為了提供協助，而刻意保留現任魔王派對巴爾弗雷亞的責任歸屬。

既然如此，再問下去就未免太不解風情。

況且還有更要緊的事該問。

「你是怎麼進入這空間的？」

「走雪菈閣下的次元通道。通道好像是和她女兒瑪莉亞小姐相連，可是這個空間內外的次元遭到隔絕，她和瑪莉亞的直接連結也在進入這個空間以後不久斷掉了……所以最後出口的座標有點偏差。」

「……原來如此。」

雪菈與萬里亞的直接連接，應是在躲進長谷川的虛數次元結界時斷的。

就連能輕易察覺「氣」反應的斯波都找不到了。

無論雪菈的次元通道再怎麼優秀，遭結界截斷也不足為奇。在潔絲特推想狀況時——

「總之，那頭神獸就由我和這孩子來擋，妳趕快做好自己的工作！」

「不行……怎麼能丟給你們呢。」

獲得助力固然令人感激，可是只讓路卡和英靈作角端的對手還是過於危險。

聯手擊破角端再開始構築結界較為穩妥。

當然這樣會損耗不少時間，但已經比潔絲特單打獨鬥時好多了。

路卡對戰澪時操縱的高階英靈，動作之敏捷完全不是潔絲特當時製造的魔像能比。雖然與刃更達成誓約後，潔絲特現在造出的魔像應該又強過當時的英靈——

……不過。

倘若路卡回學院後也不斷鑽研英靈，結果又會如何呢。

這具英靈十分可能跟得上角端的速度。如此思量時——

……對了。

潔絲特忽而發現，角端停止攻擊了。

牠沒有消失——黑色麒麟仍漂浮在休閒中心上方。

【————】

其視線所指的不是潔絲特，而是路卡的英靈。

已經將它認作敵人了吧。

但角端沒有動作，是因為——

「看來……那頭神獸也注意到了。」

路卡注視著角端說出答案。

「敗給成瀨澪以後……我為了有朝一日繼續在戰場上協助雷歐哈特陛下，不斷在學院改良、強化英靈。後來在魔神戰爭時代遺跡的古代文獻裡，發現了魔神凱歐斯身上魔法無效屏障的相關記載。」

當然——

「那樣的絕對屏障，只有魔神凱歐斯才能使用，我們做不出一樣的東西。可是只要了解原理並加以應用，做出同類效果並不是不可能的事。像這樣分析過去的遺物並配合現代的力量重新再造，本來就是我們學者的本分。所以——」

路卡帶著自信的笑容說：

「這具英靈張開的是『全系魔法絕對無效屏障』。既然那頭神獸是『水』屬性力量所顯化出來的，只要碰到這道屏障就會直接消滅才對。」

這就是角端將路卡的英靈視為敵人卻遲不動身的緣故吧。
那黑色麒麟知道盲目接近英靈，自己恐怕會遭到消滅。
可是從遠處攻擊，角端又受限於五行的「水」屬性。
在全系魔法絕對無效屏障面前，牠任何攻擊都不具意義。
然而這麼強大的屏障，效果肯定無法永續。
「你這個絕對無效屏障……時效能維持多久？」
「……問到重點了。老實說，頂多三十分鐘。」
聽了路卡的回答——
……這麼說來，一次對付一頭那種層級的神獸就是極限了吧。
假如持續時間更長——就不必來這北方地區，請他直接到中央地區協助刃更對抗黃龍也是種選擇。
……不行。
一旦路卡的英靈接近，就會被斯波視為黃龍顯化的阻礙而第一個消滅吧。
而且路卡的英靈只能消除具魔法屬性的攻擊。
斯波操縱的「氣」不受五行屬性限制，英靈無法抵擋。
……既然這樣。

將斯波牽制於中央，儘速完成所羅門五芒星結界會比較好。

只是角端的出現，代表其他地區也出現了對應的麒麟吧。

「先前你說『我們』……還有誰從魔界來這裡插手這件事？」

「還有雷歐哈特陛下、加爾多和拉斯。」

「四個啊……」

潔絲特這邊是出動五個人構築所羅門五芒星。

即使其他人都在路卡來到這裡時抵達不同地區，最後還是少一個。

「那就換個地方，去找更需要幫助的人——」

「這妳不用擔心。」

潔絲特話沒說完，路卡先帶著肯定的笑容說：

「我們是離開魔界以後，才使用雪菈閣下的次元通道。」

7

在五行屬性的麒麟各自顯現的東南西北各區中。

有一人戰況格外艱困。

那就是西方地區，負責「火」屬性的澪。

之所以苦戰，並不是出現在她面前的「金」屬性白麒麟——索冥特別強。

澪和其他人一樣，與刃更達成了主從誓約。

完全成為刃更所有物之後，體內魔力彷彿源源不絕，連她自己都覺得訝異。

而且澪屬「火」，剋制屬「金」的索冥。

由於索冥是神獸麒麟的分體，是與黃龍同格，絲毫大意不得。但在一對一的情況下，還是能打得有來有往。

然而，澪卻陷入苦戰。

因為阻擋其去路的，不只是索冥一個。

——這裡是綠意盎然，圍繞草坪樹林的砧公園棒球場。

「……真是一隻倔強的老虎。」

澪以飛行魔法浮於空中，憤恨難平地說。俯視之處，是不同於索冥的白色聖獸。

那是應已在第一輪戰鬥中打倒的對手——守護西方的白虎。

現在，刺於西方地區砧公園棒球場的神器靈槍「白虎」，是刃更後來帶進結界的真品。

原先斯波是逃離「村落」時搶走賽莉絲的聖劍「聖喬治」，將其變為「白虎」代用。後來遭巴爾弗雷亞強行拔除，刃更只好將「白虎」刺進棒球場替代。

這是因為斯波的五行結界——逆轉東南西北所構築的結界遭到解除，即將恢復原來空間。為了避免位置逆轉的「四神」失控，別無他法。

白虎因而顯化，澪好不容易才成功戰勝。

然而這也在斯波算計之中……利用澪等人擊倒顯化的四神，使中央呈現危急狀況，成功使黃龍顯化。

此刻，黃龍的顯化仍在持續。

而白虎顯化會阻礙黃龍，原本不該發生這種情況。

……可是牠現在卻重新顯化，代表——

成瀨澪想到一種可能。

澪所打倒的白虎，是刃更將真靈槍刺進地面時隨即顯化。

勇者一族賦予靈槍「白虎」的是四大元素中風系的力量。

但顯化的白虎卻是使用五行的「金」屬性。

就算與其他四神的共鳴會有影響，臨時從四大元素轉換成五行系統，連屬性都遭到改變，不太可能一顯化就能全力出擊。

……也就是說。

白虎顯化時所用的五行「金」屬性力量，肯定是來自變成「複製白虎」的「聖喬治」注入大地的力量。

而現在澪眼中的白虎，則是從四大元素轉換為五行——從風系轉換為「金」屬性的靈槍「白虎」真品顯化而來。

但儘管如此，憑現在的澪依然不難打倒。

——除非敵人不只牠一個。

沒錯。敵人不只是白虎，還有索冥。

白虎在地面，而白色麒麟則是在空中與澪相對。澪注視著索冥，心想——

……五行空間比想像中麻煩得多了呢。

若是在正常空間，敵方戰力可以單純地相加或相乘。

可是這裡是斯波製造的五行空間。

——五行的屬性關係，不只是相生相剋。

分做五類的五行，其關係也有五種。

即相生、相剋、比和、相乘、相侮。

白虎與索冥同時顯化，使這西方地區「金」上加「金」，呈現力量高漲的「比和」狀態。

且效果極為巨大。

【————————】

【————————】

白虎與索冥——「金」屬性的聖獸與神獸，同時朝澪動身了。

位在地面的白虎，將地中鐵沙化作無數尖槍，高速射出。索冥則是從體內無止盡地射出無堅不摧的半月刀。

無數利刃曲直交錯，以複雜軌道向澪襲來。

「！…………可惡！」

澪立刻在自身周圍張設灼熱魔法的全方位護壁。

與刃更達成誓約化，讓澪能將魔法的超高溫上升到蒸發白虎時無法比擬的境界。

不——是非那麼做不可。

對方攻擊強度也不是第一輪戰鬥中的白虎能相提並論，得全力施法才能抵擋。

若心存僥倖，為節省魔力而沒能完全蒸發，白虎和索冥的攻擊恐怕會穿透護壁，將澪切成碎片。

必須全力以赴。

白虎和索冥的攻擊不斷撞上澪張設的灼熱魔法護壁，消失得無影無蹤。可是——

【——————————】

【——————————】

「金」屬性的聖獸與神獸的攻勢依然沒有絲毫減緩。

結果就是，澪只能保持在張設護壁的狀態，沒機會做其他動作。

——這砧公園是「金」屬性地區的中樞。

相對於被迫全力施法，無法避免損耗的澪，屬「金」的對手則能無窮無盡地恣意發揮力量。

……想打消耗戰拖時間吧。

戰鬥拖久了不僅對澪不利，也會連累刃更。

必須找個能夠擊退牠們的突破口，但目前澪束手無策。

假如她的全力火系魔法能擊中牠們，是能夠給予傷害。

於是她維持灼熱護壁，視對方反應速度選擇適當爆炎魔法進行廣域攻擊，然而就是逮不到因五行「比和」而力量倍增的白虎和索冥。

「這樣的話——喝啊啊啊啊啊啊啊啊啊啊！」

澪用風系魔法在周圍造出龍捲風。

——她選擇的是在第一輪戰鬥中蒸發白虎的作戰方式。

以龍捲風捲起含鐵的沙石並加以電擊，使其化作超強力電磁鐵，將屬「金」的白虎與索冥強行拉到超高溫護壁上蒸發掉。

【────────】

但就在澪接著施放雷擊魔法之際，索冥尖聲嘶鳴，全身迸發眩目白光。

緊接著，雷擊魔法伴隨一聲霹靂打下，但軌道卻偏離包圍澪的鐵沙龍捲，直接落在索冥身上。

「！牠該不會……把自己當作避雷針了吧！」

為計畫被看穿而錯愕的當下，連圍繞澪的鐵沙龍捲也瞬時被索冥吸走。

屬「金」的索冥是在體內製造能操縱金屬的線圈了吧。並在接收澪的雷擊魔法而帶電後，將自己的肉體變成強力電磁鐵。

而大量鐵沙聚於索冥的瞬間──

【────────】

迸發電漿的索冥再度全身發光。

亮度遠超過前一次，刺眼閃光淹沒四下。

「────！」

同時，澪倉促解除灼熱魔法護壁，在周圍布展重力魔法。

第①章
希望之星降臨大地

索冥將聚來的大量鐵沙導入，使自身成為帶電狀態的雷擊魔法，化為荷電粒子並全部釋放——灼熱魔法的護壁絕緣不了這樣的電擊。

於是澪用重力魔法在周圍強行製造次元斷層，設下屏障。

解除灼熱魔法護壁，是為了避免遭受索冥電擊而發生劇烈爆炸與燃燒反應而震盪空間，使重力魔法產生破綻。

剎那間，無數電漿團在熾白閃光中爆裂。

索冥射出的荷電粒子撞上澪的重力空間屏障而炸開了。

「……真是好險。」

這籠罩四周的超電磁風暴要持續到閃光消失為止了。假如沒有和刃更達成誓約，根本持續不了那麼久的重力魔法。

……刃更。

因此，成瀨澪在心中呼喚她的最愛，至高無上的主人。

這之後，刃更非得戰勝斯波不可。

為了盡可能為他營造有利環境，澪幾個必須盡快構築所羅門五芒星結界。

……首先得抑制「白虎」。

就是那把白色靈槍，使西方地區充滿「金」屬性的力量。

索冥不過是利用其力量而顯化的產物。

應該先擊倒白虎才對。

然而要擊中對方，得先設法封阻對方的行動。

……那麼。

在索冥擊出的電流消退之際，澪在周圍布下重力魔法的攻勢。

準備以重力將白虎釘在地面，在自身周圍設下灼熱魔法後突襲，一舉消滅。在布展灼熱魔法護壁的狀態下，可以消除索冥的任何「金」屬性攻擊。

也就是一口氣完成攻擊白虎、抵擋索冥——以及向大地植入「火」屬性魔力三件事。

反言之，沒有其他方法，只能這麼做了。

「看我的……！」

因此，在閃光漸消，周圍景物重返視野的當中，澪決意執行計畫。

就在閃光如白霧般散盡的那一刻——

「喝啊啊啊啊啊啊啊啊啊！」

澪將用於防禦的重力魔法轉為攻擊，鮮紅波動頓時掩覆周邊區域。

……咦……？

緊接著施放灼熱魔法時，底下廣場忽然不見目標蹤影，使思考出現剎那空白。

第1章
希望之星降臨大地

白虎不見了。

——被起手的重力魔法打倒了？

不會有這種事。

——被索冥的荷電粒子風暴燒掉了？

更不可能。

那麼到哪裡去了……澪在視野角落一團壓扁的銀色物體找到提示。

那是被澪的重力魔法壓扁的金屬塊。

從形狀和大小來看，質量頗高。

「————！」

於是澪下意識地向後方仰望向死角。

——背後上方。

結果見到巨大的白虎幾乎逼到眼前。

原來白虎在索冥的荷電粒子閃光奪去澪的視覺時，從地面隆起高過澪的金屬台，一舉占據她背後高位。

察覺這事實時，白虎的銳爪利牙已經逼到無法閃避的距離了。

「唔……！」

【————】

於是澪旋即施放爆炎魔法，但白虎要在那之前先撕裂她。

下個瞬間。

附近有聲音響起。

不是劇烈爆炸，也不是痛快的切斷聲。

是尖銳的金屬撞擊聲。

而且就來自澪的眼前。

「你不是……」

成瀨澪錯愕地看著闖入她與白虎之間的人影。

以快過澪的爆炎魔法與白虎爪牙的速度介入其中的人，是手持不同於靈槍「白虎」的武器……「冷豔鋸」的金髮少年。

勇者一族的早瀨高志。

8

第 1 章
希望之星降臨大地

東方地區，江戶川的篠崎水門一帶發生衝突。

那是野中柚希與藍色麒麟「聳孤」的戰鬥。

稍早前與青龍的戰鬥中，柚希將戰場從江戶川轉到錦系町再轉到門前仲町而成功獲勝。

可是這次，不能再用相同的戰術。

……要抑制「青龍」才行。

在這東方地區不斷增幅「木」屬性的靈刀「青龍」，就刺在近處綠地的樹幹上。

不能離開這地方。

何況聳孤雖是麒麟的亞種，生性同樣不喜爭鬥。

只要柚希遠離，牠應該不會追來。

於是柚希不得不在對方占地利的這個地方——以充滿了「水」，可以生「木」的江戶川為擂台對戰聳孤。

與刃更達成誓約的她，起初是打得平分秋色。

可是無可避免地，她漸漸退居劣勢。

因為這空間是以五行架構而成。

黃龍顯化率持續上升，表示這空間中的五行屬性全在相生循環之下，也就是中央「土」以外的五行會持續增幅，導致各地區的四神與麒麟力量隨時間增長。

這當中，與聳孤交戰的柚希和西方地區同時對付白虎與索冥的澪一樣，陷入了苦戰。

——柚希的「金」屬性，在五行中剋制聳孤和青龍的「木」屬性。

單看屬性關係，是柚希有利。

問題是江戶川的「水」屬性。

柚希屬「金」，在五行中生江戶川的「水」——換言之，「水」的存在會使柚希間接強化聳孤與青龍。

而且相生不只會強化受生方，還有稍微減弱主生方的特性。

當然，河岸有「土」，這裡又大半是填來的土地，馬路也屬「土」，對屬「金」的柚希有相生之效。

……可是。

那根本比不上這一帶因五行相生而增幅的「木」屬性力量。

因此，想打倒聳孤，總是缺那麼臨門一腳。

……要是潔絲特在就好了。

她能增強這一帶的「土」屬性，生柚希的「金」，提高打倒聳孤的機會……可是想這種事也沒用。

為了構築所羅門五芒星，她們每一個人都非得獨挑自己的屬性不可。

因此——

「！…………喝啊啊啊啊啊啊啊啊！」

立於舊江戶川對岸的柚希，對聳孤高揮靈刀「咲耶」。

刀光一閃，掃出無堅不摧的氣刃。

——可是單純的斬擊對聳孤無效。

所以柚希再往斬擊加上「土」屬性的相生。

在斬出之前，用刀尖劃過地面。

以屬「金」的刀斬開大地般擊出的氣刃，經「土」屬性的相生強化而備加鋒銳，足以一舉斬倒聳孤。

本該是這樣的，但是——

「——————！」

下一刻，野中柚希吃了一驚。

因為她擊出的極致刀勢被彈開了。

不是聳孤本身。

而是衝破舊江戶川水面，巨木叢生而成的護壁。

「怎麼會……」

柚希不禁錯愕。

聳孤恐怕是用了河的「水」，使河底長出無數巨木。

屬性力的激耗使舊江戶川瞬時乾涸，但上游灌來的水旋即回填水位。

「——！」

見狀，柚希如箭離弦般動身了。

沒時間猶豫。想打倒聳孤，就要把握舊江戶川水量驟減的現在。

於是她全速助跑，蹬踏岸頭躍起，直逼聳孤。

【————】

聳孤尖聲嘶鳴，四周頓時狂風大作。長出舊江戶川的無數樹葉彷彿擁有意識，向柚希蜂擁而去。

「——！」

見到葉片上的銳利閃光，柚希毫不放慢地以刀尖挑出五芒星，張開「金」屬性護壁。

彈開聳孤的葉雪，從中強行突破。

並在穿出葉雪的瞬間，往斜上逆刀一掃。

隨之而生的櫻瓣構成拱橋，跨越衝出舊江戶川的巨木。柚希一鼓作氣踏橋進逼，在接近頂端時——

【————】

聳孤再度嘶鳴，舊江戶川的巨木爆炸性地伸長。

「————！」

柚希心中一驚，同時樹梢穿橋而出，化作利刺猛襲柚希。

——柚希能斬出「咲耶」迎擊。

但假如下刀處又爆出更多枝幹，那就閃躲不了了。

然而選擇迴避，能做的只有跳躍。

在空中無處立足的狀態下再遭木刺襲擊，也一樣完全無法迴避。

無處可逃。

……既然這樣……！

反正無法迴避，乾脆豁出去。柚希斷然決定下一步行動。

跳躍。

不過，這不是為了迴避。

柚希要進一步加速，往斜前方飛去。

並在對方使出第二擊前凌空出刀，斬倒聳孤。

當然，聳孤可以像剛才那樣生出巨木抵擋柚希的攻擊。

所以——

……要連續出刀！

一斬再斬，斬平巨木護壁，斬倒聳孤。

就在柚希如此孤注一擲時。

一陣冷不防的風使她急速上升。

「…………咦……？」

錯愕地眨起眼時，人已升上高空，眼中的聳孤也變得小如米粒。

聳孤的巨木再能長，也不會瞬時長到這樣的高度。

牠本身也不會那麼快追擊過來。

得救了。當柚希如此理解自身狀況時——

「……現在就搞自殺式攻擊，未免太早了吧？」

背後傳來耳熟的帶笑聲音。

回頭一看，在與視線同高之處見到她自幼認識的少女，不禁呢喃。

「賽莉絲……」

「就是我……很抱歉讓妳久等了。」

「梵諦岡」的聖騎士賽莉絲・雷多哈特面帶微笑這麼說，啪一聲彈響右手手指。

同時，柚希和賽莉絲底下有狀況發生了。

地面以「青龍」所在的綠地為中心，緊捱著聳孤反擊範圍邊緣隆起一整圈，形成超高土牆。

「土系魔法……」

「沒錯。我是聖劍『聖喬治』的使用者，四大元素全都能用……而且如同聖喬治是農耕聖人，我最擅長的就是土系魔法。」

因此——

「雖然我不太適合對付那頭屬『木』的神獸，『聖喬治』又被斯波搶走，帶來的只是預備的聖劍……但我還是有能力用相生強化負責『金』屬性的妳。」

那正是柚希所急需，能助她打倒聳孤的屬性力強化支援。

「可是，妳是怎麼進來的……？」

「斯波叛亂，日本『村落』和我們『梵諦岡』都有責任。為了避免遭到其他地區追究，這件事必須保密，並且儘速解決——我已經這樣告訴總部了。」

賽莉絲說：

「雖然我不覺得上面這樣就會接受……不過我都決定幫你們了，他們也沒說話，可以當作他們打算先看看情況吧。」

話說──

「高志也不聽長老制止自己跑過來了……現在應該是修哉叔叔和薰阿姨在替他處理吧。」

「高志也來了？」

「對……他去抑制『白虎』了。」

然後──

「我們能進入這個空間，是因為和你們認識的一個夢魔小女孩做的次元通道。」

「會做次元通道的夢魔……難道是雪菈小姐？」

「是叫雪菈沒錯……她在空間外面等你們。」

賽莉絲不知道雪菈是什麼人，聽柚希稱她小姐而表情略有疑惑，但還是繼續說：

「我和高志離開『村落』以後就直接前往東京，然後那個魔族的青年特務和一群像是他同伴的高階魔族一起出現在我們面前，然後那個女孩子說──」

一口氣後。

「妳和胡桃現在和刃更他們一樣，都是不可侵犯的『聖域』了。然後他們也要介入這個狀況……問我們要不要一起走。」

「那麼……」

賽莉絲的話使柚希睜大了眼。

——她所驚訝的，不是雪菈來到人界。

雪菈的女兒萬里亞也面臨危機，趕來救人並不是難以理解的事。

可是瀧川的同伴，又是高階魔族，恐怕就包含雷歐哈特了。

連現任魔王都親自上陣，實在是令人意想不到。在這時候自己和胡桃都被視為「聖域」，更是難以想像。

不過，還有件比這狀況更難以置信的事。

那就是賽莉絲和高志答應雪菈的提議。

……畢竟他們……

賽莉絲和高志都以身為勇者一族自豪。

不太可能會借用雪菈這個魔族的力量。

因為這麼做——堪稱是背叛勇者一族。

然而現在，賽莉絲．雷多哈特卻出現在這裡。

早瀨高志也趕來了。

「為什麼……？」

兩位兒時玩伴的意外舉動，使柚希忍不住這麼問。

「我們並沒有和那些魔族合作喔？」

賽莉絲說到這裡忽而微笑。

「可是柚希……我相信妳和胡桃，也相信刃更。你們到魔界後促使穩健派和現任魔王派結盟，締造歷史性的和平，我一點也不懷疑。所以他們想保護你們，我也不覺得有哪裡不對。」

因為——

「現在……我和高志一定也是同樣的想法。」

「賽莉絲……」

笑得若無其事的兒時玩伴，使柚希說不出話。

——現任魔王雷歐哈特，率領一眾高階魔族出現在眼前。

身為勇者一族，那應該是無論如何都必須優先打倒的對象。

可是賽莉絲和高志沒那麼做。

兩人暫時放下多年以來的自負——勇者一族的使命，趕來了這裡。

不因為是「梵諦岡」的聖騎士，或「村落」的命令。

只因他們互為朋友。

「有一句話我一直來不及說——可以放心了。」

這時，賽莉絲說道：

「六年前——當時的我無能為力，沒辦法在你們最煎熬的時候……前往悲劇的現場提供幫助。可是——」

賽莉絲眼中發出堅決的光芒。

「現在不一樣了……我可以抬頭挺胸地說，我能成為你們的力量——可以攜手奮戰。」

隨後面帶歉意地說：

「可是……說老實話，我是很想靠自己打敗那頭神獸就是了。」

「沒關係，這就夠了。」

柚希對兒時玩伴搖搖頭，緊緊擁抱她。

賽莉絲淡淡一笑，也輕輕回抱柚希。

「六年啊……真的讓妳等太久了。」

——柚希沒有用簡單一句「沒這種事」來否定。

和當年刃更被逐出「村落」時，只能目送他離去的悔恨一樣，賽莉絲的心念和後悔，除了她自己以外誰都不該否定。

然而柚希也不會為牽連賽莉絲而道歉。

那麼做反而會糟蹋她重視的人的決心和心意，絕不能說。

現在的柚希，該對現在的賽莉絲說的，就只有一句話。

「賽莉絲——謝謝妳來幫我。」

接著。

野中柚希和賽莉絲・雷多哈特一同向下望去。

注視自己必須打倒的敵人——屬「木」的神獸。

藍色麒麟聳孤冷靜地分析自己的處境。

原先用靈刀與聳孤交戰的少女屬「金」，剋牠所屬的「木」。

趕來支援的金髮少女屬「土」，能夠生「金」。

再加上金髮少女在他周圍築起超高土牆。

從河底隆起的土牆，其實是用於阻斷江戶川的水流，孤立河中綠地。由於炎駒燒乾了東京灣，倘若江戶川再遭阻斷，「水」氣就會有顯著下降。

這表示環境——戰況將會對聳孤不利。

【……………………】

可是聳孤判斷，那其實並無大礙。

金髮少女的力量明顯遜於牠和靈刀少女。

能提供的「土」屬性力量並不具威脅性。

所以，原本是只要對手不接近，聳孤就不必行動。耗用「木」屬性力量，能提供給中央黃龍的五行相生之力也會減少。

可是，聳孤仍不得不動。

因為發生了無法忽略的事。

剛與他交戰的靈刀少女，力量正急速增強。

現在江戶川的水遭到阻斷，聳孤的力量不足以抵抗那樣的「金」屬性斬擊。

這是怎麼回事？眼前狀況使聳孤備感訝異。

只憑金髮少女的相生，靈刀少女的力量不應該增加得那麼快，根本不合理。可是考慮到她的力量是在金髮少女出現後才增加，置之不理必有後患。

【——————】

於是聳孤一口氣釋出體內所有「木」屬性力量。

同時，其周圍地面長出無數巨木，粗壯樹幹向橫螺旋暴伸粉碎土牆，轟聲迴盪。

第1章
希望之星降臨大地

在衝飛的沙土與滾滾煙塵中，聳孤有個想法。

江戶川將就此流入綠地，提供相生，便足以迎擊靈刀少女。

但下一刻──

【──────？】

聳孤不禁疑惑。

江戶川的水沒流進來。

聳孤立即飛到煙塵之上環顧地面，察看究竟發生什麼事──想不到江戶川幾乎乾涸，到處是裸露的河床。

是南方地區炎駒的影響嗎？不，不會有這種事。

蒸發東京灣就算了，連江戶川也燒乾，會使東方地區失去屬性力，使五行結界失衡。

目前整個東方地區的「木」屬性力量並未減少。

然而江戶川的水卻乾了。

最後，聳孤從遙遠的上游見到原因。

柴又公園附近──多了一條由江戶川往西連通中川的河。

多半是以土牆遮掩視線的期間，金髮少女用土系魔法大幅改變了地貌。這條比江戶川更寬的新河道反過來成為主流，將江戶川的水全導入了中川。

而且匯流地點在中川與新中川分歧處略上游，因此從江戶川改流的水，轉而由中川匯入荒川。

精良的治水工程，成功奪去了原該流入江戶川的水。

「土」屬性的金髮少女力量不怎麼強，會是暗中進行這件事的緣故嗎。失去「水」後裸露的河床等於地面，也就是「土」屬性。

將為「金」提供相生。

當聳孤了解狀況時，靈刀少女的力量已經增幅到下游餘水量的相生無法對抗的程度。

【————————！】

於是聳孤立刻往周圍巨木灌注自己的屬性力。

既然附近沒水，就只能自己去取。

將地下的樹根往西伸向中川與新中川，吸收那裡的水氣。

可是——敵方的兩位少女動作可比樹根抵達鄰河快多了。

且金髮少女不知何時拿起了聖劍。

「「喝啊啊啊啊啊啊啊啊啊啊啊啊啊啊啊！」」

各持靈刀與聖劍的兩名少女互相呼應般嘶吼聚力，斬出各自的力量。

靈刀少女的連續斬擊，掃出無數「金」屬性氣刃。

金髮少女劈下聖劍所擊出的「土」屬性力量與其交會，造成相生。

氣刃的屬性力霎時暴增。

隨後。

無堅不摧的七十二連斬急馳而來，淹沒了聳孤的視野。

無法迴避。

【————】

倉促之間，聳孤喚出巨木護壁防禦。

護壁是趕上了——可是擋也擋不住。

「金」屬性的氣刃不費吹灰之力地斬開巨木護壁。

下一刻——聳孤的身體被無數氣刃斬成碎片。

9

早瀨高志突如其來地介入。

這樣的狀況就十二分地夠澪吃驚的了，可是擋下白虎利牙的高志完全無視於澪——

「喔喔喔喔喔喔喔喔喔喔喔喔喔喔喔喔喔喔！」

力拔山河地大喝一聲，只見他雙臂肌肉膨脹一圈，強行向橫掃開「冷豔鋸」。

【——————】

白虎的巨臉因而被迫轉開，暫且放開冷豔鋸並向後跳，與高志保持距離。澪也趁這個機會降落在高志身邊。

並問：

「你……是怎麼進來的？」

不只是移動手段令人不解，高志前不久還因為中了斯波的攻擊而重傷，昏迷不醒。雖然刃更讓他狀態穩定下來，但他一時之間全身不聽使喚，還需要躺上一陣子才對。於是不敢相信的澪對眼前的背影問出心中疑惑，不過高志頭也不回，注視前方的投手丘——在刺於其上的靈槍邊保持警戒的白虎。

「退後。現在不是和妳講話的時候。」

他不作任何說明，只說出彼此的工作。

「我會想辦法處理白虎——妳去打倒索冥。」

澪和高志默契沒有好到可以精密合作。

比起合作二對二，分開一對一的勝算還比較高。

這是當然至極的作戰。

「………知道了。」

所以澪點個頭，轉向索冥，開始凝聚魔力。

高志也展開下一步行動。

「……………」

默默地將冷豔鋸刺入地面。

更想不到的是，他竟然手無寸鐵地走向白虎。

「喂，你在想什麼啊！」

突然出現就算了，這又是做什麼。

兩手空空衝上去揮拳嗎。

見到高志太過胡來的舉動，使澪不禁出聲制止。

「冷豔鋸別名『青龍偃月刀』……和白虎相對，或許適合用來打白虎，在勸說上就不合適了。」

「可是你這樣做……！」

要自殺也不是這樣。

然而，澪卻不能離開現場。

在發動灼熱魔法的狀態下，澪才能夠牽制索冥。

……假如隨便離開……

澪往正前方望去。

【——————】

索冥正在空中跺著前蹄看著她。

只要澪稍有破綻，索冥肯定會立刻進攻。

儘管如此——

「早瀨……！」

澪再度警告，換來的是一句平靜的話。

「我不是來打倒牠——是來接牠回去的。」

這時，高志已進入白虎的攻擊範圍。

接下來發生的，即是必然的狀況。

【——————】

眼見高志踏入範圍，白虎齜牙咧嘴地動身。

全身長出鋼鐵利刃，衝向高志。

巨大身軀的質量，加上猛獸撲擊獵物的速度——以及含有高度「金」屬性力的利刃，將

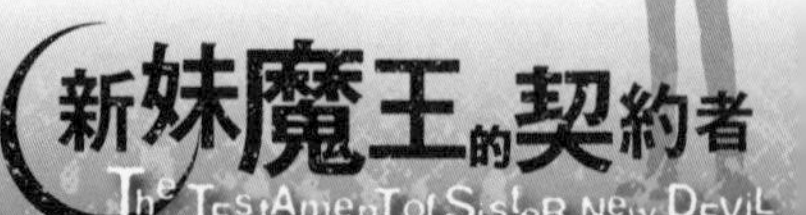

產生足以斬開任何物體的切斷力。

白虎這有如將自身化為巨大鐮鼬的突襲，要將高志切成無數肉片。

本該是這樣的。

【————？】

但下一刻，白虎的動作出現遲疑。

獵物——高志的身影，忽然從牠眼前消失了。

澪的眼睛也沒看出高志是如何閃避。

僅僅看見他出現在巨大的白虎背後，彷彿只是擦肩而過。

「你忘了我了嗎……那我就讓你想起來。」

高志說完就伸出了手。

對象是白虎的本體——刺在投手丘上的白色靈槍。

靈槍「白虎」曾認同高志作其使用者。

可是現在卻遭到建構五行結界的斯波控制。

在這種狀態下輕易碰觸「白虎」，會發生什麼事呢。

澪親自看見、聽見了答案。

高志一握上「白虎」的柄就遭到抗拒般，「金」屬性的反斥能量衝擊了他。

勇者一族的戰鬥服頓時滿目瘡痍，血沫橫飛。

高志應該是打算解放白虎脫離斯波控制，重獲其認同與控制權吧。

澪能理解他的想法。

但是——如果可以這麼做，他們早就做了。

會以另外罩上一層結界的方法壓制，就是因為現在的斯波與黃龍對「四神」的掌控力就是那麼穩固，不可搖撼。

「早瀨不要亂來！快放開！」

澪不忍卒睹，悲聲尖叫。

然而——

「成瀨澪，有句話我應該早就對妳和斯波都說過了……」

在「白虎」釋放的激烈反斥能量中，高志不改其色。

以毫不動搖的口吻宣告：

「——不要小看勇者一族。」

那就是他——早瀨高志絕不退讓的自負。

所以他不僅不鬆手，還將「白虎」柄握得更緊。

這時「白虎」噴發白色電流漩渦，使空氣產生陣陣嗚爆，完全籠罩高志。

「————！」

儘管如此，高志仍拚命緊握「白虎」。

似乎在告訴牠、要牠想起自己才是牠真正的使用者，

「————」

經過漫長的抵抗，電流終於停歇。

顯化白虎的身影，已經消失不見。

「…………」

高志也斷線似的頓失力氣，單膝跪地。

但直到這一刻，他的手依然緊握「白虎」不放。

「早瀨……！」

澪不禁一喊。剎那間，一旁出現動靜。

是索冥。

半月形的鋼鐵利刃豪雨傾盆而降。目標不是澪，而是高志。

「沒那麼簡單！」

澪立刻以灼熱魔法替他防禦，但在那之前——

……咦……？

已經有東西先一步保護了高志。

會是什麼呢。

當然是為了解救自己的使用者而再度顯化的西方聖獸——白虎。

【————】

白虎保護主人般，對索冥的鋼刃之雨射出同形刀刃迎擊。

無數尖銳金屬聲後，索冥的刀被白虎盡數擊落。

【————？】

見到這一幕，似乎使索冥對白虎倒戈感到混亂，動作出現遲疑。

——那是早瀨高志賭命製造的破綻。

成瀨澪可不會放過如此千載難逢的大好機會。

「喝啊啊啊啊啊啊啊啊啊啊啊啊啊啊啊啊啊啊啊啊啊啊啊啊啊啊啊啊！」

她解放凝聚至此的魔力，放出魔法。

那是混合重力與灼熱，與刃更達成誓約化才得以使用的新力量。

重獄炎熱魔法。

【————】

索冥想躲也來不及了。

澪的重獄炎熱魔法瞬時壓潰白色麒麟，將其消滅。

並直接對大地灌注「火」屬性力量。

隨後，紅色光帶竄過大地。

下一刻，五種顏色的屬性力彼此連結，構成圖案。

與東城刃更完成誓約化的五名少女，完成了所羅門五芒星。

10

有個物體感受到所羅門五芒星完成了。

位在持續顯化的黃龍所盤據的東京鐵塔正下方。

守護中央地區的黃色神獸——麒麟。

【…………】

此外，麒麟也感受到自己以外的四個個體已經不在了。

南方地區的炎駒，由轟炎魔族吸收。

北方地區的角端，接觸巨人而消滅。
東方地區的聳孤，遭相生攻擊斬碎。
西方地區的索冥，被攻擊魔法蒸發。
——可是，麒麟並沒有所謂哀傷的情緒。
牠們只是因結界內充滿五行之氣而顯化。
五頭麒麟的存在意義，就只是守護各屬性地區。

【————————】

因此，當道路西端出現一道人影且逐漸接近時，麒麟霎時提高戒心。
因為這個腳步緩慢但穩健的不明人物，釋放的氣甚至可能威脅人在塔頂的斯波。
麒麟立刻將他判定為敵人。
前腳一踏大地，張開圓形的黃色聖法陣。
同時地鳴大作，敵人腳下地面忽而隆起。
柏油路刺出無數巨錐，襲擊敵人。
可是巨錐的鋒銳尖端貫穿的不是敵人，只有虛空。
明白這點時，那名敵人——一個少年，已出現在麒麟身旁。
「抱歉——讓我過。」

聽見他淡淡這麼說的同時，麒麟的身體已被水平斬成兩段。

11

一刀斬倒顯化的麒麟後。

東城刃更進入了東京鐵塔下的建築。

踏進入口，一樓當然是寂靜無聲。

「…………」

刃更默默前進，走向通往大瞭望台的電梯。

進入三座電梯中位於中央的電梯，在原本由電梯小姐管理的樓層按鈕盤按下大瞭望台二樓。

關門後，電梯就以令人有種重力稍微增加的感覺開始上升。

隨電梯升高，前後玻璃窗外的東京街景也漸入眼簾。視野比平時受限，是由於巨大黃龍纏於塔上的緣故。

不一會兒，刃更所搭的電梯順利抵達大瞭望台。

門一開，刃更就見到已經有個人在門口等他。

不是斯波。

那是和自己同樣穿著聖坂學園的黑制服，刃更熟知的青年。

比誰都更不能鬆懈，也因此比誰都更值得信賴的男人。

瀧川八尋。

「…………真是的，小刃你也太慢了吧。」

瀧川唉聲嘆氣地對走出電梯的刃更這麼說，像平常等他一樣哈啦，使刃更不禁苦笑。

「抱歉。可是話說回來，你跑來這裡做什麼啊，瀧川？」

「我自己才想問咧……」

瀧川百般無奈地回答。

「說到這個東京鐵塔嘛……既然要來，真希望是悠悠哉哉來觀光的。結果嗚呼哀哉，要在這種打打殺殺的狀況下跟一個臭男人跑來這裡，真是命苦喔。雷歐哈特那傢伙竟然用那麼恐怖的事威脅我。給我記住。」

瀧川說得是一臉怨恨。

「不過他對付的是巴爾弗雷亞，肯定也不輕鬆就是了。」

「雷歐哈特他們果然也來啦……」

看來路上所感受到的魔力的確不假。

「……瀧川，是你帶來的嗎？」

「你說呢。我只是說明狀況而已，決定介入這件事的，完全是穩健派和現任魔王派雙方的首領拉姆薩斯大人和雷歐哈特，管道則是雪菈閣下提供的。」

然後——

「畢竟人多好辦事……所以路上遇到你那個眼睛不曉得在囟什麼的老鄉和『梵諦岡』的女騎士，我就一起帶過來了。」

幫手的確是愈多愈好。

「這樣啊……高志和賽莉絲也來了。」

這真是求之不得，可是那不太可能經過「村落」或「梵諦岡」的正式許可。

應該是他們近乎獨斷的行動。

……斯波在他們身上留下的傷還沒完全痊癒吧。

然而高志和賽莉絲還是來了。對純粹是勇者一族的他們而言，介入這件事代表著什麼意思呢。

「……絕不能辜負他們。」

刃更喃喃地這麼說，暗自發誓一旦戰鬥結束，要傾盡全力為他們善後。

以免高志和賽莉絲因這件事遭受處分。

「我說小刃啊……你該不會已經在想結束以後的事吧。」

瀧川看見刃更的表情，不敢恭維地說。

「雖然你應該又和成瀨她們恩愛了一遍，可是你這樣也未免太輕敵了吧？」

「不是輕敵……我知道斯波非常強。我的確和澪她們確定了彼此的想法和決心很多次，但老實說，我還是沒有必勝的信心。」

「聽你這麼說，我反而想回去了……」

瀧川為刃更的冷靜分析搔搔頭，兩眼一瞇。

「……那麼，你有多少勝算？」

刃更也立刻回答瀧川拋來的問題。

「不曉得……不過，十足有我們大肆掙扎一番的價值。」

「受不了耶……怎麼又要捨命陪君子啊。」

聽了刃更的回答，瀧川不禁一嘆，刃更苦笑著說聲：「抱歉。」

接著，兩人不約而同地並肩前行。

左轉穿過樓層，踏上更往樓上走的階梯。

那裡是通往特別瞭望台的電梯。

第1章 希望之星降臨大地

門敞開著，彷彿在邀請他們。進去以後按了上，電梯就徐徐關門往上去了。

——大約一分鐘後。

兩人抵達離地二五〇公尺高的特別瞭望台。

刃更離開電梯，和瀧川一起走向前方窗邊俯瞰。

東京鐵塔周圍散發黃色氣場，其外側的東南西北分別是藍、紅、白、黑。

斯波所架構的結界空間，因相生而覆上各自五行的色彩。

可是在如此的東京中，還有五行色彩更深的線條。

從各自頂點連接遠端，構成五芒星。

瀧川和刃更一起望著線條構成的所羅門五芒星，說道：

「看來成瀨她們成功了呢。」

「是啊……」

「哎呀呀……高志和賽莉絲就算了，連魔族都跑來幫忙啊。」

在刃更對瀧川點頭時，背後忽然傳來聲音。

同時，有一股未曾感受到的「氣息」。比地獄的黑暗還要深沉，毛骨悚然的存在感，讓刃更與瀧川慢慢回頭。

「————」

並啞口失聲。

——一時之間，還沒能從外觀看出他是誰。

而且不是判若兩人那麼簡單。

在那裡的，是幾乎化為異形的斯波。

第一次戰鬥中只包覆雙臂的魔拳雷金列夫裝甲，如今已遍及斯波全身，完全融合。

而且裝甲材質與原本是特殊合金的魔拳不同，變成宛如魔神外骨骼的生體裝甲。

「……喂喂喂……人家真的變成怪物了耶。」

斯波驚人的壓迫感，使一滴汗劃過瀧川臉龐。

身旁的刃更，背上也滿布不快的冷汗。

「是啊……斯波現在完全接受雷金列夫的侵蝕了。」

魔劍布倫希爾德的使用者刃更，一眼就明白斯波的模樣——不，明白斯波的狀態是怎麼回事。斯波為引出雷金列夫所有力量，刻意放任魔拳任意侵蝕他吧。一般而言，做這種事會讓肉體和精神都被侵蝕殆盡，喪失自我。

可是，斯波卻完全保住了自己。

怎麼辦到的？——答案就在覆蓋斯波全身的生體裝甲上。

正確而言，是裝飾裝甲的紅、白、藍、黑四色。

它們代表五行中的火、金、木、水四屬性。

「恐怕斯波是利用與黃龍同步化，讓自己也能獲得五行相生的力量。沒有『土』屬性的黃色，是因為黃龍尚未完全顯化，不能搶他的力量吧。」

「你的眼光真的很不錯……差不多都說對了。」

聽了刃更的推測，斯波加深笑容予以肯定。

然而，還有很多五行相生無法解釋的疑點。

例如裝甲上紅白部分比藍黑多出許多。

這並不是因為朱雀和白虎的力量比其他兩者高。

也就是「火」和「金」比例較高。

……大概。

紅色較多，是源自於斯波所吸收的十神雷金列夫本身特性。

——雷金列夫多半是用火的神族吧。

而「火」生「土」，也就是會強化「土」的五行。

……原來是這樣。

因此，刃更能肯定一件事。

要使屬「土」的黃龍顯化，不僅需要四神的危機狀況和五行結界，斯波獲得的十神火焰之力也是一片重要的拼圖。

「金」屬性較多，可以用魔拳的侵蝕使得裝甲增多來解釋。

……而且。

斯波成功與黃龍同步，「金」屬性因「土」屬性的相生而強化也是理所當然。即使五行不均衡，對現在的斯波也完全不是問題吧。

現在的他就是如此完整。

彷彿擁有足以鎮壓世間萬物的絕對力量。

「……刃更，我不會再手下留情了。準備好失去一切了嗎？」

當斯波笑著這麼說的同時，令人暈眩的強大壓迫感正面撲來。

「…………當然是準備好了。」

面對斯波這樣的「氣」，東城刃更正面回應。

將自身極限提升至新境界的，並不是只有斯波一個。

刃更也和澪她們結下了絕對的誓約。

所以可以斷言：

「我也做好打倒你的決心……還有準備了。」

「那我還真是期待……另一位怎麼樣呢？」

聽了刃更的宣告，斯波樂得稍微睜大眼睛，話鋒轉向瀧川。

「問我有沒有決心？誰有那種東西啊，我是被逼著來的耶。」

瀧川打從心底厭煩地這麼說，但是對現在的斯波沒有一點畏懼。

「只是放小刃一個同時對付你和外面那個巨無霸，應該還是很吃力……我就勉為其難留下來了。」

「是喔……那我就如你所願，讓黃龍陪你玩玩吧。」

接著——

「——那麼，差不多該開始了吧。」

當斯波這麼說的瞬間。

三人所在的特別瞭望台在劇烈衝擊中炸碎了。

纏繞鐵塔的黃龍，冷不防將頭撞了進來。

隨後，五行結界內暗如黑夜的東京天空中，綻放巨大的爆炎之花。

關乎一切的戰鬥——伴隨閃光、轟聲與破碎開幕了。

第2章 毀神滅魔之物

1

黃龍的超巨大質量，與經過五行相生的「土」屬性能量。

雙方加總的衝擊，轟隆一聲摧毀了東京鐵塔。

特別瞭望台直接承受黃龍突襲，有如發生不具火焰的爆炸而粉碎，不留一點痕跡。

「————」

但有個身影先黃龍一步飛出衝撞所產生的濃濃塵煙。

那是全身披覆著耀眼白銀裝甲的少年——東城刃更。

即使遭受那樣的衝擊，刃更也毫髮無傷。

那是他絕不可能獨力到達的境界。

……多虧有她們。

東城刃更再度感謝扶持他到現在的每一個人。

身上，被覆與右手魔劍布倫希爾德同色的全身裝甲。

和完全接受魔拳雷金列夫侵蝕的斯波有部分類似。

而那身模樣——狀態，是東城刃更這絕無僅有的人物與生俱來的所有潛能，以高層次面向結合而成的極致結果。

在與現任魔王派的決戰對上雷歐哈特當時，他展現的是魔族血統活性化的狀態。

在「村落」與賽莉絲決鬥時，展現的則是由於與長谷川的誓約，以及布倫希爾德之中貝爾費格的靈子，導致神魔兩族血統同時活性化的狀態。

而第一輪戰鬥中對戰斯波時，展現的是神魔兩族血統活性化，且取得均衡，能連用兩次「無次元的執行」的狀態。但儘管如此，刃更終究不敵斯波的層層算計，和他深不可測的實力。

這樣的刃更經由與澪等人完成誓約化之後，達到了現在這個境界。

可是，他和斯波有絕對不同的部分。

斯波是完全脫離原來樣貌，刃更雖全身包覆裝甲，外觀依然是人，依然是東城刃更。

這是意志差異的體現。

斯波捨棄人類之血，欲超越神魔而君臨天下，刃更則是決心秉持人類身分而戰。

……而且。

能使用「無次元的執行」的刃更，力量已完全超越人的領域，絕不能失控。
因為他發誓過再也不消除自己重視的人事物。
所以刃更才能使四族血統、五行相生和五道誓約彼此相乘，並完全掌控那龐大的力量。
現在的他，力量不遜於先前的斯波。
「————」
光是心念一動，他就能靜止於空中。
龍的飛行能力，使其能完全控制姿勢。
東城刃更檢視周圍狀況後，第一個想法是——
……瀧川呢……
並在黃龍衝撞之處尋找剛才還和他站在一起的夥伴。
刃更是由東京鐵塔飛向西北方，黃龍則是在破壞特別瞭望台的同時衝向南方。
接著他見到黃龍旋繞到芝公園一帶空中，並向地面俯衝。恢復魔族姿態的瀧川，就站在那巨獸的去向。
「…………」
瀧川無奈地揚起右手，無數黑色魔力球頓時出現於虛空之中，射向黃龍——接連打在那巨臉上。

成串的連鎖爆炸與重低音震撼大氣。

大部分的敵人，這樣就能收拾了。

瀧川的魔力球就是有這樣的威力。

可是，對方是統馭四神的最強神獸——黃龍。

【————】

只見牠毫不在乎地穿過連鎖爆炸的大批黑色魔力球，直往地面——瀧川俯衝。

其速度乘質量所產生的能量，與隕石撞擊地表無異。

足以搖撼大地的巨響緊接而來，刃更即刻做好抵擋衝擊波的準備。

「…………奇怪。」

然而，黃龍所撞上的地面沒有炸開。

捲成蕈狀雲的巨大沙塵，高度甚至超過已經不在的東京鐵塔，衝擊之大是顯而易見。

但儘管如此，刃更卻沒見到任何損害。

「……沒什麼好驚訝的吧。」

刃更緩緩轉向背後忽然出現的聲音。

斯波就悠然佇立在他眼前的空中。

「黃龍是掌管中央『土行』的守護神獸，又不是之前跟你打的高志，才不會傻到否定自己的存在呢。」

注視著刃更，臉上苦笑轉為冷笑。

「那就是你躲我的時候弄來的力量啊……那樣就能打倒我了嗎？嗯……」

說到最後，他的身影忽然消失了。

當刃更認知到這點——

「——我就來試試看吧。」

在耳側傳來的聲音中，刃更的軀體——左腹側遭受打擊。

2

在淹沒四方的煙塵中。

衝撞地面的黃龍感到自己巨大的身軀壓碎了那名青年。

——敵人射出的魔力球威力極高，而且是不同於五行的屬性。

這讓黃龍受了相當程度的傷害，但沒有大礙。

因為配置於各地區的四神所提供的五行相生，將逐漸恢復黃龍的「土」屬性力。

現在牠在乎的，是四神送來的力量銳減至相當微小的程度，恐怕是構築所羅門五芒星的敵人所為。四神很可能已經遭到敵方壓制，減少了五行屬性力。再加上提供斯波護祐的同步化仍在進行，黃龍的顯化速率甚為下降。

儘管如此，黃龍完全顯化也只是時間問題罷了。

黃龍已經打倒敵人，不會有任何問題。

於是轉向天空，要支援斯波——但沒能飛起。因為黃龍的鼻梁捱了狠狠一擊。

【————】

即使一陣錯愕，黃龍仍感到這一擊和敵人先前的攻擊是同樣屬性，隨甩動巨頭吹散煙塵，仰望攻擊來向。

發現東京鐵塔西南方公園中的人造高層住宿建築頂端，有個人站在邊緣俯視牠。

正是先前應已擊倒的對手。

但黃龍仍能感到壓在腹部下的敵人殘骸——然後明白了這是怎麼回事。

看來牠壓碎的，只是有敵人外貌的「人偶」。

接下來發生的事，也似乎要印證牠的推測。

無數個長相相同的敵人包圍了黃龍。

數量——足有百人以上。

【…………】

然而被如此複製人大軍包圍，黃龍也沒有感到任何威脅。

人偶或分身這類東西的力量，總是遠遜於本體。

無論敵人搬出多少人偶，也不夠黃龍玩遊戲。

況且那群人偶居然都站在地上。

面對掌管「土」屬性的黃龍，這麼做等於送命。

一次掃光就解決了。

【————】

因此，黃龍打算改變這一帶地層構造，吞噬那些人偶。

【…………?】

但下一刻，黃龍感到不解。地層竟不受操控。

不僅如此，還反過來吞食黃龍。

向下一看，原來黃龍周圍，敵人包圍圈內的地面變得一片漆黑。

這黑色地面還浮現出複雜的魔法陣。

「……你的注意力好像都放在你那些四神夥伴，還有成瀨她們做的五芒星結界上嘛。就算是單獨的屬性，也可以干涉空間或結界喔。」

敵方青年的聲音傳來。

「我的影人偶是魔力的結晶體。只要數量和位置正確，也可以當作大規模魔法的啟動裝置。而我的能力屬性，和你那種天然的元素或五行不一樣——叫做『闇』。『土』屬性的你是操縱不來的。」

不過呢——

「如果你願意，要操縱定義為中央的這整片土地也不是不行吧。這麼一來，憑我的魔力干涉也不能怎麼樣了，可是你不會這麼做吧……因為你會以完全顯化為優先嘛。」

所以——

「要是你那麼做，就會消耗『土』的屬性力而降低顯化率。你用衝撞來攻擊東京鐵塔的特別瞭望台還有剛剛在地上的我，就能證明這一點。你應該是想盡可能避免損耗吧？」

【…………】

聽了這番話，有理解能力的黃龍對敵人的戒心霎時拉高。

牠並沒有疏忽或小看這個對手。

可是黃龍不得不承認——自己誤判了敵人的威脅性。

【───────】

於是黃龍改變想法，對眼前威脅一鼓作氣釋放那巨大軀體中的「土」屬性力量。

化為金色衝擊波，轟散周圍逾百具的影人偶。

消除闇魔法陣之後，黃龍見到在高層住宿建築頂俯視牠的青年，對牠做出一個動作。

勾勾豎起的食指，要牠「過來」。

黃龍立刻應了對方的要求。

犧牲顯現率也無所謂了。

黃龍就此放射「土」屬性力量，飛向與之為敵的青年。

3

斯波瞬時貼近刃更，以纏附大量「氣」的右手擊出崩拳。

那與在第一輪戰鬥中，使刃更失去戰力的攻擊是同一種。

……可是。

產生的破壞力，遠不是上一次能及。

經過放任雷金列夫侵蝕、四神的五行相生，以及與黃龍同步化，使斯波現在的力量與外表一樣，完全是不同層次。

因此，倘若刃更還是與前一戰一樣，必定一擊斃命。

「——喔？」

但如此小試身手的斯波，卻突然被迫扭腰仰身——而且不僅如此。

「————」

斯波操縱身旁的「氣」，並以腳底和手掌連續擊打虛空。打擊空間的反作用力，帶給斯波不受限的立體迴避行動。

如此目不暇給地轉動，是為了閃躲無數白線。

連他現在的眼睛也無法跟上的神速連斬。

然而，斯波一點也不緊張。

攻擊總是伴隨意識，也就是氣息。

而且不僅止於攻擊動作，有攻擊念頭時，就會產生霸氣或殺氣。

就連假動作，也一樣是人意識下的產物。對於能夠自由操縱「氣」，還能感受「氣」的變化，可以預判對方的攻擊，精確無誤地迴避。

同時，既然能預判對方的意識，能做的就不只是迴避而已。

「——這裡吧。」

斯波旋身擊出右裡拳，激起「鏗————————！」的劇烈尖響。

這拳被擋下了。可是斯波的攻擊是防不住的。

因為含有龐大的「氣」。

以武器接擋，「氣」就會從接觸點瞬時流入對手，奪其性命。

前次戰鬥中，甚至能滲透刃更能彈開一切的「萬有斥力」。

可是下一刻——

「…………嘿。」

意想不到的感覺，使斯波恭一加深笑容。

那是前所未有的體驗——這一拳放出的「氣」對對手起不了效用。

反而有一股與打擊空間相仿的反作用力，使他向後吹去。

見距離拉開，斯波即刻制動並調整姿勢，向正前方望去。

「原來如此……你能抵擋我的氣啦。」

手持布倫希爾德的刃更就站在視線所指之處。

「我說過了，我做好打倒你的決心和準備了。」

斯波注視一副理所當然的刃更說：

「看來你將原本只是事象發動的『萬有斥力』升級到能概念發動了呢。」

不管是物理或魔法，能彈開任何攻擊的「萬有斥力」，對斯波並不構成威脅。那是因為斯波操縱的「氣」不只是現象，還有概念的一面。

第一輪戰鬥中定勝負的，就是「能彈開萬物的現象」與「能滲透萬物的概念」衝突的結果。

——但現在，刃更卻紮實地阻擋了斯波的「氣」。

那表示刃更的「萬有斥力」以「能彈開萬物的概念」發動了。而斯波在刃更所結構複雜的「氣」找出了原因。

「嗯～有神族魔族兩個母親的血之外，還從喝了邪龍法布尼爾之血的迅繼承了勇者一族與古代龍的血統……如此『四族混血』的力量全部活性化了呢。而且，各部分都均衡得沒話說。」

此外——

「你還從建構所羅門五芒星的澪她們獲得五行屬性力的相生……不過光是這樣，應該擋不住我現在的『氣』吧。」

斯波現在所操縱的「氣」，概念力比前一戰強了好幾階。

能夠抵擋，表示刃更在躲藏時獲得的增長程度高於斯波，甚至追上他的領域。

要辦到這種事的方法只有一個。

「我就知道……你……」

於是斯波冷笑著說：

「為了打倒我，終於和澪她們結了『主從誓約』吧。」

4

即使被斯波看破自己力量提升的原因，刃更心中也沒有一絲漣漪。

……這也是當然的。

斯波能夠判讀任何「氣」，想瞞也瞞不了。

刃更目前的力量，是來自取得高階均衡的四族血統活性化、與澪等人的五行相生和她們的誓約。

——要掌控完全解放的力量是一件很難的事。

尤其在力量來自外界，並非因身心理變化而解放的情況。

可是，要達到足以打倒斯波的領域，單純相加力量恐怕還不夠，於是刃更選擇了使力量相乘的方法。

結果力量膨脹到控制難度高得令人絕望，只好請澪她們先構築所羅門五芒星結界。

……儘管如此。東城刃更心想——多走這一步並沒有錯。

雖曾以五行相生、與黃龍同步提升和其他多種不確定因素來評估斯波力量的增長——

……想不到他還會任憑雷金列夫侵蝕。

假如擔心斯波的能力隨時間提升，沒讓「萬有斥力」提升到概念發動層級就行動——剛那一擊就已經分出勝負了吧。

——但是，概念發動的「萬有斥力」也只能防斯波的「氣」而已。

若真能彈開萬物，那麼一旦發招，刃更周圍就會什麼也不剩，別說沒空氣能呼吸，就連空間本身都會彈開吧。

沒發生這種事，是因為「萬有斥力」概念發動之際，刃更刻意將目標限定為斯波的「氣」。

當然，他也可以將彈開普通物理攻擊納入概念範圍——

……但別這樣比較好。

若用對方法，斯波的「氣」可能有一擊必殺的能耐。

若誤判概念力的強度，恐怕命喪當場。

……況且。先前刃更擋下的，不一定是斯波的全力。

在前一戰中，斯波到最後都沒暴露自己的真正目的。

這次應該也藏了殺手鐧。

「……我好驚訝喔，沒想到你能達到這種地步。」

狀似異形的斯波淺笑著說：

「比起我利用四神構築結界，藉五行相生獲得力量，你讓愛慕你的女孩們對你進行五行相生，然後讓她們構築所羅門五芒星結界。你我做的事看起來很接近，可是核心部分完全不同呢。」

因為──

「我用的『四神』是神器，澪她們可是活人啊。嘴上說要保護自己絕不退讓的事，結果為了戰勝我，把自己心愛的女孩當作升級工具，哪有這麼殘忍的。」

「──────」

刃更以沉默回答斯波的話。

見狀，斯波笑道：

「還不只是那樣。主從誓約和主從契約不同，是一旦結下就永遠不能解除的詛咒。過去你的『無次元的執行』失控，把『村落』同胞的屍體永遠打進虛無之中，現在又把心愛的人和自己永遠綁在一起。為了打倒我、為了守護重要事物這種話，或許是個冠冕堂皇的理由啦。」

但事實並非如此。

「經過這些年和好幾場死鬥以後……你現在的選擇卻是製造無法挽回的悲劇，真是愈來愈沒救嘍。」

那是對他們跨越底線的批評。

因此——

「…………………………………………」

經過長長的沉默，東城刃更開口了。

「力量失控，把大家的遺體都消滅的事，的確是我犯下的悲劇，我不會去否認它。」

可是——

「我自始至今——從來不曾當她們是工具，以後也不會。到現在，她們一樣是我非常重要，而未來只會更加無可替代的人……而且我們彼此都是這麼想。所以，我們只是立下永恆的誓言，讓誰也奪不走我們而已。」

假如——

「在你眼裡，我就是把澪她們當成工具，那是因為你自己就是只把『四神』當工具看吧？」

「………………………」

聽了刃更的話，這次換斯波沉默了。

刃更再對雙眼一瞇的他說：

「要知道……『四神』並不只是武器，還是使用者的夥伴。像『白虎』認同高志就是一個例子。」

如同「咲耶」認同柚希。

也如同布倫希爾德認同刃更。

「可是雷金列夫和黃龍，對你來說都只是用來完成目的的工具。這樣的你，沒資格批評我們的關係——我們的感情。」

聽好了，給我仔細聽好。

「只有我們自己，才能決定我們的關係會不會是悲劇。再怎麼說，放任你為非作歹只會奪走她們的笑容和生命……這種事我絕不允許。」

「不允許啊……那你想怎麼做呢？」

緊接在斯波嘲諷性地這麼說之後，兩個拳頭大的漆黑勾玉在他背後組合起來，成為圓形——並一分為九。

同時，斯波釋放的氣場驟然暴漲。

看來他終於要拿出真本事了。

……沒錯。

東城刃更不禁反思。

——賭上一切的不只是我們。

斯波也有無法抹滅的過去，有他的包袱。

可是——刃更也一樣有不能退讓的事。

懷著這份心念，刃更架定布倫希爾德。

「斯波恭一，我一定會打倒你——賭上我的一切。」

於此同時，東城刃更為實現宣言而動身了。

5

有些東西，遭兼具力道與精準的劍勢不停斬碎。

那是西北地區——從石神井公園內戶外舞台附近巨大魔法陣不斷湧出的魔神雷基翁。

——戰鬥至今已三十分鐘。

雷歐哈特以魔劍洛基打倒的雷基翁數量，早已是四位數。

但依然不見衰減。

無論斬倒多少，雷基翁仍一批又一批地湧現。

——在這場戰鬥中，雷歐哈特有兩個目的。

一是褫奪巴爾弗雷亞的力量並拘捕他。

另一個，即是保護萬里亞張設所羅門五芒星結界。

距離是關鍵。靠得太近會波及她，太遠又有援護不及的危險。

因此，雷歐哈特始終與萬里亞保持一段距離戰鬥。

「喝啊啊啊啊啊啊啊啊啊啊啊啊啊啊！」

以強行掃出的氣刃摺倒周圍的雷基翁，緊接著劍尖劃地，要斬開地表般向上高揮。

衝擊波捲帶沙石，將巨大魔法陣連同從中爬出的雷基翁一起轟散。

『……完全是白費力氣。』

開戰後隨即消失無蹤的巴爾弗雷亞，聲音彷彿來自四面八方，同時有另一面魔法陣出現在他處，大批雷基翁從中湧現。

……原來如此。

第②章
毀神滅魔之物

雷歐哈特為確認真偽而一再破壞魔法陣，現在不得不承認這點。

看來單純的消滅，無法對雷基翁造成任何影響。

『雷基翁是無限存在的魔神……誰也打不倒他們。』

巴爾弗雷亞的聲音更冷冷嘲笑這番徒勞，不過——

「……真的是這樣嗎？」

魔王雷歐哈特否定了對方的話。

——就目前而言，雷基翁的確是打倒再多也不斷湧現。

可是雷歐哈特卻認為巴爾弗雷亞的話裡摻了謊言。

開戰後，雷歐哈特旋即向先與巴爾弗雷亞交戰的萬里亞詢問他的能力與雷基翁的特點。

並由此懷疑「雷基翁是無限存在的魔神」與「這樣的雷基翁和巴爾弗雷亞結下完全支配契約」兩者之一有假——或兩者皆假。理由在於——

……這根本不可能。

看樣子，斯波並沒有因為出身勇者一族而擁有神聖的力量，不過這個空間是以四神器構築的五行相生結界。

自己這些魔族原有的力量，並不會因結界特性而受限。

魔神雷基翁也是如此。

於是雷歐哈特向虛空中不知身在何處的巴爾弗雷亞說道：

「假如你說的都是真話……就不用像現在這樣以量取勝，而是把你所謂無限的魔神全部集中在製造特殊雷基翁身上，立刻就能底定勝負。」

而且不僅如此。

「我從拉斯那聽說你和那個叫斯波的合作的原因，也知道你和他的交情比我還要長，還有你心裡的願望。」

可是——

「假如你能使用那魔神所謂無限的力量——你自己就已經是無人能敵，不必用這個計畫提供斯波絕對的力量了。不過你卻和斯波恭一花了二十年時間策劃這場行動，現在還要躲躲藏藏，用消耗戰對付我和瑪麗亞。」

原因何在？

「雷基翁一定有某些限制——或是你自己。在這個限制下，雷基翁就無法使用無限的力量。多半是其他地方有個核心之類的東西……所以打倒他的衍生物沒有意義。就只是循環使用有限的力量，不斷製造新的個體，營造無限的假象——不是嗎？」

『…………』

雷歐哈特的質疑，只得到並非寂靜的沉默。

接著，他眼中出現不同於以往的東西。

視野開闊了。魔法陣消失，在周圍蠢動的雷基翁也不見蹤影。

「難道他……撤退了？」

見狀，萬里亞問道。她仍在在稍遠處灌注「木」屬性能量，維持所羅門結界。

「……不，我想他是打算一次決勝負。」

為了否定雷歐哈特的話而刻意接受他的挑釁吧。

恐怕是強大雷基翁誕生前的寧靜。

因此──

「……瑪莉亞，有件事我想問妳。」

「什麼事？關於那個人和雷基翁的事，我知道的已經全說了。」

「跟巴爾弗雷亞無關，我要問的是斯波恭一這個人的背景和能力。」

雷歐哈特對萬里亞說：

「巴爾弗雷亞是為了某個理由和那個人聯手，而他也認為巴爾弗雷亞是他唯一的同伴。」

兩人之間應該有所淵源。

「麻煩盡可能簡短，說重點就好。」

「斯波恭一的背景和能力啊……我想想。」

萬里亞跟著說出關於斯波的所有資訊。

他是戰神東城迅的複製人，以禁術所製造，誕生於「梵蒂岡」。操縱「氣」的技術非常高超——不，堪稱是終極的氣功格鬥士。身藏容量無限的「穢瘴」。

——以及他吸收了主導禁忌實驗的十神雷金列夫。

列出這些事實，再加上巴爾弗雷亞自供與斯波交情長過雷歐哈特，以及雷基翁的特性，即是雷歐哈特想確認的答案。

「原來是這麼回事……」

就在雷歐哈特低語時。

「——你明白什麼了呢？」

背後傳來輕細的聲音。

雷歐哈特默默回頭。

見到巴爾弗雷亞站在距離約二十公尺的位置。

其身旁，有個外觀顯然不同以往的雷基翁。

【————】

肉體不是原本不安定的爛泥狀，變成非常結實，一眼就看得出多麼強韌。沒有任何動作就散發巨大威壓，甚至與對峙魔神凱歐斯時感到的壓倒性壓迫感同等。

不會錯，那就是巴爾弗雷亞的殺手鐧。

「我並不是想打消耗戰。在這個五行相生的結界空間裡，光是拖時間就能增進黃龍顯化，斯波閣下的力量也會同步增強……我只是在爭取時間而已。」

不過呢──

「雖然我是可以不作聲色──但你畢竟是我服事過的人，可以的話，還真希望你老實待在魔界，陪你心愛的姊姊殿下過你們所剩不多的幸福日子……要是特地跑過來還死得不明不白，我實在是有點於心不忍。」

巴爾弗雷亞撫摸著終極雷基翁說道：

「這就是雷基翁真正的模樣……我在此斷言，你無法打倒他。」

「是嗎──那我倒要試一試。」

聽了巴爾弗雷亞的宣告，雷歐哈特架定魔劍洛基。

「……可是，巴爾弗雷亞。」

然後提出一個疑問。

「你這樣現身，沒關係嗎？」

「…………………」

這句話讓巴爾弗雷亞臉上原有的情緒全部消失了。

「據我所知，你的能力是與高階惡魔瑞斯結訂契約而得來，能讓你躲藏在次元的夾縫之間。前次大戰末期，你編進我的部隊以後就成為我的副手……完成了許多潛入任務。」

可是──

「這一次，我得知你還和這個魔神雷基翁訂了契約，以及你和所謂斯波這個人的關係時，有件事我覺得很奇怪。斯波恭一並沒有參與前次大戰，而且根本就沒有離開過人界。這表示，你和斯波恭一的接點是在人界產生的。」

然而──

「在斯波恭一遭受囚禁的這二十年蟄伏期間，你為什麼特地返回魔界，參加前一次大戰呢……聽瑪莉亞說過他的背景以後，我就能推測出大致的經過了──還有你為何願意幫助斯波恭一。」

一口氣後。

「巴爾弗雷亞……你在前次大戰裡，曾經被『梵蒂岡』囚禁過一段時間吧？」

雷歐哈特的話使巴爾弗雷亞心想——

……這個人真的很棘手。

對於他的能力與祕密，雷歐哈特恐怕已有一定的理解與把握。

——雷歐哈特原本就是個學識與智慧過人的人，不需要巴爾弗雷亞這樣的副手。

由於他的個性十分正直，不太喜歡像巴爾弗雷亞或拉斯這樣耍手段，但也不是不知變通的傻子。

在巴爾弗雷亞深感棘手時——

「能提供能力的『契約』，將伴隨於能力大小相當的風險。一般而言，縱有再多奇蹟也不夠像你這樣單獨與魔神結下契約，這根本是不可能發生的事。依我看，你就像這個叫斯波的人其實是複製迅．東城的實驗體一樣，很可能是『梵蒂岡』俘虜你以後，把你當成魔神契約的實驗體了吧。而且，不只你一個——」

雷歐哈特說道：

「在前次大戰裡失蹤的人不計其數。雖然都視為已經死亡，可是真正戰死的只是占了大半，剩下的除了作俘虜以外，恐怕還被勇者一族拿去做實驗，來製造瘋狂的奇蹟。而你——巴爾弗雷亞，就是成功與雷基翁結下契約了。」

恐怕——

「你的雷基翁，成為完成斯波恭一這個容器的關鍵，解決了勇者一族那累積到誰也沒辦法的『穢瘴』——靠的就是將無限增生的雷基翁埋進斯波恭一體內。你會和斯波恭一聯手，是因為他對『梵蒂岡』的復仇就等於是你的復仇。」

「對……大致上就是這麼回事。不過有件事你說錯了。」

聽了雷歐哈特的推測，巴爾弗雷亞這麼說。

並解開戰鬥服胸襟，除去施於胸口的光學魔法封印。

「被『梵蒂岡』抓走的人，並不是被迫和雷基翁結訂契約。我……我們，就只是被迫讓雷基翁寄宿而已。」

他展現的是胸口中央——魔神雷基翁的「心臟」。

「將無限存在的雷基翁強迫寄宿在一個人身上，會有多大的排斥反應，應該不用我特別講解吧？儘管他們抓來做實驗的人數也數不完，可是犧牲那麼多生命也喚不來那樣的奇蹟。和魔神結契約就是這麼困難的事。」

然而——

「很不巧的是，『梵蒂岡』找到了解決實驗體不足的方法。」

「難道——」

雷歐哈特雙眼稍微睜大。

於是巴爾弗雷亞用言語證實他的想像。

「沒錯……就是複製人。我和恭一閣下都是實驗生物，而且是以被擄的魔族中，適合係數極高者的細胞混搭而成的合成複製人。我連自己原本是什麼魔族，是第幾號複製人都不知道，說不定有幾億個呢。而反覆實驗到奇蹟發生，在最深的絕望中誕生的成功體——第十三期ＢＬＦＬＡ型靈基配列組第Ω〇〇〇四八號實驗體——就是我。」

至於不斷吸收雷基翁而成，容量無限大的「穢瘴容器」引渡到日本的「村落」時，他對外自稱「斯波」，即是來自於巴爾弗雷亞的實驗體編號末尾。

「竟然……有這種事。」

萬里亞為這番說明的錯愕表情，使巴爾弗雷亞淺笑道：

「因為這樣，我和恭一閣下在研究所共度的時間就愈來愈多了。」

「所以你們才會聯手策劃對『梵蒂岡』……對勇者一族的復仇嗎。」

雷歐哈特問。

「對……後來恭一閣下吸收十神雷金列夫時，我趁亂逃離研究所，他則是刻意留下。我們當時就發誓——直到時機成熟，讓我們演一場葬送一切的好戲時再會。」

已經懂了吧？

「我選擇恭一閣下，並不只是因為交情比你長……而是我們一同經歷過比戰場更悽慘瘋狂，名叫絕望深淵的地獄。」

聽巴爾弗雷亞這句話，雷歐哈特更加肯定地說：

「…………那麼你返回魔界真的是為了……」

「對……和瑞斯結契約。」

巴爾弗雷亞隨即回答：

「在時機到來之前，我說什麼也不能死……所以我需要能讓自己處在不管什麼刀劍、怎麼樣的魔法都傷不了我的地方。」

瑞斯擁有自由出入次元夾縫的能力，原本是高階魔族也無法達成契約的高階惡魔。可是寄宿魔神雷基翁的巴爾弗雷亞，有化不可能為可能的力量。

獲得瑞斯的力量後，一切準備便就緒了。

「大戰期間，我在實戰中徹徹底底地測試過了瑞斯的潛行能力。只不過戰功超乎你這個隊長的想像，引來了不小的注意……要是恭一閣下還沒準備好，我就莫名其妙消失不見，很容易引來不必要的關切或調查。」

因此——

「你邀請我作副官，真是正中我下懷啊。讓我一次得到什麼也不必擔心的……安全的避風港，更重要的是擁有自由的權力和地位。幫你實現長久以來的夢想，就是為了回禮。」

但老實說——

「我也頗贊同你打算剷除樞機院的想法就是了。」

「我想也是……那些老賊做的事，和『梵蒂岡』根本沒什麼不同。」

「是啊，魔界也有我所體驗過的地獄。說不定，那樣的禁忌行為和絕望本來就不是那麼稀有吧。」

然而——

「就算是這樣，我也不能就這麼放下……無論是對於那些罪惡之徒，還是皒我尊嚴之恨。」

巴爾弗雷亞語氣愈說愈重。

「……我大致了解你的苦衷和想法了。」

可是——雷歐哈特又說：

「既然要向勇者一族復仇，為什麼不利用我。會與你和斯波恭一為敵的勢力非常強大，繼威爾貝特之後成為新魔王的我又需要魔界的支持，你大可勸誘我攻陷勇者一族的大本營『梵蒂岡』吧。」

「不那麼做的原因，你應該最清楚才對。」

巴爾弗雷亞冷笑著回答雷歐哈特的問題。

「你想打倒樞機院，不只是因為正義感。除此之外……最重要的是為了讓你深愛的姊姊能在魔界無拘無束地生活。證據在於，儘管你允許我們攻擊前任魔王威爾貝特的女兒成瀨澪，也積極避免與勇者一族起衝突，尋求以統一魔界帶來和平，現在又積極建立與穩健派的同盟關係。」

但事實並非如此。

「即使受到激進派和保守派推崇，你的信念本身還是和穩健派的威爾貝特一樣，完全就只是想為了心愛之人的幸福而滿足自己的欲望，和樞機院其實沒什麼不同……喔不，必須為人民犧牲奉獻的王，居然為了自己所愛而犧牲人民，卻拿『為了心愛的人』這種冠冕堂皇的話當免罪牌的份上，比樞機院還惡質。」

但是，這種事根本就不該發生。

「受了多少痛，就該還回去多少；吞了多少苦，就該讓對方也嘗一嘗；懷了多少怨恨，就該名正言順地雪恥。怎麼能因為少部分人的私慾獲得滿足，就當作沒發生過。不管是勇者一族還是背後主導這一切的神族，都要體會體會我們受過的罪才行。」

巴爾弗雷亞將這二十年來無時無刻縈繞心頭的怨懟說出了口。

對此，雷歐哈特說道。

「……我可不能放任你那麼做。」

6

從前的副官巴爾弗雷亞，道出了心中長久以來近似悲願的強烈意念。

得知一切緣由、接受他的怨恨後，魔王雷歐哈特依然否定了他的想法。

「你由於過去經歷而憎恨勇者一族和神族，這我不能怪你，也能體諒你一切行動都是復仇心使然。」

不過——

「魔界有無數人民拚命地活在當下，期盼能在明天見到希望。我想這世界的人們，應該也是如此吧。在這樣的狀況下，你和斯波恭一做的事無非只是讓休戰狀態的魔族和勇者一族再起爭端，重掀過去波及這世界與魔界的最大戰爭罷了。一旦魔族和勇者一族發生全面抗戰，連神族也介入其中，勢將造成永世無法彌補的悽慘災禍。」

如此一來——

「這場爭戰會帶來新的痛苦，化為仇恨而連綿不斷。你們為了宣洩自己的怨恨，卻要製造千千萬萬個你們。現在魔族之間長久以來的可悲分裂眼看就要結束，身為現任魔王，我絕不許你再把人民拖入煉獄之中。」

「————」

雷歐哈特的堅決宣言，使巴爾弗雷亞表情尖銳地瞪來。

沒有出言反駁，是因為他也知道自己所為將有什麼後果。

於是雷歐哈特繼續說下去。

「王的使命，不只是要將所受的痛苦還以顏色，還要肩負人民的所有幸福和痛苦，帶領他們前往更美好的未來……這是王族必須謹守的義務，也是該盡的責任，無關私人感情。我和姊姊都很明白這種事。」

別誤會了。

「我打倒樞機院的悲願，和現在推動與穩健派的同盟關係，並不只是為了打造姊姊的容身之處，現在這想法也沒有改變。穩固現任魔王派與穩健派的關係，結成魔界無人能望其項背的強大同盟……將能有效牽制其他勢力，流最少的血。我認為，最終這將為全體人民的現在與未來帶來最大的幸福。」

魔王雷歐哈特話中沒有絲毫懷疑。

「我所前進的路上，有人民和同伴的笑臉。實現這個願望以後，我和姊姊才能得到真正的幸福。這就是我——我們追求的未來。」

可是——

「而你們又是如何。為了滿足自己的復仇心理而橫衝直撞，不顧殃及無辜民眾的這條路上，除了自我滿足以外還有什麼？現在你們為滿足自己的欲望而打算犧牲無數生命，和樞機院跟『梵蒂岡』又有什麼差別？……你倒是說說看啊，巴爾弗雷亞！」

「……勸你不要太自大的好。」

聽了雷歐哈特傾訴心懷的吶喊，巴爾弗雷亞冰冷至極地說：

「我們所受的痛、吃過的苦、長久以來的怨恨，全都是我們自己的東西。除了我們以外，沒有人背得起來……！」

最後加重語氣的瞬間——身旁的終極雷基翁與其共鳴般出現動靜。

全身迸發濃烈的不祥氣場。

「————————」

眼見雷基翁將四周空氣捲成紫青漩渦，雷歐哈特也重新架定魔劍洛基。

接著巴爾弗雷亞冷笑道：

「你靠東城刃更和成瀨澪的協助才好不容易打倒凱歐斯，哪有辦法打倒同樣是魔神的雷基翁？」

「……這可難說。」

雷歐哈特回以淡然笑容。

「為何你以為——隱藏力量的只有你一個呢？」

如此宣告後，他解放了手中緊握的魔劍。

「狂噬他——洛基。」

霎時——雷歐哈特出現在巴爾弗雷亞與終極雷基翁眼前。

且已是橫掃的架式。

自瞬移層級的神速順勢擊出的橫掃，是魔劍洛基脫離平時的受限狀態，將雷歐哈特的敵人視為獵物所致。

——洛基擁有眾多別稱，每一個都有不同能力。

此刻，雷歐哈特即是解放了它所有能力。

帶來的，是洛基給予雷歐哈特打倒敵人所需的力量。

以「天空行者」瞬時縮短距離，以「奸詐之神」破壞對方認知，並在斬擊中附加「終結者」的即死效果。

從無法知覺的領域所斬出不可避的必殺一劍，直指無限魔神的身軀——下一刻，那巨大軀體爆炸似的飛散——

「————？」

但吃驚的不是巴爾弗雷亞，而是雷歐哈特。

揮出洛基的他沒感覺到砍中任何東西，而他也見到了原因。

終極雷基翁不是被他的斬擊炸開，而是主動分散。

雷基翁的碎片化為六顆巨大眼珠，各自以不規則運動高速飛行，圍繞在雷歐哈特上方與周圍半球體空間中。

巴爾弗雷亞的身影已消失不見。

『——太可惜了。』

隨後，雷基翁眼珠群同時放射細如絲線的紅色閃光。

——不是魔法，而是只有魔神辨得到的高次元魔力現象。

射穿空間本身的灼熱超魔光線，往雷歐哈特直射而去。

這是雙方絕招盡出的最後攻防。

當雷歐哈特瞬時逼近，巴爾弗雷亞立刻讓終極雷基翁分裂，化解那足以分出勝負的一斬。

同時以瑞斯的能力遁入次元夾縫領域，感到自己終將險勝。

先前雷歐哈特指出的「限制」一說，的確是正中靶心。

雷基翁本身的性質是無限沒錯，但操縱者巴爾弗雷亞的魔力卻是有限，無法無限增加其個體或強化。

……可是。

儘管如此，他仍能造出足以葬送雷歐哈特的個體。

而現在，他在這場最後的攻防中料中了對方的心思。

雷歐哈特將命喪於此——而真正的問題還在後頭。

……這樣她一定會報復。

殺戮妖女莉雅菈知道心愛的弟弟遇害，肯定會來索命。不過屆時斯波早已昇華至無人能敵，巴爾弗雷亞也能靠次元夾縫化險為夷。

……況且。

巴爾弗雷亞心想，萬一真的死在莉雅菈手中也無所謂。

不是因為有以死謝罪的念頭。

死的可是莉雅菈最愛的雷歐哈特。

說不定就算殺了斯波和巴爾弗雷亞，也滅不了她的恨。

於是她會開始調查緣由——發現二十年前的複製計畫，將相關人員盡數剿滅吧。

被害不會只限於勇者一族。等她查到複製計畫是由十神暗中主導，肯定會殺進神界，至死不休。

雷歐哈特宣言阻止巴爾弗雷亞製造新的悲劇與仇恨，可是他的死卻引發莉雅菈的殺戮，真是何等諷刺。

「……太可惜了。」

巴爾弗雷亞向雷歐哈特告別的下一刻，六顆雷基翁之眼一同放射灼熱超魔光線。高次元魔力的紅色光線貫穿雷歐哈特的身體衝擊地面而引起超高熱爆炸，將雷歐哈特燒得灰飛煙滅。

——本該是這樣的。

「——————！」

但是緊接著，巴爾弗雷亞得到的不是勝利，而是錯愕。

因為灼熱超魔光線在擊中雷歐哈特之前忽然扭曲了。

且巴爾弗雷亞不知原因出在哪裡。偏離雷歐哈特的灼熱超魔光線在地面引起爆炸，使他看不見雷歐哈特。

那是超高溫的爆炸，一般而言無法全身而退。

可是——

「…………！」

巴爾弗雷亞不禁緊張。

既然雷歐哈特連雷基翁的灼熱超魔光線這樣的高次元魔力現象都能彈開，阻擋副產物的超高溫爆炸應該輕而易舉。就在他這麼想時——

「……找到你了。」

背後冷不防的聲音，使巴爾弗雷亞倉促轉身。

見到的是，有人入侵了原本只有與瑞斯結契約的他才能進入的這個次元夾縫領域。

全身被覆漆黑裝甲，右手握持魔劍洛基。

而其背後，有道次元裂縫。

無疑是以解放力量的洛基劈開次元，才得以進入巴爾弗雷亞領域。能在這近乎無限存在的位相差空間中精準找到這個位置，是因為有超越瑞斯的高階生命干涉空間結構的緣故——

而那恐怕是源自洛基的力量。

「——————！」

巴爾弗雷亞立刻在前方張開魔法陣。

同時，終極雷基翁朝雷歐哈特撲去。

雷基翁之眼在外界合體，傳送進來了。

既然分為六體的攻擊起不了作用，就合成最強的一體打倒他。

而且這次不是攻擊，而是直接讓終極雷基翁自爆，釋放其體內所有能量消滅雷歐哈特。

這樣總行了吧。自認看見勝算的巴爾弗雷亞，卻見到了不同的結果。

雷歐哈特將魔劍洛基架於腰際，紫青氣場不斷往劍身凝聚。

「————」

下一刻，雷歐哈特斬出的劍勢化為衝擊波，一擊砍飛終極雷基翁，且撞上巴爾弗雷亞召喚雷基翁的魔法陣，引起劇烈爆炸。

「呃啊啊啊啊啊啊啊啊啊啊啊啊啊啊啊啊啊啊啊啊啊啊啊！」

巴爾弗雷亞正面承受近在咫尺的衝擊，當場被炸出次元夾縫，連同爆炸撞上石神井公園地面，挖出深溝向西滾去。

且一路撞進石神井池，掀起沖天水牆。最後池水吸盡衝擊，讓他癱附在浮島邊。

「……啊……唔……」

即使遭受重創，巴爾弗雷亞仍勉強保有意識。

召喚雷基翁而張開的，是召喚魔神用的高階魔法陣。

巴爾弗雷亞雖無法完全運用雷基翁的力量，召喚用魔法陣本身的強度仍能承受雷基翁的無限力量。因此魔法陣成了屏障，保護他免於洛基的直擊。

池水中，濕淋淋的巴爾弗雷亞用盡力氣爬上浮島——見到雷歐哈特降落眼前。

「…………………」

他依然無法相信地仰望身披漆黑裝甲的雷歐哈特。

——魔劍洛基的威力，的確遠在東城刃更的布倫希爾德之上。

但如同巴爾弗雷亞無法完全運用雷基翁的無限力量，雷歐哈特也使不出洛基的全力。

假如強行為之，其負荷恐將壓垮雷歐哈特的身心。與穩健派決鬥中和東城刃更與凱歐斯交戰時，洛基即是受限狀態。

就算是雷歐哈特也不可能這麼快得到完全制服洛基，將其完全掌控的力量，除非有某種護祐或契約——

「難道……」

這瞬間，巴爾弗雷亞想到化不可能為可能的方法。

並喃喃道出。

「你和莉雅菈殿下結了主從契約……？」

「…………因為我不能再輸了。」

對於表情錯愕的巴爾弗雷亞，雷歐哈特予以肯定。

——與穩健派的決鬥中，雷歐哈特的對手是東城刃更。

雖然那場戰鬥中途遭到破壞，可是雷歐哈特仍無疑是戰敗了。

而且對抗凱歐斯時，沒有刃更等人的協助就毫無勝算。

這表示雷歐哈特無法獨力戰勝穩健派和樞機院。

因此，他只好承認刃更擁有他沒有的強悍。

如今樞機院毀滅，與穩健派的同盟事宜也正在推進。

若順利進行下去，說不定真能為魔界帶來永久的和平。

然而雷歐哈特本身仍欠缺足以守護和平的力量。

所以他盡其所能，和莉雅菈締結了主從契約。

——不過，主從關係和刃更他們相反。

莉雅菈為主，雷歐哈特則是下屬。

對於結主從契約本身，莉雅菈態度相當正面，認為那能加深彼此感情，使他們更密不可分。但對於成為雷歐哈特的主人這點，她卻面有難色。

凡是莉雅菈的要求，雷歐哈特都會盡可能滿足，唯有這一次堅決不讓。無論以哪種魔力與能力特性為媒介締結契約，他都不希望莉雅菈背負半點詛咒的風險，更重要的是，他有個說什麼也不能退讓的願望。

——那也是雷歐哈特的夢想。

雷歐哈特並不想成為一國之君。他是為了得到能夠保護莉雅菈的力量，明知自己只是樞機院拱出來人形看板而坐上王位。

他長久以來真正想做的角色，就只是服侍、守護心愛姊姊的騎士。

吐露這個夢想之後，莉雅菈總算接受了他的心意。

所以現在，雷歐哈特才能帶著新的力量來到這裡。

掌握著魔劍洛基——不，魔神洛基的力量。

低頭一看，巴爾弗雷亞似乎認為自己完全敗北而失去抵抗的力氣，已經昏死過去。

「我和東城刃更一樣，也有不能退讓的事物。凡是侵犯我底線的，無論是誰，我一律不放過。」

於是魔王雷歐哈特對他輕聲說出自己來到這裡的理由。

「巴爾弗雷亞——我以一級叛亂罪逮捕你。」

第2章
毀神滅魔之物

7

有個現象從不久之前就存在於東京都心的空中。

那是震源位在虛空，劇烈得彷彿要震破大氣的爆炸聲。

即空震現象。

源自兩股終極力量的衝突——東城刃更與斯波恭一的戰鬥。

刃更的「萬有斥力」效果必須縮限，斯波的「氣」則無法「滲透」。

這場雙方自身絕學皆威力受限的戰鬥，自然而然演變成應有的面貌。

那就是以天空為擂台的武器格鬥——刃更以魔劍布倫希爾德的劈斬，斯波則是以侵蝕全身，同為鎧甲與武器的魔拳雷金列夫拳腳相向。

「喔喔喔喔喔喔喔喔喔喔喔喔喔喔喔喔喔喔喔喔喔喔喔喔喔喔喔喔喔喔喔喔！」

傳自迅的龍族力量，使刃更能自由穿梭在摩天大廈的夾縫間。他環繞白色建築急速迴旋，飛向以「氣」滯空的斯波，並直接在交錯之際擊出布倫希爾德。

這是自斯波左肩劈向右腹側的斜斬。結合推昇至極的速度與力量所擊出的劍，足以斬斷任何物體。

可是——

「……受不了，真是學不乖。」

斯波卻微笑著直接承受刃更的斬擊。

喀鏗——————————！

劍刃從斯波肩坎劈下，激出金屬的尖銳碰撞聲，但也僅此而已。

刃更的劍斬不了斯波，而且是毫髮無傷。

——過去的戰鬥中，斯波主要是以「氣」攻擊。

但刃更現在懂得以概念發動「萬有斥力」，能排斥「滲透」，斯波便開始將「氣」轉為防禦之用。這套使「氣」竄流全身的絕對防禦名叫「硬氣功」，能將刃更的斬擊化為搥打，進一步完全吸收其衝擊。

「輪到我出招了。」

當刃更以前進抵銷布倫希爾德帶回的反作用力，強行靜止於空中時，斯波以右手向上掃出虎爪。

「————！」

刃更強行下劈遭反彈的布倫希爾德，憑借臂力迴避這目標左腹的一爪。

並以斯波左肩為支點向上反彈倒立，斯波的爪因而揮空。

再往斯波斜後上方翻身，要順勢掃出布倫希爾德。這一刻，斯波的虎爪在前方高樓造成轟聲與爆炸，約有三、四層樓遭巨獸之爪削過般消失不見。

「！——————」

目睹如此破壞力，東城刃更不禁吞吞口水。

第一戰中，斯波以「氣」粉碎了刃更斬倒的大樓，而現在卻連煙塵也不剩。斯波現在猛力擊出的「氣」應具有等同消滅能量的威力吧。刃更不懂硬氣功，即使和斯波一樣全身包覆布倫希爾德的裝甲，也無法承受那種威力的攻擊。

——概念發動的「萬有斥力」，只能彈開斯波以他一擊必殺的「氣」所造成的「滲透」。

因為「滲透」和普通攻擊雖然都具有「氣」，性質卻完全不同。

但這並不表示普通攻擊威力遜色。

「氣」的奔流不僅能從打擊部位灌注，也能直接射向遠離的對手——方才那一擊，以顯示出其威力是多麼巨大。因此，刃更從開戰便被迫閃躲斯波每一次攻擊。

不過刃更並不擔心。

既然防不了斯波的攻擊，也讓斯波無法迴避他的攻擊即可。於是刃更採取了必要的行動。

「嗯……你的速度還是有點麻煩呢。」

在斯波回頭的瞬間——刃更從他視野中消失了。

拜一口氣提昇兩階速度所致。

以遠超斯波的速度繞到右後斜上方，從死角擊出無法迴避也不可能防禦攻擊——消滅波。

第一戰中，消滅能量的軌道遭到「氣」的奔流偏折，但那是以普通方式——事象方式發動。

這次則是與「萬有斥力」相同的概念發動。

意在消滅斯波的劍勢無法以硬氣功抵擋，發自死角的攻擊也不給他閃躲的機會。中了就分出勝負。

「——————！」

但使出如此無上一擊的刃更，卻在下一刻倉促迴避，反射性地向上飛昇。

隨後，刃更擊出的消滅波遭到來自下方的斜斬切斷，那暗紅刃氣更掠過刃更腳下，將其背後比鄰的三棟摩天大樓無聲無息地斬斷。

「…………」

截成兩段的消滅波避開斯波般飛遠，在六本目街道引起的毀滅，與背後開始崩塌的大樓之間，刃更錯愕地屏住了氣息。

「我好像從來沒介紹過……我這種操縱『氣』的戰技，是以對抗高階魔族與神族而打造的『神魔滅章』為基礎建構而成。像你有『無次元的執行』等招式一樣，我的戰技也有幾項奧義。」

斯波以一記右後旋踢切斷消滅波後笑著說：

「這就是其中一招——第五段『九頭薙』。」

「——────！」

在斯波說出招式名稱的瞬間，刃更赫然抽氣。

不知何時，他已被九個漆黑的太極勾玉包圍。

來自斯波的背後。

「唔——────！」

見刃更似乎極為肯定地準備迎擊，斯波加深笑容。

「——────第八段『御雷神』。」

包圍刃更的漆黑太極勾玉，在斯波說出奧義名時放出暗紅電流纏繞刃更，封阻他的行動。

「呃…………可、惡……！」

「中了這招還能說話，真是了不起。該不會你還有力氣掙脫吧？」

斯波興致勃勃地看著刃更死命想掙脫伴隨超電流的鎖鏈，並說：

「可是刃更啊……『御雷神』現在才要正式開始。」

接著輕舉右手。

「來，好好嘗一嘗——變成落雷的感覺吧。」

「啪」一聲彈指的同時。

名為東城刃更的落雷在劇烈爆炸聲中撞擊了地面。

8

刃更中了斯波的「御雷神」而撞擊地面後，背上受到連續撞擊。

地面並不足以抵銷「御雷神」的衝力。

而其附帶的電擊鎖鏈，更使得刃更完全處於被動。

「呃啊啊啊啊啊啊啊啊啊啊啊啊啊啊啊啊啊啊啊啊啊啊啊啊啊啊啊啊啊！」

就此撞破柏油路和好幾層地下樓，最後撞上地下鐵月台。

「呃、啊……哈啊！」

刃更直接承受如此數度撞擊，忍不住吐盡肺中氧氣。

縱有布倫希爾德的裝甲保護，內臟不至於受傷，「御雷神」的電擊鎖鏈也仍未消滅。

「————！」

刃更瞬時將「萬有斥力」的效果對象更改為「御雷神」，彈飛超電流的拘束而重獲自由。

「……這裡是……？」

雙眼緊接著掃過掛在牆上的站名板。

東京地鐵日比谷線神谷町站。

「喔？……你解開『御雷神』的束縛啦。」

理解到這裡是東京鐵塔西北方時，斯波順著刃更撞出的洞口追來了。

「那這招怎麼樣？」

刃更急忙向後跳開保持距離，而斯波一踏上月台就讓背後的九個太極勾玉三三散開。

阻擋月台前後與刃更撞出的洞，並設下巨大的三角形電擊結界。

「……………！」

在刃更眼見退路全部遭堵而眉頭一皺時，斯波採取了不同於「御雷神」的發動架式，雙手交叉地向刃更攤掌——

「——第十段『俱利迦羅』。」

剎那間，有東西衝出斯波雙掌。

那是暗紅色的「氣」之奔流。

龐大的「氣」排山倒海而來，且化為有四個頭的龍形。

燒盡半密閉月台空間的一切，瞬時衝向刃更。

「————！」

刃更選擇的不是迎擊，而是退避。

這是為了避免以「無次元的執行」彈散「俱利迦羅」，卻反被「御雷神」的電擊鎖鏈趁隙封阻動作。

……畢竟。

「俱利迦羅」的業火恐將迅速燒盡週邊氧氣，使這地下空間化為地獄鍋爐。若以「萬有斥力」彈開熱波，就會失去抵擋斯波「滲透」的手段，同樣會陷入困境。

於是刃更向後疾奔。

「喝啊啊啊啊啊啊啊啊啊啊啊啊啊啊啊！」

朝布展於北千住方向的太極勾玉強行使出「無次元的執行」，在電擊結界彈出缺口，跳

第2章
毀神滅魔之物

進地下鐵道便神速向北奔去。

……既然是日比谷線……

在填滿地下鐵隧道的四頭炎龍尾隨在後當中，刃更在腦中展開地圖並經過霞關站，火焰也順地下空間延燒到相接的丸之內線與千代田線。

然而炎龍的火勢絲毫未減，緊追不捨。

於是見到前方，日比谷線軌道向右彎時——

「……就是這裡！」

刃更在奔跑中往斜上方掃出消滅波的洪流。

藉此打出通往地面的通道。

穿過自己製造的圓形隧道衝出地面，隨慣性以前傾姿勢往右前方猛力一跳。

「俱利迦羅」的火焰也在這瞬間轟然噴出消滅波開的洞，有如巨大火焰槍直線噴射，燒不中以拋物線跳開的刃更，逃過一劫。

接著，刃更降落在「某個地方」。

至今刃更避諱於斯波與黃龍同步而得來的「土」屬性力量，避免在地面戰鬥。可是以仍未用慣的龍族力量飛翔，也有被「御雷神」再度束縛的危險。

……不過。

在這種視野充滿遮蔽物的地方，對付能以「氣」摸清對方位置與動態的斯波，是壓倒性地不利。

因此，東城刃更選擇了能將風險減到最低的地方——皇居前廣場。

要在這片擁有遼闊視野的空間迎戰斯波。

爾後，上方傳來摻雜苦笑的聲音。

「真是的……你怎麼偏偏選這裡呀。」

抬頭一望，見到斯波出現在櫻田門正上方十公尺處空中。

「就某方面而言，這裡的確是很適合用來決戰就是了。」

他這麼說之後，往廣場上的刃更緩緩降落。

最後保持二十公尺的距離與其對峙時，斯波身上的「氣」驟然暴漲。

「…………！」

「怎麼啦，刃更……別跟我說你不知道喔？」

驚人的壓迫感使忍更表情一繃，斯波則是面帶淺笑。

「這皇居就是從前的江戶城——四神相應的中心點。這裡能獲得四神最大的相生，還能對中央提供別種形式的強化呢。」

因為——

「首都高速公路的都心環狀線，和周圍的三環狀線這四個圓環，除對應四神之外，還有往中央集中的放射狀道路。不僅是江戶時代……東京這座城市，到現在都依然藉由循環地脈進行五行相生，往中央輸送力量。」

「…………………」

聽了斯波的話，刃更只是保持沉默。

——刃更也曉得皇居位在怎樣的地形。

儘管如此，刃更仍選擇以此作為決戰斯波的舞台。

不是自暴自棄，完全是為了獲勝。

因此——

「————————」

東城刃更默默採取「無次元的執行」的架式。

見狀，斯波說道：

「你靠這一招度過那麼多危機，我也不是不懂你想靠它賭最後一把的心情啦。」

可是——

「你這招有只限反擊的限制，能消的東西也只限一個，又不保證能完全消除……你以為這種被動又成功率低的招式，比我的『神魔滅章』優秀嗎？」

「——我並不想證明自己的招式比你的優秀。」

東城刃更宣言道：

「因為沒那種必要！」

吶喊的同時，他不等斯波出手就發動「無次元的執行」。

——「無次元的執行」只限用於反擊。

而他並沒有打破限制，就擊出這無次元轉移的一斬。

且是與「萬有斥力」同樣的概念發動。

消除的是聚集於皇居之物——「氣」。

如斯波所言，皇居是這大都市東京「氣」的匯聚點。刃更就是以「無次元的執行」反擊這不斷流入的「氣」。

「氣」是源源不絕。

消滅只是一時，旋即又會從四面八方匯聚而來。

可是消滅這一帶的「氣」，能將他們所在的皇居暫時成為「氣」的真空地帶。

僅有轉眼之間——但那確實能奪去斯波的攻擊與防禦。

而東城刃更不會錯過這甚至比剎那更短的好機會。

「————！」

他在背後使出「萬有斥力」，將雙方間距化為烏有地瞬時逼近，反手斬出布倫希爾德。

對此，斯波架起雙手，採取空手奪白刃的架式。

刃更不予理會。

使不出「氣」的斯波擋不下這一斬，無疑能斬倒他。

「────」

然而在如此確信的刃更眼前，斯波的雙手先一步合於胸口。

如參拜神社般的擊掌拍出「啪！」的一聲乾響──而當雙手分開，其胸口到腹部也左右兩分。彷若張口。

裡頭是比深淵更黑暗的空間。

那次元裂縫就此湧出有如黑暗的物體，連同布倫希爾德吞沒刃更的斬擊，並順勢將刃更拖進去。

「真可惜……你就和雷金列夫一樣，在我體變成我的新力量吧。」

當斯波笑著這麼說──

「……我就知道你會來這套。」

刃更也笑著回嘴。

聽說斯波吸收十神雷金列夫的當下，刃更就設想到斯波可能會嘗試吸收他，沒有片刻鬆懈。

因此，東城刃更在攻擊途中改變招式。將普通斬擊換成「無次元的執行」。

那是由消滅周圍「氣」的第一擊延續而成的「無次元的執行・二連」。

為這狀況特地保留的新招，確實彈散了斯波產生的黑暗。

沒能完全消除也無所謂。

在斯波進行下個動作之前，刃更已回劍再斬。

然而事與願違——

「……這樣不行喔，刃更。」

斯波微笑的同時，應被「無次元的執行」擊散的黑暗竟瞬時重聚，在刃更的斬擊接觸斯波之前先吞噬刃更。

逃不了了。

「什麼……！」

「你們那有阿芙蕾亞……我早就想到你們會對被我吸收的危險性擬定對策了。」

斯波對驚愕的刃更冰冷至極地笑。

「我體內的『穢瘴』，早已是能吞噬一切的黑暗，就連貴為十神的雷金列夫都脫不了身。如果能完全消除，或許還有點機會，只是打散的話一點意義也沒有。」

話說回來——

「你的『無次元的執行』，得先看透事象的天元並且斬斷才能完全消除。要看透概念的天元，根本是天方夜譚。」

難道不是嗎？

「無論你再怎麼窺探黑暗深淵——看到的也只有黑暗而已。」

話聲結束時，東城刃更的肉體和意識，都已被斯波恭一吞入體內。

9

「——刃更！」

西方地區，負責所羅門五芒星「火」屬性一角的澪，為突如其來的感覺不禁叫喚刃更，往東方望去。

就在前一刻，她忽然感受不到應在中央對戰斯波的刃更了。

不是錯覺。主從契約昇華為誓約後，澪等人彼此之間的位置感應也更為強烈。澪不禁往最壞的方向想。

……不是那樣。

假如刃更已死，他們的羈絆——主從誓約也會消失，然而它依然存在。

於是她拚命搜尋刃更，最後終於感到細微的氣息。

很明顯地，刃更出事了。

而那無疑是斯波恭一搞的鬼。

在勇者一族「村落」，刃更聽柚希之母薰對斯波的過去，以及虛數次元空間內，長谷川對十神雷金列夫的敘述，再加上現在刃更氣息消失的狀況，他很可能是被斯波吸收了。

……刃更……！

為了打倒斯波，他們盡了一切所能。

還將主從關係提升到最終極的誓約。

然而斯波恭一這個人依然深不可測，仍能殘酷地打碎他們的羈絆——奉獻自身所有的心念。

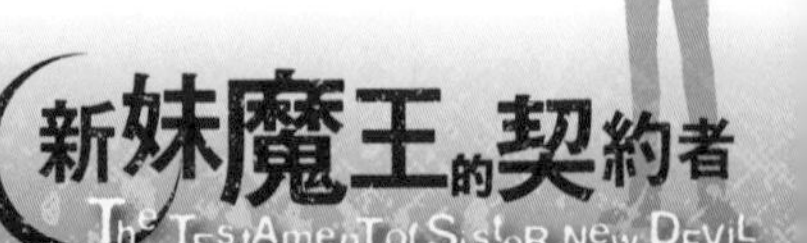

自始至今，刃更一而再地拯救他們脫離危機。

而這樣的刃更，因對抗斯波而再度陷入絕境。

澪心中忽然湧上一股衝動，想立刻奔向刃更。

「…………………！」

但她不能這麼做，表情因氣惱而扭曲。

——現在，澪等人正在維持所羅門五芒星結界。

這使得她們無法離開各自負責的地區。

……這樣下去……！

說不定會像第一輪戰鬥，刃更敗給斯波的事重新上演。

上次是多虧有長谷川，刃更才撿回一命。若這次也有危急狀況，長谷川也一定會趕去救他。

不過上次長谷川救得了刃更，是因為她的行動出乎斯波預料。既然現在斯波曉得她的存在，能否再救一次就很難說了。另外，雖然長谷川能為刃更使出原有的力量，但她身上還有其他限制，難以直接對抗擁有十神雷金列夫靈子的斯波。

……而且。

就算救得了刃更，與黃龍同步化的斯波力量不斷增加，而他們已經用了主從誓約這個最後的武器。

要是再度失敗，就真的再也沒有勝算了。

究竟該怎麼辦？在激烈焦躁與迷惘不斷膨脹當中——

「……去吧，成瀨澪。」

一道冷淡的聲音推了澪的背一把。

是高志。從斯波掌控之下強行奪回白虎之際的抵抗，使他受了不小的傷，但已逐漸恢復。

「可是……要是我離開這裡，到刃更那去……」

聽見澪語帶猶豫，高志立刻反駁。

「所羅門五芒星結界已經張開了，只需要維持的話，我應該沒問題。」

畢竟——

「受『白虎』認同的我，在四大元素裡屬風，而風有煽動、增強火勢的力量。而風在五行中屬『木』，能夠生『火』。」

「…………」

即使高志這麼說，澪依然有所遲疑。

來自最根源的不安——就算放棄維持結界去搭救刃更，也不一定能成功。

既然現在的刃更也無法戰勝斯波，澪自然不是他的對手。

去了說不定反而礙事。

那麼，是相信刃更，繼續維持結界比較好嗎？

高志對愈想愈消極的澪輕聲說道：

「……妳還記得先前和我打的時候的事嗎？」

「咦…………？」

澪不知高志為何忽然重提舊事，不禁反問。

「那次到最後，因為我的不成熟而使得『白虎』失控了……而把我逼成那樣的，就是刃更。不過替他爭取到那段時間的人，是妳和妳那個夢魔跟班，還有柚希。」

高志說道這裡後正眼注視澪，繼續說：

「當時的你們，其實不是我的對手。可是——妳會認為你們當時的奮鬥、採取的行動是白費力氣，一點意義都沒有嗎？」

「——————」

這句話讓成瀨澪睜大了眼。

下一刻，她的心已對該做的事下了決定。

「…………你真的沒問題吧？」

「我說過了，不要小看勇者一族。」

高志如此回答的同時，澪已發動魔法飛上天空。

澪升空後就立刻趕往刃更與斯波的戰場——中央地區。

擔心得發慌的她，以風也追不上的速度飛越東京的天空。

不過澪為拯救刃更而去的地方不是皇居。

因為有件事非得先確認不可。

於是她來到皇居的南方。

東京鐵塔前不久還存在的地帶，有另一場戰鬥仍在繼續。

那即是瀧川與黃龍的戰鬥。

高志說過瀧川幾個也來了，而且澪在西方地區張設所羅門五芒星結界時，也注意到那邊的戰況。

引起她注意的原因十分簡單明瞭。

因為戰況就是那麼激烈。

但她來此並不是因為她比較擔心瀧川。

純粹是為了幫助刃更。

「————————」

瀧川見到澪之後，暫且與黃龍拉開距離，降落在大樓頂。澪也懂他的意思，降落在他面前。

「我有個無理的請求……能請你馬上打倒黃龍嗎？」

然後劈頭第一句就是這麼說。

「我還以為妳是來幹麼的咧，一開口就這麼亂七八糟……妳不知道我有多辛苦，別說得那麼簡單好不好。」

瀧川聽得臉都歪了。

「那頭龍是為了那個叫斯波的而顯化，所以只要小刃打倒那傢伙，這個巨無霸也會消失了吧。我是想拖時間到那個時候——」

一口氣後。

「看妳那個表情，該不會是小刃有危險了吧？」

瀧川也知道澪能感知刃更的位置，便放低聲音這麼問。

「…………不知道，總之我希望你能快一點。」

澪也明白這是無理的請求。

因為斯波那絕大的力量，就是與黃龍同步化而來。

反過來說，打倒黃龍就能大幅削減斯波的力量。

要救出刃更並打倒斯波，首先得處理黃龍。

說得像丟給瀧川一個人，是沒有其他選擇。

原因大致有二。

其一是澪自己必須盡快趕到刃更身邊。

刃更恐怕身陷危機。倘若斯波準備要取刃更的性命，無論如何都非得阻止他不可，哪怕澪不是他的對手。

另一個原因是——澪現在負責「火」屬性。

「火」能生「土」，黃龍只要吸收澪的攻擊，力量就會提昇，同時也會提昇斯波。

必須避免這種事發生。就算只使用重力魔法，現在的狀態很容易下意識地附加「火」屬性。

……再說。

用重力魔法使屬「土」的黃龍撞擊地面，恐怕也不會造成多大傷害，說不定還會給牠操縱附近地面的機會，反遭痛擊。

……真不甘心。

想打倒黃龍，澪最好別出手。

瀧川也明白這點，望著遠處的黃龍說：

「真難搞……方法不是沒有，可是要花點時間準備。」

【————】

或許黃龍終究是守護中央的神獸，沒有接近的樣子。

「他會那樣觀察情況，完全是因為我沒有攻擊的意思。要是有一點想打倒牠的舉動，馬上就會殺過了來吧。」

「實在是不好處理呢……」

既然是能夠打倒黃龍的攻擊，多半是需要極度專注以凝聚魔力之類，也就是需要一定的時間。

若只是單純爭取時間，澪是辦得到。

可是那樣也會增加黃龍的力量，更何況——

……再不趕快，刃更會……！

澪心裡全是恐怕已經被斯波吸收的刃更。

主從誓約沒消失，表示刃更還活著。

現在還救得了他。

然而有多少時間仍是未知數。第一輪戰鬥時，澪幾個已有過一次來不及趕到刃更身邊的經驗。

要是在這裡耽擱了，或許真的會眼睜睜看著刃更喪命。

可是繼續猶豫下去，救回刃更的可能也會降低。

「我知道了……瀧川，你開始準備吧，我來爭取時間。」

於是澪打定主意，同時發動飛行魔法離去。

當然，她是飛向黃龍。與金色巨龍的距離節節縮短，黃龍也立刻準備迎擊。

【————————】

黃龍似乎運使了強大的「土」屬性力量，軀體下方地面轟隆隆地破裂、升起。

朝她大張的口，則有金光從四面八方快速凝聚。

而澪不能攻擊，只能稍微展現攻擊意圖，吸引黃龍注意，徹底進行迴避與防禦。

不過成瀨澪並不氣餒。

只要這樣能幫助刃更——

「要我怎麼引牠都行……過來呀！」

當澪對準備噴吐龍息的黃龍吶喊的瞬間，眼前發生了意外狀況。

「轟！」地一聲沉響，黃龍的側臉受到了強烈衝擊。

衝擊使黃龍的巨頭猛然一晃，為龍息而凝聚於口中的金光也消失了。

接著，澪見到是誰給了黃龍自己辦不到的有效攻擊。那是身材比她嬌小，力道卻比她們任何人都大的少女。

「澪大人！您沒事吧！」

「……萬里亞！」

澪驚訝地喊出她的名字後，以右腳踢歪黃龍巨臉的萬里亞振翅飛來。

「我就知道澪大人會來這裡。我也感覺到刃更哥的氣息消失……然後來幫忙的雷歐哈特大哥就用他的魔劍替我維持結界了。」

「是喔……我也把剩下的事交給早瀨了，現在要幫瀧川爭取時間打倒黃龍。」

【————】

分享彼此資訊時，黃龍朝她們洪聲咆哮。

澪和萬里亞附近的大樓受「土」屬性影響，從下方分解沙化，並如生物般扭轉著急速爬升，襲向她們。

但在她們判斷該迴避還是防禦時，沙柱的動作先停止了。

仔細一看，有個人單膝跪在那樓頂上，雙手觸地，以自己的土系魔法和屬「土」的黃龍爭奪殺的支配權。

「潔絲特！」

澪不禁喊出她的名字。

「久等了……維持北方地區結界的任務，改由我的魔像和路卡閣下擔任。」

潔絲特微笑著回報狀況。

接著來有個少女乘風降落在她身旁。

胡桃也到了。

「妳們真好……來我這邊幫忙的大叔丟下一句『我是火屬性，沒辦法維持結界』，所以我只好把水屬性的元素珠埋在那裡了。」

胡桃無奈地這麼說之後，露出無畏的笑容。

「不過在五行裡『水』對『土』不太有效，應該無所謂啦——是吧！」

話一說完，胡桃將配戴操靈術護手甲的左手伸向黃龍。

她周圍颳起強風的同時，黃龍全身也受到看不見的衝擊連續搥打。那是壓縮空氣而成砲彈。

胡桃不像澪那樣純粹使用自己的魔力戰鬥，而是借用精靈的力量，使用風系魔法時完全不會附帶她負責的「水」屬性。

萬里亞的「木」屬性，能剋黃龍的「土」。

潔絲特的「土」屬性，能干擾黃龍的「土」。

胡桃的「木」屬性精靈魔法，能剋黃龍的「土」。

這三人都比澪更適合對戰黃龍。而萬里亞也在前進之餘說：

「黃龍交給我們來對付，澪大人快趕去救刃更哥吧。」

「萬里亞……可是……」

澪不禁喊住她。

「很遺憾，現在澪大人的攻擊對黃龍效果不大……如刃更哥真的被那個叫斯波的吸進體內——」

萬里亞轉過身說：

「您應該也懂的，現在能救刃更哥出來的——恐怕只有您了。」

成瀨澪自己也那是什麼意思。

其他任何人都做不到——唯有她可能救出刃更。

因此——

「…………知道了，這裡就拜託你們了。」

確切頷首後，澪將黃龍交給萬里亞等人便往刃更飛去。

到自己該去的地方，做只有自己辦得到的事。

解救刃更。

10

「————！」

在飛向皇居的路上，澪為布於眼下的景象倒抽一口氣。

她所見的，是遭業火吞噬的東京街景。

——千代田區南端一帶，已成一片火海。

那裡不單純是名為東京的城市，還是日本這國家的中樞地區。

各省廳、管理警察組織的國家公安委員會。

內閣府、國會議事堂、法院等日本三權分立的象徵。

全都燒成火窟。

所幸這裡是斯波以「四神」構築的結界，空間內的一切全是虛擬。

第2章
毀神滅魔之物

……可是。

假如斯波在沒有所羅門五芒星結界的狀況下解開這結界空間，這幅景象恐怕就會因配置逆轉的「四神」失控而成為現實。

不僅如此，就算整個東京都被破壞得更嚴重也不足為奇。

「——————！」

當澪想像著這樣的威脅飛過日比谷公園上空時，她忽然將警戒升到最高。

因為她和佇立在皇居前廣場的「敵人」對上了眼。

斯波面泛詭異笑容仰望著她。也許是受到雷金列夫或與他同步的黃龍影響，樣子奇形怪狀，全身還湧現著紅、黑、金交摻的炫光。

那比澪見過的任何氣場都強，且和黃龍一樣具有神聖的光輝，卻令人感到彷彿無底黑暗的凶險。

而周圍——果然見不到應與他交戰的刃更。

「…………………！」

於是她篤定心意前往廣場，降落在斯波面前。

「嗨……妳來晚嘍。」

斯波悠然迎接。

「巴爾弗雷亞被抓以後，局勢是變得稍微有點不利……不過這樣就分出勝負了吧。」

畢竟——

「妳們最重要的刃更——已經被我的『深淵』吸收了。」

「…………並沒有。」

澪毫不退卻，表情嚴肅地對斯波說：

「要是刃更真的被你吸收，和那個叫雷金列夫的神族一樣完全溶解在『穢瘴』裡和你同化，我們的主從誓約早該解除了。」

可是——

「沒有發生這種事，就表示刃更一定還活著。」

「這個嘛，我又沒說過我把他殺死了，我只是說勝負已分呀。」

可不是嗎？

「因為只要一句『再抵抗就殺了刃更』——妳們就打不下去了嘛。」

斯波這句話對澪幾個而言，是毋庸置疑的事實。

但澪仍拚命挺住，否定斯波的話。

「…………這可不一定。」

在這裡屈服，就真的輸定了。

過去一切努力將化為烏有，也會失去未來的一切。

成瀨澪無論如何都不能讓最壞的狀況發生。

「如果刃更在你手上，我們或許就真的束手無策了吧。就算刃更要我們別管他繼續打，我們也一定下不了手。」

於是她先退讓半步。

「可是——也要你真的吸收了刃更才會有那種事。」

並拚命展現從容笑容，不讓斯波看出她在虛張聲勢。

「要是你真的吸收了刃更，就把證據拿出來給我看啊。」

「哈哈……來這招。」

聽她這麼說，斯波愉快地笑起來。

「你們有主從誓約，應該能感覺到他就在我體內吧……不是嗎？」

「刃更的感覺的確是很近沒錯。」

不過——

「很遺憾，是不是在你體內還不曉得呢。」

這是謊話。

斯波說得沒錯，刃更的感覺的確在他體內。

然而——承認就沒戲唱了。

澪說什麼也不能承認刃更現在是他的人質。

況且，斯波無法證明自己的話。

結下主從誓約的人只要還活著，即使被斯波吸入體內也能感到彼此存在——而斯波無法證明有沒有這件事。

但是——

「那麼我說澪啊，所以妳來這裡做什麼？戰勝我是刃更的工作，妳應該要維持所羅門五芒星結界吧？」

斯波仍步步進逼。

「還有什麼事值得妳丟下刃更交代的重大任務，特地跑過來呀？」

「那還用說嗎？有早瀨幫忙，我就把維持結界的工作交給他啦。所以——」

澪大膽地笑。

「我當然是來摧毀你愚蠢到不行的野心。你以為我是會把事情全交給刃更一個，乖乖等他回來的女人嗎？」

「原來如此……有備而來耶，不錯喔。」

斯波見澪對答如流而讚嘆一笑——接著忽然消失。

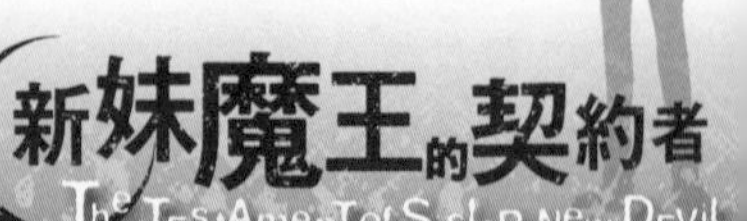

第2章 毀神滅魔之物

「————！」

動身防禦時，斯波的身影已出現在澪眼前。

「那妳就去見他吧。同時——讓妳在刃更之前先融化。」

斯波雙掌合了又分，胸口隨之裂開，展現「深淵」之門。

其中無底的黑暗猛撲而來，要將她拉進去——

「————！」

於是澪立刻解放魔法。

那是來此之前就已經念完咒語，隨時能發動的重力魔法。

「砰！」次元因伴隨超重低音的鮮紅波動產生扭曲，斷絕「深淵」的侵襲，並趁隙向後跳開，大幅拉開與斯波的間距。

「咦……反應不錯嘛，既然能這樣躲開我『深淵』的吸收。」

見狀，斯波從容地笑。

「……少瞧不起人了，我怎麼可能什麼都沒準備就來。」

這麼說的同時——

……虧我準備那麼久。

澪卻暗自叫屈。

用來攻擊的重力魔法，就這麼為了防禦而用掉了。

再準備同等威力的重力魔法，需要不少時間。

更大的問題是，斯波的力量比她想像中高太多了。

因此——

……剛才那種應該不行。

不準備更強的魔法，根本不可能救出刃更。

而斯波絕不會給她那種時間。

「就算妳和刃更達成誓約，也不能再擋一次吧？」

斯波這麼說時，身影再度從澪眼中消失。

「————！」

澪也立刻在周圍設下球形護壁。

……咦……？

但下一刻，她見到護壁粉碎了。

斯波出現在她側面，以左裡拳輕輕一掃，就把護壁敲成碎片。

帶著剎那徬徨理解狀況時，斯波的右拳已向澪逼來。

躲不掉了。

然而緊接著發生的並不是沉鈍的打擊聲，而是刀劍般的金屬敲擊聲。

而且是保護澪所造成。

隨後，成瀨澪見到她熟知的背影出現在眼前。

在前方替她擋下斯波攻擊的不是別人。

正是和澪一樣為刃更擔憂，趕來此處的少女。

野中柚希。

11

野中柚希見到自己的刀成功擋下了斯波的拳。

「柚希……」

背後傳來澪的呼喚。

不是因為柚希的出現讓澪吃驚。

柚希來到這裡的理由和澪一樣，沒什麼好訝異。

那麼，澪為何輕聲呼喚她的名字呢。

原因柚希也懂。

「放心……交給我。」

於是她稍微回頭頷首，再度注視眼前的斯波。

柚希也不確定現在「這招」對斯波管不管用，儼然是場賭注，不過……

……看來還行。

對於獲得確實手感的柚希，斯波讚嘆地說：

「咦……看來妳是留下『咲耶』來維持結界的『金』屬性，請賽莉絲替妳看著了……話說回來，居然還懂得用魔力做成刀，還滿懂變通得嘛。」

然而——

「用魔力塑造靈刀等級的刀，並且維持一定形狀，等於是把魔力輸出的閥門開到最大一樣，妳究竟能撐多久呢？」

「————」

「…………」

柚希沒回答斯波，形同默認。

她背後的澪也擔憂地屏息。

「放心，我絕對會撐住——所以澪，刃更就交給妳了。」

柚希注視著斯波說。

敵我戰力差距明顯，但柚希仍不畏懼。

除了救出刃更、打倒斯波以外，她沒有其他想法。

「不行的啦……不只是魔力消耗的問題。」

斯波嘲笑地說：

「不管妳再怎麼努力，近距離戰鬥只會重蹈刃更的覆轍而已，還不懂嗎？」

「……刃更是明知自己和你力量的差距，在冒著風險的狀況下採取最有效的方法。」

他不是來輸的——是認真要擊敗斯波。

於是野中柚希說：

「我也一樣。為了能抵擋你，我能做的不多——而我只需要付諸實行而已！」

伴隨肯定的宣言，柚希朝眼前的斯波連續出刀。

可是魔力刃劃過的只有虛空。

斯波已瞬時遠遠後退到柚希的刀圍外。

「妳好認真喔，柚希……可是這種認真，就是妳的愚蠢。」

「————！」

野中柚希沒有理會斯波的嘲諷，如箭出弦般向前衝。

在柚希起步的同時，澪全身圍繞起炫目紅光。

「————」

那是重力魔法的光輝，為救出東城刃更的光輝。

在開始集中意識的澪背後。

南方那一角的空中，有無數轟聲漫天炸響。

那邊的戰鬥——與黃龍的戰鬥仍在持續。

12

萬里亞、胡桃和潔絲特等三名少女，以東京都港區為擂台奮戰不懈。

為打倒守護中央的神獸——黃龍。

三人的戰鬥在空中展開。

既然黃龍屬「土」，隨便站在地面上等於是自殺行為。

第②章
毀神滅魔之物

所以她們不斷在天上高速飛翔。

而且有東西緊追不捨。

【————】

不僅是黃龍，還有牠造出的東西。

從芝浦碼頭一帶，要掩覆田町地區般洶洶而來，高逾百公尺的海嘯。

然而構成海嘯的不是海水，而是黃龍操縱的土沙奔流。

——既然能飛，只要提昇高度就能避開。

可是萬里亞她們不這麼做。

若不斷升高，黃龍多半也只會增加沙嘯高度。若繼續讓黃龍增加攻擊面積，恐怕會殃及瀧川。

瀧川正在凝聚魔力，以取得足以打倒黃龍的力量。

三人接下的任務，即是為他爭取時間。因此萬里亞、胡桃和潔絲特都必須使黃龍的意識牢牢拴在她們身上。

表現最突出的，是以魔法馭風飛行的少女——精靈魔術師胡桃。

恢復魔族型態的萬里亞和潔絲特，可以用翅膀飛行。

但在這場戰鬥中，只靠翅膀的速度不足以和黃龍纏鬥。

所以胡桃也用飛行魔法彌補她們的不足，萬里亞與潔絲特再以振翅控制上升下降、轉向與急停。

能在這必須不停當機立斷的高速戰鬥中那麼做，是因為她們日常生活的累積。

——住在同一個家，有一樣的心願，培養出堅固的情感與默契。

不僅是生活面，在戰鬥面也是如此。

現在的表現即是結晶——決心為東城刃更獻出所有的少女們，合作得天衣無縫。

在這個被海嘯吞沒就可能當場變成肉泥的狀況中，她們盡可能拉近沙嘯——

「——萬里亞、潔絲特！」

「是！」「隨時可以！」

萬里亞與潔絲特呼應胡桃號令的下個瞬間，三人在翻滾的同時急速上升。

並就此掉頭翻過沙嘯，一口氣逼向跟隨沙嘯追來的黃龍。

【————】

黃龍則是就地準備迎擊。

這剎那，飛在一起的三人忽然散開。

在上鉤的黃龍注意力因而分散之際，胡桃頭一個出手。

繞到黃龍右側，以操靈術護手甲的左手伸向黃龍，並於前方張設巨大魔法陣。

「喝啊啊啊啊啊啊啊啊啊啊啊啊啊啊啊啊啊啊啊啊啊啊啊啊！」

藉此施放的是將風壓縮至極的空氣砲。

並以機槍的速度連射，攻擊黃龍全身。

【————】

在飛竄著逼近的側面射擊擊中之前，那金色巨龍全身包起土繭，緊接著是一連串低沉轟聲。

堪稱絕對防禦的厚重土繭，將胡桃的空氣砲全數彈飛。

「！…………混蛋！」

對於那堅固的土繭護壁，胡桃放棄以數量優先的連射，改成將壓縮量提昇到極限，製造巨大氣團。

「——胡桃！」

但在那之前，由左側突襲黃龍的萬里亞先呼喊了她的名字。

胡桃也即刻理解她的意思。

於是繼續造出巨大氣團——不過位置換成衝向黃龍的萬里亞背面。

下一刻，凝成球體的風在萬里亞背後爆開。

同時產生的是爆炸性的加速。有胡桃的飛行魔法，再以自身雙翼推進，又加上氣團爆炸的加速，使萬里亞達到遠超乎音速的速度。

【————】

見狀，覆蓋黃龍的土繭出現變化。長出巨大五爪，撲向萬里亞還擊。

可怕的相對速度使雙方在瞬時交會。

然而在衝撞發生前，還有另一個變化。

「——萬里亞！」

那是潔絲特在呼喚同時使出的土系魔法。

那在萬里亞腳底下製造摩擦力降到最低，稍微傾斜但幾乎不會造成減速的蛇行彎道。滑行其上的萬里亞壓低姿勢，以毫釐之差避開黃龍造出的巨大土爪並縱身躍起——

「喝啊啊啊啊啊啊啊啊啊啊啊啊啊啊啊啊啊啊啊啊啊啊啊啊啊啊啊！」

乘此速度與全部力量的右腳底踢在土繭上，擊出震撼大氣的轟聲。

貫穿黃龍的絕對防禦，對那巨大身軀造成強烈打擊。

【————】

黃龍不禁痛苦咆哮，隨即修復土繭，要直接以沙活埋萬里亞。可是——

「我們怎麼會——」「——讓你得逞！」

萬里亞的超音速飛踢在土繭擊出裂縫，潔絲特立刻藉此干擾土繭的組成。

當土的連結潰散成沙狀，胡桃便以強風一口氣颳去黃龍的防禦。

「呀啊啊啊啊啊啊啊啊啊啊啊啊啊啊啊啊啊啊啊啊啊啊啊啊啊啊啊啊啊啊！」

萬里亞再以雙手連續高速出拳，痛毆裸露的黃龍。

【————】

黃龍不堪其擾，改造正下方地面。

「————！」

見到周圍大地發出金光，萬里亞往黃龍猛力一蹬，飛往背後胡桃與潔絲特的位置。

緊接著，擁有銳利邊緣的土牆高高隆起，切過萬里亞原先所在的空中。

然後黃龍進一步變化萬里亞躲開的逆向斷頭台。

在參天土牆側面造出無數槍口和砲門。

糟糕——下意識這麼想時，一如想像的攻擊已經開始，遭極度壓縮的沙土霰彈與無數土石大砲鋪天蓋地而來。

對於因重量輕而先行到來的硬土霰彈，萬里亞主動迎擊。

「————喝啊啊啊啊！」

以拳搥打空間，製造放射狀的衝擊波，擊落所有霰彈。

但隨後而來的土石砲陣卻直接穿過了衝擊波。

「——胡桃小姐！」「我知道——配合我！」

潔絲特以土在三人前方製造屏障，胡桃跟著在屏障上施加氣墊。

同時土石砲陣撞上屏障，產生火藥爆炸般的火球，在空中掀起一道塵幕。

儘管如此，兩人製造的屏障總歸是擋下了黃龍的土石砲陣。

「————————！」

逃開砲火衝擊的三人以滾滾沙塵為掩護，拉開距離重整旗鼓。

接著，三人降落於瀧川所在的高層飯店樓頂。

「呼啊……呼啊……」「……………！」

一解除飛行魔法，就有兩個人表情痛苦地喘息。

是胡桃和潔絲特。

……比想像中艱難很多呢……

見到她們這樣，使成瀨萬里亞感受到戰況如何惡劣。

萬里亞已消耗不少體力，可是胡桃和潔絲特消耗得更大。

這也是沒辦法的事。

兩人不像萬里亞單憑自身肉體格鬥，而是依靠魔法。

面對黃龍這樣的神獸，勉強精靈提供額外的力量，胡桃自己也會消耗相應的精神力。至於魔族潔絲特，則是在「四神」這般神器所製造的結界裡根本使不出全力。

她們為容納「四神」結界而設下的結界，需要相當大量的魔力。雖然維持結界的工作交給趕來救援的高志、賽莉絲、雷歐哈特、加爾多和路卡擔任，可是為結界奠基的五行屬性力，畢竟是萬里亞她們所提供。且由於由他人維持會使力量緩慢衰減，她們都多留了點魔力下來。

起初來到這裡時，胡桃和潔絲特已經略顯疲態。

……我得減輕她們的負擔。

在所羅門五芒星中，萬里亞負責的「木」屬性能剋制屬「土」的黃龍，她才是真正能傷害黃龍的人。

但是，這純粹是理論上的空談。

——現在的萬里亞幾個別具五行屬性。

這使她們不僅能藉由和刃更交合而達成主從誓約，還能以相生之理給他龐大力量以打倒斯波。

……然後。

還能夠張設所羅門五芒星結界，以避免斯波忽然解除結界，使配置逆轉的「四神」失控。

然而擁有五行屬性，也讓她們難以傷害黃龍這形同五行終極結晶的神獸。面對屬性力差距極大的對手，即使屬性相剋也起不了作用。

因此，她們拚命壓抑靠自己打倒黃龍的渴望，為瀧川爭取時間。

……不過。

恐怕胡桃和潔絲特已經瀕臨極限。考慮到黃龍的強度，勉強打下去可能一時判斷失誤就導致死亡。

而且前去救助刃更的澪也十分危險。

胡桃從精靈得知，柚希也到那裡去了。

這對萬里亞她們是個好消息，可是就算澪和柚希聯手，恐怕也難以招架。

斯波現在的力量就是這麼強大。

想戰勝他，除救回刃更別無他法。

……所以我們必須盡快打倒黃龍。

對澪幾個而言，這是唯一可能救出刃更的手段。

「……你的『準備』還沒好嗎？」

萬里亞的視線從胡桃和潔絲特身上移開，對瀧川問。

「不好意思，就快好了……不巧這裡是人家的地盤，不然在魔界早就好了。要練成所需的魔力，不管怎樣就是很花時間。」

「——具體是多久？」

萬里亞皺著眉問。

「不到十分鐘……至少給我五分鐘吧。」

瀧川給了個明確的數字。

「要是狀態不完全就用出來，打不出效果就全泡湯了。去救小刃的成瀨她們應該打得很辛苦，沒時間再讓我重弄一遍吧。」

的確。雖然刃更、澪和柚希的安危令人擔憂，盡快確實打倒黃龍才是最大的幫助。

而既然要打倒黃龍，就一口氣分出勝負。

問題是，現在只能在瀧川身上賭一把。

「我知道了……五分鐘是吧。」

於是，成瀨萬里亞從樓頂緩緩走向黃龍。

——使用絕招的時刻終於到了。

以「魔法鑰」使靈子中樞過載，強制解除肉體與精神的極限。

「————」

萬里亞在胸前垂直布展複雜的立體魔法陣。

散發粉紅色光輝的「魔法鑰」隨之從中出現，尖端徐徐插入萬里亞戰鬥服胸口處的鑰匙孔。

到這裡都和上一次一樣。

不過接下來則是未曾體驗的領域。

萬里亞這次是將術式逆向發動，要反方向轉動鑰匙。

「唔……啊……！」

這樣的異常行為必然會造成巨大的負荷，使萬里亞痛苦得五官糾結。

但她仍忍下了侵襲全身的劇痛。

為了替大家提供更大的幫助，自兩派決戰返回人界後，萬里亞曾偷偷測試這個方法。

——絕招得有用才能稱為絕招。

這個不成功便成仁的招式，唯有在勝負全繫在自己的性命上時才能使用。

在這個至愛家人命運危在旦夕的這個局面，絕對不許失敗。

非用不可。

因此成瀨萬里亞兩手糾結地緊抓原本會自動轉動的「魔法鑰」。

「……唔、呃……唔唔唔唔唔唔唔唔唔唔唔唔唔唔！」

將臼齒咬得瀕臨碎裂，往不應該的方向旋轉。

13

啪鏗！當尖銳的開鎖聲——不，破碎聲在東京上空響起的剎那，黃龍見到炫目光芒籠罩了附近空間。

待那美麗的玫瑰色光輝消退時。

黃龍則是見到先前的夢魔出現在眼前，而且身體變得更幼小了。

瞬時從遠處來到這麼近的距離已經夠讓黃龍錯愕了，可是更讓牠驚訝的是，少女的存在感提升到先前完全不能比的程度。

就連黃龍都不禁退後。

「…………………………」

接著，那極為幼小的夢魔緩緩睜開雙眼。

不發一語地看著黃龍。

【————————！】

黃龍巨口一張，毫不保留地全力噴吐龍息。

那是野獸的本能。

這行為並沒有錯。見到嚴重的威脅，自當儘速消滅。

而黃龍的吐息十足有那樣的威力。

只見渦漩的「土」屬性衝擊波射向夢魔少女，要將她吞噬。

「————————」

但在擊中少女之前，龍息的軌道偏移了。

——夢魔少女就只是靜止不動。

是她散發的高濃度魔力奔流化為屏障，彈開了龍息。

【————————！】

明白這事實後，黃龍準備重新吐息，凝縮於一點加強力道時，少女的身影已經從眼前消失。

——到哪去了？在黃龍發現自己跟丟敵蹤的瞬間，一陣從下顎直貫腦門的強烈衝擊將腦袋連同巨大身軀打上空中。

少女的神速右上鉤拳痛毆了黃龍。

14

下顎遭受打擊，使巨大的黃龍向後翻仰。

在姿勢恢復之前，萬里亞繼續追擊。

拳腳並用的激烈連擊，完全壓制了黃龍這最強神獸。

「好厲害……」

野中胡桃為眼中難以置信的畫面愕然讚嘆。

——而黃龍也不會單方面捱打。

牠在萬里雅會打擊的位置張開土牆，設法防禦。

可是萬里亞的攻擊粉碎黃龍那堪稱絕對防禦的屏障，猛擊牠的巨軀。

萬里亞解除封印的變身——不，應該說變貌，產生的就是如此壓倒性的強大力量。她變小的身體彷彿容納不下這股力量，噴發著大量綠色氣場。

「那真的……是萬里亞嗎……」

身旁的潔絲特也為萬里亞的變化驚愕失聲。

她們都很想提供協助。

但萬里亞的力量太過驚人，沒有胡桃和潔絲特協助的餘地，甚至冒然接近反而礙事。

所以胡桃只能詫異地看著萬里亞摧枯拉朽的身手——

「嘖，那個笨蛋……她知道自己在做什麼嗎。」

但途中聽見瀧川悻悻然地這麼說而回頭。

只見瀧川表情緊繃……而他應該是老愛開玩笑，在任何狀況都從容不迫的人。

「——喂，你那是什麼意思？」

那表情讓胡桃心裡一陣不安。

「封印這種東西大多都有一定的危險……以她來說，這樣下去會讓力量過載到身體無法負荷的程度……所以原本應該是需要強迫肉體成長。」

可是——

「那個笨蛋連身體成長的能量都用來提昇力量，這已經不是負擔大小的問題了——突然暴斃也不奇怪。」

「不會吧……」

胡桃錯愕地望著萬里亞。

力壓黃龍的她，全身噴湧的氣場難道不是魔力，而是燃燒自身一切而產生的生命光輝嗎。

當然，這場戰鬥每個人都賭上了性命。

在過去遭遇的苦難與危機中，他們也數度以命相搏。

只為了未來能有和平的生活，相信自己可以辦到。

然而現在的萬里亞不只是賭命那麼簡單。

她是實質燃燒自己的生命。直到能正面擊倒黃龍的程度。

這種做法究竟能撐多久呢。

萬里亞也不想虛擲生命吧。

她擔任構築所羅門五芒星一角，應該是認為能撐五分鐘才解除封印。

……不過……！

即使澪和柚希都去救援，刃更的感覺仍未復原。

斯波是那麼地強大，若稍有閃失，可能連她們的命也要賠上。

在這個消耗與焦躁——肉體與精神兩頭燒的狀況下，胡桃不覺得萬里亞能正確估算仍有多少餘力。

……再說。

這麼做以後會有什麼後果？

就算能平安戰勝斯波，屆時萬里亞會剩下多少壽命？

體力只要休息就會恢復。

可是耗用生命……就再也回不來了吧。

一想到萬里亞的狀況——

「——胡桃小姐！」

「————！」

潔絲特焦急地呼喊，胡桃也請精靈使用飛行魔法。

要趕到不顧一切後果地對抗黃龍的萬里亞身邊。

就在胡桃帶潔絲特起飛之前——

「……慢著。我不是不懂妳們在急什麼，但不要感情用事。」

「不要阻止我們，不然萬里亞會——」

當胡桃為瀧川的冷靜制止而轉頭反駁時，她說不下去了。

因為瀧川全身噴湧著藍黑色的氣場。

「拉斯……你什麼時候……」

潔絲特也錯愕地這麼說。

瀧川為何知道萬里亞做的是魯莽之舉——答案就在這裡。

他也在燃燒自己的生命。

只是隱藏了氣場，說不定早在萬里亞解除之前就開始了。

全是為了擊敗黃龍。

「放心吧，我不是要阻止妳們，想去就去。只是就像五行相生能增加屬性力一樣，生命力也有增幅的辦法。等到事情結束以後，妳們再叫小刃幫她弄。」

所以——

「妳們現在該做的不是急急忙忙跑過去亂幫一通。再給我……再給我一點時間，我一定會解決牠，妳們就盡量替我勉強自己吧。不過——」

瀧川叮囑道：

「妳們剩下的力氣不多了……可別用錯地方或方式啦。要打倒那個巨無霸，妳們就要拿出自己最好的表現。」

「還用你說嗎……潔絲特！」

「好，胡桃小姐……！」

瀧川的忠告使兩人過熱的腦袋冷靜下來，懷著依然火熱沸騰的心，再無耽擱地飛向萬里亞。

同樣熊熊燃燒自己的生命。

15

逆轉「魔法鑰」解除封印術式，讓靈子中樞過載，給予了成瀨萬里亞遠超乎極限的力量。

繼承最強且最偉大血統的夢魔，在主從誓約的層級進一步地提昇。

最後到達的境地，甚至能壓制幾乎完全顯化的黃龍。

【——————】

黃龍拚命地想重整架式。

設法抵擋萬里亞的攻擊，保持距離。

但萬里亞不給牠機會。

「呀啊啊啊啊啊啊啊啊啊啊啊啊啊啊啊啊！」

她噴射澎湃力量般嘶吼，揮拳踢腿連番猛攻。

以右腿踢飛黃龍，又先行竄到落點處用左鉤拳招呼。

並旋身往下以左肘擊黃龍，再繞至下方以右膝轟起那巨大軀體。

全是一瞬之間。

逆轉解除所帶來的爆炸性強化不僅提昇力量，也將速度提昇至凌駕黃龍的領域。

可是超越極限的力量，將導致肉體的崩潰。

骨頭要迸裂般嘎吱作響，全身肌肉也要扯斷似的哀號——儘管如此，萬里亞攻擊的手也毫不停歇。

這是當然。

為了刃更和澪，她們要打倒黃龍，不讓牠繼續提供斯波力量。

因此，要替瀧川爭取時間。

那就是萬里亞現在非達成不可的底限。

瀧川所需的五分鐘仍在計時。

……可是……

刃更仍未脫險，早一秒打倒黃龍都是幫助。

只是完成最底限任務還不夠。

所以，萬里亞現在不是為瀧川爭取時間。

而是以親自消滅黃龍的意志和決心戰鬥。

每一拳每一腳，要的只是覺悟。

萬里亞從黃龍奪去攻擊、防禦、迴避等所有概念，以連續攻擊將牠釘在空中，並再升一檔準備了結黃龍。

「————！」

她雙眼一睜，猛踏黃龍的頭而取得上方位置。

當黃龍開始墜向地面，萬里亞全身噴湧的綠色氣場已摻雜紅色。

「喝啊啊啊啊啊啊啊啊啊啊啊啊啊啊啊啊啊啊啊啊啊啊啊啊啊啊啊啊啊啊啊！」

接著猛一扭腰，往下擊出灌注全部力量的右拳。

同時向黃龍釋放伴隨「木」屬性的重力波。

【————！】

剋「土」的強烈重力奔流擒住黃龍，擠壓他巨大的軀體轟隆一聲撞擊地面，造成以黃龍為中心的半圓陷坑。

但萬里亞的攻勢仍未結束。

她繼續推出右拳，要就此壓碎黃龍。

然而萬里亞的右拳感到反向的抵抗。

黃龍正在反抗她的重力波。

【……………………！】

受困於重力波力場的黃龍，依然使盡全力要挺起牠的身體。

「呃……唔唔唔唔唔唔唔唔唔唔唔唔唔唔唔唔唔唔唔唔唔！」

萬里亞也幾乎咬碎臼齒地加強力道。

即使左太陽穴啪地一聲乾響爆開，血珠四濺也不在乎。

非打倒牠不可。

「！————啊啊啊！」

萬里亞口中迸出撕喉裂肺的狂嘯，猛力推回右拳。

同時，震鳴空間的重力波一口氣壓向黃龍。

【————————……………………………………】

就在黃金巨龍痛苦咆哮，扭動掙扎時，萬里亞遭遇了預料外的狀況。

被逼急了的黃龍全身發出強光。

「唔———！」

劇烈光輝燒進萬里亞的眼，霎時竊占她的視覺。

……呃，糟糕……！

力量才稍一放鬆，萬里亞就感到黃龍掙脫重力波，於是下意識地交叉雙臂，採取防禦。

緊接著，黃色神龍噴吐的聚焦型龍息淹沒了她。

【————————————————】

「————————————~~~~~~~~~~~~~~~~~！」

金色衝擊波吞噬萬里亞，從中央地區將她一口氣轟向遠方。

那不是普通的龍息，而是往「水」屬性方向噴吐的相剋龍息。

萬里亞現在屬「木」，在五行中剋制屬「土」的黃龍。

可是黃龍的攻擊本來就全是屬「土」，加上相剋必然是比普通攻擊強勁。在極近距離遭受如此打擊的萬里亞沒入彷彿要射穿天空的聚焦型龍息，飛向斯波五行結界的最北邊。

即使轟隆一聲撞上隔絕結界內外的次元壁，黃龍也不斷噴吐。

「~~~~~~~~~~~~~~~~~~~~~！」

衝擊波轟得萬里亞感覺全身就要四分五裂而壓碎在次元壁上，但仍死命抵擋。

不過那巨大威力逐漸推開她交叉的雙臂——就在完全推開的前一刻。

龍息的來向發生搖撼大氣的爆炸聲，幾乎壓垮萬里亞的攻擊隨之停止。

但龍息的傷害過於巨大，連解除封印的萬里亞也失去了原先渾身滿溢的氣場。

第2章
毀神滅魔之物

「……哈……啊……呃……唔……？」

她氣喘吁吁地些微睜眼，在遙遠的中央地區見到黃龍的頭裹著一團爆煙。再凝目一看，有個東西由上方使黃龍閉上了為吐息而大張的嘴。

「……………那是……」

一塊漆黑巨岩壓碎黃龍山根至鼻梁部位，而其尖端更刺穿了黃龍的上下顎。

成瀨萬里亞立刻明白那是什麼。

——因為包含刃更在內，他們時常在摸索如何將彼此能力搭配得更好。

那應該是以風系魔法製造氣彈的方式，壓縮了大量黑曜石粉末，造出超高質量超高硬度的結晶體，將尖端削尖後從上方發射，貫穿黃龍的嘴而造成龍息內爆。萬里亞幾乎肯定的猜想，隨即獲得了證實。

「……真是的，不要一個人亂來啦。」

身旁忽然傳來聲音，還有股力量輕輕托起她的身體。轉頭一看，原來是胡桃在攙扶她。

「真是的——要是有個萬一，妳要刃更主人和我們怎麼辦呢。」

潔絲特也掩護她們般這麼說著向前飛去。

「——————」

見到她們的模樣，使成瀨萬里亞睜大眼睛說不出話。

因為她知道了她們造出的黑曜石為何質量足以強行關閉黃龍的嘴，利度與強度又能刺穿萬里亞也打不出傷口的身體。

道理和萬里亞一樣。

胡桃和潔絲特的身體，也噴發著強烈的氣場。

16

隨著相剋龍息的爆煙逐漸消散，黃龍見到先前與他交戰的兩人再度阻擋在面前。

可是金色巨龍不以為意。

多了兩個又如何，相剋龍息可以一口氣轟散她們。

雖然口部遭刺穿，造成相剋龍息爆炸時免不了吃了一驚，不過她們看樣子是勉強燃燒生命，以獲取能有效攻擊的力量。

她們暫時退出戰鬥，是因為消耗過大。

那麼她們現在肯定無法持久。那幼小的夢魔已經瀕臨極限就是證據。

而且敵方造出的黑曜石和爆炸的龍息都屬「土」。

傷害沒有外觀來得大。

【——————————】

於是黃龍改造刺在嘴上的黑曜石，直接轉換為「土」屬性能量納入體內，從鼻梁刺穿下顎的傷口瞬時復原。

這樣就回到起點了，不過敵人仍在北方。

於是黃龍要再度噴射相剋龍息，一併葬送她們。

但在做出預備動作的瞬間——

【——————？】

視野忽然被黑暗蒙蔽，使他心中一亂。

不對，蒙蔽的不只是視野，甚至遍及黃龍全身。

『——受不了，害我花那麼多時間。』

當黃龍理解自身狀況時，有道聲音在黑暗中響起。

黃龍聽過那聲音。

屬於原先與牠交戰的對手。

操縱黑色魔力球的青年。

17

吞噬黃龍的，是瀧川造出的巨大黑色魔力球。

黃龍注意到這點而暴跳掙扎，試圖逃脫。

「很遺憾……再怎麼掙扎也沒用。」

瀧川就飄在魔力球外，笑看黃龍。

萬里亞幾個仍在遠處，沒人能聽見他們的對話。

所以瀧川八尋──拉斯，說出一個無人知曉的真相。

那就是他的能力本質。

「其實我的魔力球不是闇屬性……就只是壓縮成球狀的模擬宇宙。要做出這種大小和強度真是費了我不少力氣，不過那來對付你真的很有效。」

畢竟──

「你是因為四神送來的四種屬性力而顯現，屬性是『土』──也就是說，你的構成基礎就是地球大地的氣。」

第 2 章
毀神滅魔之物

但是——

「我魔力球裡是異次元的宇宙空間，和這星球所在的宇宙完全不相連，使你處於身在地球卻又與地球隔絕的狀態——別說是『土』，連其他四神的相生也得不到。」

只要放著不管，黃龍就會無法自我維持而消滅。

【————————————————！】

黃龍似乎也感到這點，巨大身軀拚命掙扎。

「很好，儘管抵抗吧……只不過，我這裡趕時間呢。」

還有斯波這威脅急待處理，瀧川不會擱置黃龍。

要就此了結他。

「——好了，開始吧。」

說完，瀧川稍微遠離囚禁黃龍的魔力球。

——瀧川通常是造出數個魔力球來戰鬥。

那是先製造一個模擬宇宙再分割而成。

若個別製造，就是產生複數宇宙。

損耗的魔力相對激烈。

因此當瀧川明白自己的能力後，最先著手的就是提昇魔力球質與量的極限，然後才是如何分割出最大數量。

這樣的訓練直接關係到攻擊的變化。

而現在，瀧川再次肯定自己沒有走錯路。

「──────」

他面對吞噬黃龍的巨大魔力球，併攏豎起右手食指與中指，意識集中於指尖。

再以手指斬開魔力球般高速一劃。

魔力球也伴著尖響縱分為二，並形成兩個魔力球。

【…………………】【…………………】

分別容納在兩部分的黃龍，即使斷成兩截也依然不停掙扎。

「──來，解體秀的時間到了。」

下一刻，瀧川八尋如樂團指揮般高速運指，造成無數切斷聲。

每道分割宇宙的聲響皆割出更多魔力球，將黃龍愈切愈碎。

「希望下次讓你顯化的，是個好一點的人……」

最後，當魔力球數已過千，瀧川在成為碎塊的黃龍前面苦笑著說：

「──來吧，交給妳收尾。」

並望向空中。

不知何時，魔力球群上方多了個小女孩。

「喝啊啊啊——！」

她的右拳已高高揚起，準備擊出。

那是以胡桃的飛行魔法彈射至此，外觀幼小的夢魔——成瀨萬里亞。

為打倒黃龍而比誰都更拚死奮戰的少女就此揮出了拳。

轟出的衝擊頓時破壞無數魔力球，爆炸粉碎。

當所有魔力球消失後，黃龍已經消失無蹤。

統馭四神的黃龍只剩殘渣，化為滿天飛舞的點點金光。

18

「咦……你們竟然打得倒黃龍啊。」

在金色粒子遍灑如雨的皇居前廣場，斯波恭一望著天空真心讚嘆。

斯波與黃龍同步，早已感受到黃龍是如何戰敗。

以魔力製造的模擬宇宙，的確是能夠擊倒黃龍。

……應該無所謂吧。

那種程度的能力，對斯波構不成問題。

知道瀧川算不上威脅之後，斯波將視線轉回前方，苦笑著說：

「——還要繼續嗎？」

對象是單膝跪地，以替代「咲耶」的魔力刀拄著地面勉強支撐，拒絕倒下的少女——柚希。

「呼……呼……」

呼吸困難的柚希，已被斯波打得遍體鱗傷。

她以魔力所造的刀凝聚出超越鋼鐵的硬度，儼然是終極的魔法刀，堪稱為全能型劍士的終極型態之一。

「哎呀，真的很了不起，我想現在這世上應該沒有妳斬不斷的東西吧。」

對於柚希與刃更達成主從誓約才能成就的密技，斯波是毫不保留地稱讚，最後補個「可是」。

「很遺憾，妳的刀傷不了我，自然也打不倒我。」

「！……還不曉得呢。」

柚希咬緊牙關，使盡力氣站起來。

「現在黃龍消失了，你來自黃龍的護祐也就沒了……失去五行之力的你——」

「嗯～我說的不是這種事啦。」

斯波苦笑道：

「殺了我以後，不僅是結界崩潰，四神失控毀滅東京，還會把我體內的穢瘴全部釋放出來喔。那可不是你們製造的所羅門五芒星結界關得住的。別說『梵蒂岡』，那會覆滅全世界，侵蝕一切。損害程度會有多大，在和我交手的過程中應該能感受到吧。」

更重要的是——

「要是我死了，我體內的刃更也會死。妳們目前還能用誓約的力量，是因為我只是把他吸進來，還沒消化吸收。恭喜喔，刃更還活著，但也因為這個緣故……把刃更看得比什麼都更重要的妳們不敢殺死我。」

可是——

「沒有殺意就打不倒我——妳是突破不了這個矛盾的。」

「…………！」

即使斯波這麼說，柚希依然不死心地舉著刀。

「受不了，真是倔強……我為了方便吸收，已經不用『氣』攻擊妳，給妳很多優惠了耶？要是害妳身體狀況變得太糟，妳體內五行的力量也會亂掉。況且——」

斯波望向他處。

「我自己是希望從澪開始吸收啦。也就是照妳們和刃更結誓約時五行相生的順序。」

看的是正在滙聚魔力的澪。

「『那個人』都把妳們的力量用得這麼淋漓盡致了，既然要吸收，當然是連妳們的連結——相生效果一起吸收，這樣才對得起妳們呀。」

「——————」

全身散發鮮紅氣場的澪，對斯波這番話並未做出任何反應。

她雙眼閉合，全心專注於凝聚魔力。

……真有一套。

澪所散發的壓迫感已與斯波相當，但魔力的增長仍不見衰減之勢。

如同魔力刀是柚希的絕招，那就是澪的絕招吧。

斯波放任澪那麼做，是因為吸收提昇力量的她，自己的力量也會隨之提昇。

因此第一個要吸收澪，然後依序是萬里亞、胡桃、柚希、潔絲特。

等到最後吸收了囚禁在「深淵」中的刃更，就能在四神五行之外一併取得刃更等人誓約與五行的力量。

——斯波和巴爾弗雷亞相約，要在殲滅勇者一族後再滅神界。

而所需材料都聚集在這結界裡了。

呆呆從魔界跑來的雷歐哈特一行，出於友情而幫助刃更等人的高志和賽莉絲，以及無法出手的阿芙蕾亞。

一旦吸收這些人，斯波就真的是堅不可摧了。

「吸收你們全部以後，別說勇者一族，就連君臨天界的十神也不是我的對手……我將站在一切的頂點，昇華至超越神的境界吧。」

「我絕不會讓你稱心如意——絕對！」

聽了斯波口中恐將到來的未來，柚希以飛箭之勢向前奔去。

野中柚希絞盡全部餘力，進行自殺式攻擊。

——斯波說得沒錯。

他有刃更做人質，還有「穢瘴」這擋箭牌，柚希不能殺斯波。

……可是。

刃更就能夠避開「穢瘴」問題消滅斯波。

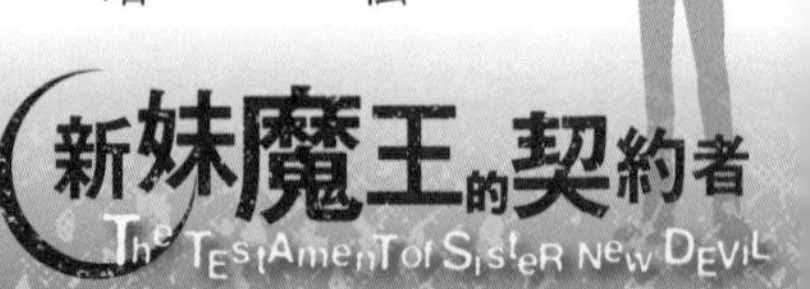

為此，澪正準備營救他。

這麼一來，自己該做些什麼呢。

那還用說嗎，當然是協助他們。

就像其他人打倒了黃龍，自己應該也能削減斯波的力量。

——斯波於雙臂裝備雷金列夫，道理和五行相生一樣。

為使「氣」的流動循環不息。

「氣」基本上是左手吸收，右手釋放。

柚希不可能一擊斬斷雙手，分兩次砍掉斯波的手更是不可能。

所以該做的事只有一個。

於是野中柚希執行了。

「真是的，無謂的掙扎。」

斯波無奈地出手攻擊——壓低姿勢加速竄入對手低位，以右手揮拳。

「喝啊啊啊啊啊啊啊啊啊啊啊啊啊啊啊——！」

柚希則是直接往右上方斜斬。

刀刃不偏不倚地導向斯波的左臂——完全揮到最後。

送出柚希最極致的一斬。

有個東西隨之飛上天空。

但不是斯波的左臂。

「…………………！」

柚希以自身魔力具體化而造的魔力刃當場斷折，使她不禁一陣錯愕，而斯波卻理所當然地說：

「我不是說過了嗎——這是無謂的掙扎。」

聽見這句話時，柚希已經被打趴在地。

斯波揮下的右掌毫不留情地招呼在柚希身上。

「呃啊……啊……！哈……啊！」

柚希伴隨沉響轟然撞地，衝擊使她口吐鮮血，以及肺中的氧氣。

斯波不是以「滲透」將「氣」灌入柚希體內，而是從體外用「氣」的衝擊波搥打她。

純粹的衝擊威力毫無衰減地對柚希的肉體造成傷害。

也許是內臟受了傷，入骨劇痛讓她呼吸困難，遭受重創更使她陷入嚴重缺氧，意識一度恍惚。

……還沒完……

儘管如此，野中柚希仍拚命振作。

告訴自己還行——還能再戰。

與刃更相交的誓約，大家誓言的夢想。

不會為這種事低頭——絕不能向他低頭。

因此仰躺的柚希拚命咬牙，鼓起全身力氣。

然而——

「真難纏……就像壓扁了還會動的蟲子一樣。」

斯波無可奈何地說：

「以吸收來說，只要還活著就行了，就先讓妳不能再繼續搗蛋吧……柚希啊，妳不需要再用到手腳了吧？」

以毛骨悚然的語氣這麼說之後，斯波向柚希伸手，接著全身發生異變——散發出紅色燐光。

「喔……？」

斯波歪頭疑惑，表示那異變不是他自身所為。

——那麼究竟是來自何處？

野中柚希跟著聽見了答案。

澪憤怒地顫抖著說：

「你囂張很久了嘛……覺悟吧！」

下一刻——伴隨紅色波動的重力魔法向斯波傾瀉而出。

19

「咦……真了不起。」

在巨大壓力從上轟來的重力波力場中，斯波仍不改笑容。

——重力魔法幾乎是廣域攻擊，而這次只限於斯波身上。

柚希就在一旁，但絲毫不受影響。

澪應該是在重力魔法加入了限定對象的概念吧。

這就是澪和刃更達成誓約而獲得的新能力。

「這點壓力就想叫我覺悟……未免也太天真了吧。」

然而處於雷金列夫侵蝕狀態的斯波，不當一回事地承受澪的重力魔法。

「玩夠了嗎，差不多可以讓我吸收妳了吧。」

當斯波這麼說著走向澪時，他發現一件事。

第2章
毀神滅魔之物

澪對他顯露的表情。

是無懼的笑容。

「你以為這樣就沒了嗎?那麼你……才是真正天真的人吧!」

接著一聲怒斥,放出第二次重力魔法。

兩股紅色波動在轟聲中重合而化為鮮紅,瞬時襲向斯波。

重力魔法的相乘攻擊,使威力爆炸性地提昇。

可是那對現在的斯波仍舊無效。

因此斯波苦笑嘲諷:

「我不是說過了嗎,這種把戲——?」

但話說到一半,他忽然倒抽一口氣。

因為冷不防有種稍微流失力量的感覺。

這時,斯波胸口出現一條鮮紅的直線。

下一刻,直線往兩旁裂開,有個人影伴隨鮮紅波動飛出斯波體內。

那是應該被斯波納入「深淵」的少年——東城刃更。

他失去布倫希爾德的裝甲,學生制服破爛不堪,但身體四肢依然完好。

完全出乎意料的情況,使斯波錯愕得思緒出現片刻空白。

「————」

刃更利用這機會，迅速抱起倒在一旁的柚希並跳到澪身旁。

「！…………刃更！」

澪不禁眼泛淚珠，緊緊抱住了他。

20

在澪的溫暖中，刃更首先檢查吸收期間，柚希與斯波對戰的傷勢。

「…………柚希，妳怎麼樣？」

「……！刃更……太好了……」

聽見刃更的聲音讓柚希總算安了心，儘管吃力也擠出小小的微笑。

雖然傷勢頗重，但看樣子似乎沒有生命危險。

不過她應該是無力再戰了。

「澪……照顧柚希。」

於是刃更將柚希交給澪，看向斯波。

斯波臉上從容的笑容已經消失。

「…………這是什麼把戲？」

黑色眼瞳瞪著刃更問。

「──重力魔法的概念發動。」

東城刃更跟著揭露他為何能逃離斯波體內。

──重力魔法的施力方向原本是與地面垂直。

因為利用了該世界的重力。

以地球而研究是利用地心引力，從正上方壓向地面。可是──

「澪發動第二次重力魔法時──將引力基準點設為自己。」

所以引力不是與地面垂直，而是朝向澪。

──若只是如此，只會把斯波拉向澪而已。

無法救出斯波體內的刃更。

不過如同第一擊的對象限定於斯波，澪將第二擊的目標限定於刃更。

「藉由第一擊把你定於垂直方向，再以第二擊將我強行拉向她，成功救我離開你的體內。」

當然，澪從外界看不見斯波體內的刃更。

但她仍能感應到刃更的位置。

刃更等人的主從關係，已從契約昇華為誓約。

偵測誓約對象位置的精準度，甚至能超越次元。

多虧斯波想吸收他們所有人以獲得額外的五行相生，即使先將刃更關進體內也沒吸收，才能救出刃更。

另外，雖然刃更不能使用澪那樣的魔法，繼承自母親瑟菲亞的能力卻使他能操縱重力。

所以在被斯波囚禁的狀態下，刃更一感到澪對他使用重力魔法，便立刻以重力波包覆全身，將自己往牽引方向彈射。

跨次元的引力，原本應該不能相互影響。

然而，誓約使他們能夠跨次元感受對方的位置。

所使用的力量，也必然能夠穿越次元的隔閡。於是兩人的重力波化為互相吸引的最強引力，使刃更逃脫斯波體內。

「我說過了……我知道你會吸收我，所以一直在小心這件事。」

同時——

「也預防萬一……想過被你吸收之後該怎麼做。」

聽了刃更這麼說，斯波似乎還不太能接受地說：

「如果拉你進來以後不留到最後，直接先吸收你，你就死定了吧……這個保險還真是個危險的賭注呢。」

「單純這麼做的風險的確很高……所以我們事先布了局，避免你直接吸收我。」

刃更說道：

「只要讓澪她們擁有五行屬性，設下所羅門五芒星結界，你就肯定會打算一併吸收她們。而且為了更好的效果，你會用相生順序來吸收。」

因為——

「你和我不同，目的不只是打倒我們……還要對勇者一族和神族復仇。如果有機會得到更大的力量，你一定不會放過。」

「原來如此……怎麼會想出這麼過分的計畫呀。」

心思被刃更猜中，使斯波無奈地笑。

「你把人家當作強化自己的工具還不夠……又把她們拿來當緊要關頭救命用的誘餌啊。」

「你愛怎麼想都無所謂……我只是不想再失去她們。」

對於斯波徹底否定他們情感的言詞，東城刃更答覆道：

「第一次戰鬥中——你打算用黃龍相剋的力量殺了她們。只要這次還有可能發生那種事，我們就非得這麼做不可。」

刃更懷想著這份絕不退讓的意念。

「對，沒錯，我絕對不會讓你殺了她們……為此，她們五個都必須對你有利用價值。」

「做這種事……要是我先丟下你，先去搶她們怎麼辦呀。」

對於斯波提出的另一個危險性，刃更的回答是：

「所以她們才用所羅門五芒星設置五行結界，而不是方位。與黃龍同步的你等於是被釘在中央地區，冒然前往其他地區會導致連結中斷，減損你的戰力。」

刃更等人所做的每一件事，都有其意義。

「我們的誓約在你心中下了限制，絆住了你的腳。」

東城刃更帶著絕對的肯定如此宣言。

「所以接下來——」

但就在說到這裡的時候，他忽然全身無力，單膝跪地。

「！————刃更！」

眼前刃更的異變使澪幾乎哭號地叫。

第②章 毀神滅魔之物

刃更表情痛苦地跪著，臉色不只是鐵青，簡直是土黃。

「……你對刃更做了什麼！」

澪急忙從旁攙扶，並狠瞪斯波。不會錯——肯定是他搞的鬼。

「——哪有，我只是把他放在身體裡呀。」

只見斯波淺笑著說：

「只不過……在我體內這段時間，刃更整個人是泡在『深淵』超高濃度的『穢瘴』裡。『穢瘴』能像劇毒一樣毀壞它接觸的對象，肉體和精神都遭到侵蝕，怎麼可能會沒事呢。」

話說回來——

「我已經把刃更會接觸到的『穢瘴』濃度壓得很低嘍？因為要是不小心殺了他，吸收妳們就沒有用了。不過我對柚希說過，只要妳們還活著就行，只要先處理到不會亂動就好了。」

斯波笑道：

「這不是當然的嗎，你們以為會未雨綢繆的只有你們自己呀？就像你們想過我吸收時該怎麼辦，我也想過刃更從我體內跑出來的狀況。然後——」

斯波說到這裡輕展雙手，全身開始散發金黃光輝。

和之前黃龍的光輝相同。

「地脈只有在黃龍顯化的狀態下才能控制……現在的確是有點不方便。但我也不能這樣就吸收黃龍，不然其他四神應該不會幫我這個殺了他們首領的人吧。所以你們知道我該怎麼做嗎？」

斯波說道：

「我和黃龍同步，獲得牠的護祐……也就是四神之長黃龍認同了我，給了我力量。如果有人在黃龍還不完全的狀態下消滅了牠，你們認為四神給予黃龍的力量會到哪裡去？」

才剛這麼說，斯波所釋放的壓迫感就驟然暴增至不同層次。

「！……為什麼……」

見到不敢置信的景象，使澪愕然失聲。

——難道消失的黃龍向四神下了令，要將力量供與斯波？

「可是『白虎』……」

「妳想說，在高志的控制下嗎？」

斯波看透她言下之意似的笑。

「黃龍消失以後，就不必讓『聖喬治』維持『土』屬性了。既然真正的『白虎』不能用，我再拿複製品來代替就好。畢竟它已經充當過一次『白虎』，現在又有黃龍的命令，要讓它再變一次很簡單。」

然後──

「四神失去黃龍這個首領以後，就會發現事態緊急，各自提昇力量──送給我。」

接下來發生的現象，也證明了他所言不假。

五道不同色彩的風，以斯波為中心呼嘯旋動。

風就此合而為一直衝雲霄，在皇居上空形成巨大漩渦。

「四神」與「土」屬性的斯波相生而成的屬性力渦捲成風暴，使大地搖撼蠢動，空間也受到擠壓般鳴動。

斯波恭一在這漩渦的中心愉悅地笑。

「這麼一來，我的宿願就能實現了──謝謝你們，都是你們的功勞。」

「…………怎麼會……」

見到足以使世界崩潰的壓倒性力量，成瀨澪不禁愕然呢喃。

在最後階段，斯波得到最為強大的力量，而自己和刃更全都是滿目瘡痍，殘破不堪。

──大家一起想了那麼多對策。

──大家一起拚命奮戰了那麼久。

──大家都和刃更結下了誓約。

但這一切都無濟於事──不足與他為敵嗎？

「————還沒完。」

在澪開始絕望時，有人否定了斯波的勝利宣言。

手持魔劍布倫希爾德，表示要堅持到最後一刻。

東城刃更緩緩站起。

21

接著，東城刃更擺出架式。

「————」

以雙手握劍，持於腰際。那是「無次元的執行」的架式。

「……沒用的啦，刃更。」

斯波嘲笑仍有戰意的刃更，展開雙手說：

「現在的我同時能操縱五行之力，還有以『穢瘴』為根基的『氣』，再加上『神魔滅章』。就算能用『無次元的執行』抵銷其中之一，你也防不了剩下的攻擊。」

再說——

「就算你像之前那樣消除週邊的『氣』，我體內還有關住你那時吸收的『氣』，量是十二分地足以殺死你。」

「…………你真的這麼想？」

刃更淺笑著反駁斯波。

「世間萬物——森羅萬象都具有『氣』，所以廣義來說，你的所有攻擊都帶有『氣』。所有的一切都透過你彼此相連。」

因此——

「現在的我……可以將雙方視為一個對象同時消除。另外——」

刃更說道：

「既然萬物都有『氣』，表示我現在也接觸著『氣』，不必等你出手再反擊。如果是對付現在的你，我就能主動使用『無次元的執行』。」

沒錯——全世界唯有一人、唯有斯波，能讓刃更主動使用「無次元的執行」。

「…………原來如此，有點道理。」

斯波對刃更的話表示理解。

「不過，『氣』的奔流是千變萬化……你看得見它概念的天元嗎？更何況——」

並看著刃更身旁的澪和柚希說：

「為了避免額外干擾造成差錯，她們兩個完全不能動手或協助。就憑你一個站都站不穩的人，我實在不覺得你做得到耶。」

「你是絕對……不會懂的。」

聽了斯波這句話，東城刃更淡淡地笑。

並闡明他們的關係——他們的情感。

「不是能戰鬥才是力量。只要陪伴著我，就能帶給我力量。」

沒錯。刃更心想。

自己不是一個人。這裡有她們倆，還有許多人在。

刃更能確實感到他們的存在——他們的力量。

那不是主從誓約或契約的副產物。

是來自他們日夜念想的結晶，貨真價實的牽絆。

「————」「————」

澪和柚希的反應也不負刃更這番言語。

表情極為平和——眼神卻充滿力量。

那不是必死的決心。

純粹是相信刃更——一定會戰勝斯波。

「────為回報她們的心意，東城刃更將意識集中至極限，使所有知覺提昇至頂點。」

22

當刃更開始集中意識，斯波也擺出攻擊架式。

並加速意識。注視結束戰鬥的道路。

──刃更說他不必等反擊就能使出「無次元的執行」。

但若不配合斯波的動作，完全消除的可能很低。

想完全消除，必須斬斷天元。一旦斯波隨「無次元的執行」進行應變，狀況和狀態都會跟著變化，天元也會產生動盪。

不完全的「無次元的執行」，只能彈散五行或「穢瘴」其中之一。這麼一來，斯波還能用另一種力量解決刃更，也可以將他再次納入體內。

所以刃更的作戰，無非是等待斯波先出手再予以反擊。

……究竟會是怎樣呢……

對刃更的想法作了番猜想後，斯波恭一開始思考自己最佳的選擇。

——斯波和刃更不同，有許多選擇。

有操縱「氣」的「神魔滅章」，代替黃龍接收的「土」屬性攻擊，也能用其他的普通攻擊作假動作。

而且他的攻擊動作，可以在普通攻擊、「神魔滅章」、五行「氣」功之間自由切換。

……相形之下。

刃更沒有假動作的餘地。無論如何攻擊都會產生力勁，阻礙需要精細控制的「無次元的執行」。

何況刃更不曉得斯波的第一動會是什麼攻擊。

刃更的普通攻擊，也無法對抗斯波的「氣」或用上五行力量的攻擊。

澪等人的性命、東京安危，以及「村落」與「梵蒂岡」等世界的命運全繫在這一戰上，他非贏不可，應該不會賭在機率上。

從他事先準備遭吸收時的對策，就能明顯看出這點。

……或者說。

既然刃更慣於後發先至，最簡單的作法就是乾脆按兵不動。如此一來，繃到極限的刃更很快就會自滅。

快撐不下去的時候，就會主動出擊。

那麼，只要考量這點即可。

……在這狀況下，刃更先出手的話……

應該不會作假動作，而是一口氣拉近距離，斬出消滅波吧。貼身距離的消滅波——即使是斯波，中了可不是鬧著玩的，只能迴避或防禦。

而他很可能趁隙重整架式，使用「無次元的執行」。

……可是。

若他這麼做，斯波只要徹底防禦或迴避，刃更很快就會耗盡體力，不成問題。

那麼，刃更先攻時的最糟狀況會是什麼呢？

當然就是刃更以「無次元的執行」為第一動，且完全消除了斯波的反擊手段。

刃更說得沒錯，萬物皆有「氣」，循環不息。

所以刃更有可能完全不離開那個位置就使出「無次元的執行」，一併消去斯波所操縱的「氣」和五行之力——再以第二擊底定勝負。

這是最不可能的狀況——可是斯波毫不輕忽，再不可能也要盤算。

……從這危險來看……

還是以「神魔滅章」和五行二連擊最為保險。

如此，萬一「無次元的執行」真的同時完全消除了「神魔滅章」和五行的屬性力，也沒有問題。

因為——就算不能使用那兩種力量，斯波仍有解決刃更的餘力。

當斯波做好一切準備時，眼前的刃更終於有了動作。

「喝啊啊啊啊啊啊啊啊啊啊啊啊啊啊啊啊啊啊啊啊啊啊啊啊啊啊啊啊啊啊！」

刃更提氣咆哮，為擊敗斯波而擊出第一手。

如同斯波預料——是「無次元的執行」。

「你也真是老實……」

於是斯波淺笑著蹬踏地面。

神速的蹬踏使他與刃更的間距瞬時消失。

「……拜拜啦，刃更。」

並以雙拳連續攻擊。

——而這個動作，也決定了這場戰鬥的勝負。

若「無次元的執行」不完全發動，就以第二擊撂倒他。

若「無次元的執行」完全消除第一擊，第二擊就用其他力量。

用斯波體內蕩漾的「穢瘴」——「深淵」吞噬一切的力量。

緊接著，見到自己與刃更的選擇衝撞出的結果後——

「————？」

斯波愕然抽氣，臉上的笑容也僵住了。

23

東城刃更在這最終局面為「無次元的執行」設定的目標，並不是宿於斯波雙拳的力量。

宿含於森羅萬象的「氣」彼此相繫，若能準確消除天元，的確如刃更所說，能一併消除斯波所操縱的「氣」。

斯波此刻的反應，等於是印證了刃更的推論。

……可是。

這麼做的成功率仍是微乎其微。

那麼，該怎麼做才能確保成功，且能擊敗斯波？

刃更即是要在斯波攻來當中，消滅能同時滿足這兩個條件的東西。

棲息於斯波體內的無底黑暗——「深淵」。

「穢瘴」一旦解放，就會化為有針對性的詛咒，侵襲「村落」與「梵蒂岡」等處。用來攻擊，能污染對方的生命力，造成嚴重傷害。

然而除了這些特性外，斯波體內的「深淵」還有個極其重要的部份，等同他的命根。

那就是斯波力量的主要來源——十神雷金列夫的靈子。

……恐怕。

刃更心想，斯波不會沒料到他的想法。

雷金列夫的靈子是斯波的命根。

所以會藏在誰也碰不了的地方——融入無底的「深淵」之中。

第一戰時，刃更因無法看透斯波的黑暗有多深而落敗。但這件事肯定會讓斯波深深認為，刃更無法消滅自己懷藏的「穢瘴」，所以先前才會吸收他。

可是這件事卻帶給了刃更勝機——找出雷金列夫靈子的好機會。

——並不是因為囚禁在斯波內，漂蕩在「穢瘴」之海中，使眼睛習慣了。

在黑暗中待久，眼睛會適應黑暗的現象稱為「暗適應」，是由於視覺對光的敏感度增加所致。在完全無光的絕對黑暗中，無論待得再久也看不清。

不過，還是有方法能看透「深淵」的黑暗。

無論黑暗再怎麼深，只要光線能貫穿黑暗，就另當別論了。

然而在囚禁狀態下冒然出手，斯波可能會試圖吸收，所以刃更先靜觀其變。

等待唯一的機會。

眼前的斯波愕然說出謎底。

「難道……你把脫逃時用的重力波……？」

——來此之前，刃更以「無次元的執行」使高志體內淤積的氣恢復正常。

沒錯——刃更也會使用斯波的「滲透」。

這次狀況和上次類似，但難度截然不同。

相對於高志體內的不自然淤積相當顯眼，很容易瞄準，斯波的「穢瘴」卻是無底的黑暗。

然而，刃更仍在完全不影響斯波肉體與精神的情況下，成功消除了雷金列夫的靈子。

儘管辦不到完全消除，要重聚霧散的靈子也需要不少時間。

斯波已經不能像過去那樣無限釋放新的「氣」。

刃更能成功，是由於長時間累積的經驗，以及——與澪她們的主從誓約。

——從前，東城刃更的能力一度失控，在故鄉「村落」造成悲劇。

那是因為「無次元的執行」的消滅能量原本該在細微控制下釋放，當時卻在精神被逼到極限的狀況下一舉釋放了。

而刃更現在對斯波做的卻是相反——不只收斂消滅能量，還造成僅限定於內在對象的內爆。

那是刃更絕不可能獨力到達的領域。

純粹是因為絕不退讓的事物——與她們結下的堅貞情感才能成就的奇蹟。

就在此刻，東城刃更要使出這份力量。

為了打倒斯波恭一。

「喔喔喔喔喔喔喔喔喔喔喔喔喔喔喔喔喔喔喔喔喔喔喔喔喔喔喔！」

緊接著強行擊出的，是不顧天元的「無次元的執行・二連」。現在的他，即使是如此粗暴的一擊，也足有打倒斯波的威力。

只見劍身直指斯波的軀體——

「——天真。」

但在接觸之前，斯波忽然從眼前消失。

「——！」

刃更反射性地向上望，在空中找到他的蹤影。

方才斯波所匯聚的龐大的「氣」和五行之力糾結而成的「氣」旋，聚集在他高舉的雙手中。

凝縮到最後，化為一把鮮紅的劍。

「可惜啊，刃更……」

斯波微笑著對刃更揮下「氣」的劍刃。

斯波手中，是凝縮「氣」之奔流所造出的神劍。

「神魔滅章」最終段——十拳劍。

每一揮斬都會掃出切斷森羅萬象的絕對切斷概念，任何方式都無法防禦。

——倖免方式之一，就是避開其效果範圍。

可是斯波卻奪去了刃更的這個選擇。

因為斜斬的劍路上不只有刃更，稍遠處還有澪和柚希。柚希不能動，扶著她的澪也疲憊不堪。

她們逃不出「十拳劍」的效果範圍。

……這麼一來。

假如刃更選擇迴避，「十拳劍」就會將她們的肉體與靈子一起斬斷。

刃更沒有抱著她們一起逃的餘力。

要破解這個狀況，只能靠「無次元的執行」。

但「無次元的執行」這個終極絕技需要極致的專注。

在第一戰中，刃更曾以單手使出的「無次元的執行」作絕招。現在經過與澪幾個的誓約化，或許真能達成連擊或單手的完全消滅。

可是，那應該也有其極限。

相對地，斯波的「十拳劍」只要揮動就能產生絕對切斷的概念。

沒錯——要連擊幾次都可以。

同是絕招，卻有如此望塵莫及的差距。

只能反擊的「無次元的執行」雖是能一擊脫離絕境、逆轉戰況的神技，斯波的「十拳劍」卻是能決定勝負的終極奧義。

換言之——斯波創造「十拳劍」的瞬間，勝負已經分曉。

……現在……

向刃更等人釋放絕對切斷概念的同時，斯波恭一極為冷靜地從自己的現況推想接下來的發展。

他已不拘泥於吸收刃更等人一事。刃更一死，主從誓約就失去效用，萬里亞、胡桃和潔絲特三人都能輕鬆解決。

就算是瀧川的模擬宇宙的魔力球，「十拳劍」一樣能斬斷，高志、賽莉絲和雷歐哈特等魔族，又為了維持所羅門五芒星而分散各處。

雷歐哈特能使用魔神洛基的力量，第一個收拾他以後，剩下的就算一起上也不會有問題才對。

他們或許會拿遭逮的巴爾弗雷亞作人質，不過那沒有任何意義。因為二十年前，斯波和巴爾弗雷亞就做好了各種覺悟。

接著，即使確信勝利，斯波也不怠於設想最壞的狀況。畢竟刃更突破這狀況的可能並不是零。

因此——

……再勉強下去並非上策。

刃更先前的「無次元的執行」，已讓斯波喪失大量「穢瘴」。在這樣的狀態釋放「穢瘴」，也無法從日本毀滅遠在歐洲的「梵蒂岡」吧。

然而「穢瘴」和雷金列夫的靈子並未完全消失。

處理完刃更幾個以後，大有重建的時間。

回收「四神」就能再造五行結界，使黃龍重新顯化。

於是，斯波決定不看刃更等人的死狀，要儘速離開現場。

首先要四神停止維持五行結界並且召回。

被高志控制住的「白虎」，照之前對澪說的那樣，用「聖喬治」替代即可。

現在的斯波仍能藉此重現黃龍，沒有任何問題。

下此結論時——斯波恭一感到一股空前的「氣」。

「——！」

以「十拳劍」釋放的絕對切斷概念奔流彼端，能感到一股冰寒刺骨的冷酷意志。

連斯波恭一也不禁詫異的「殺氣」。

接著見到的是——釋放殺氣的少年。

24

「————————」

面對斯波揮出的「十拳劍」概念，東城刃更輕閉雙目，徐徐採取「無次元的執行」的架式。

先前強行使出卻被斯波避開的「無次元的執行・二連」，其實保留了力量。

若斯波因失去雷金列夫的力量而死心，那一擊就足以打敗他。

可是，斯波仍未放棄自己的野心。

而且不僅要殺刃更，連澪和柚希的命也要。

一次還不夠，竟敢三番兩次想奪去刃更重視的事物。

簡直罪不可赦。

東城刃更絕不許任何人奪去他重視的事物。

於是他兩眼暴睜——

「喔喔！」

轟然提氣咆吼，斬出布倫希爾德。

刃更先前是以內爆「無次元的執行」的消滅能量進行「滲透」。

這次正好相反——隨斬擊解放蓄積至極的消滅能量。

那是威力層級與消滅波全然不同的一擊。

堪稱「無次元的執行・爆滅」，終極消滅概念的奔流。

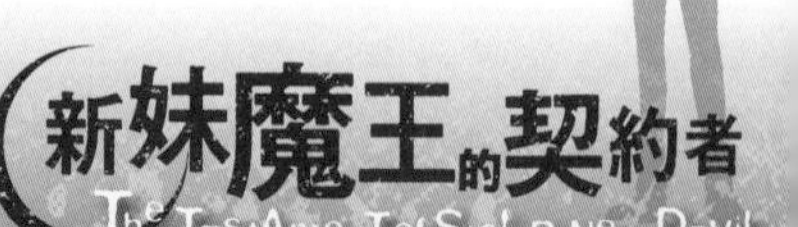

下一刻，兩股概念正面對撞了。

『――――――――』

切斷任何事物的絕對切斷概念，與消滅任何事物的終極消滅概念。

原本是該相互拮抗的正面衝突，然而結果並不是彼此抵銷。

因為斯波打算連擊，刃更卻是將一切賭在這一擊。

將自身所有力量、絕不動搖的意念，全部賭上。

其差距已非顯然，完全是斷然，而後果全是必然。

刃更「無次元的執行‧爆滅」瞬時吞噬斯波「十拳劍」的斬擊。

消滅能量將射線上的一切歸為虛無，散發炫目光輝衝天而去。

◎　◎　◎

――而後。

潔白炫光籠罩世界。

使盡所有力量的刃更，有個肯定無疑的感覺。
於是解除布倫希爾德，慢慢向前倒下。
「————————」
這時，一股溫柔包覆全身般抱住了他。
在飄然觸感中，還感到五個清晰的反應圍繞、依偎著他。
知道自己成功守護了心愛的人，讓他鬆了一口氣。
終於都結束了。
一這麼想，意識就開始恍惚，彷彿肉體和精神都已達到極限。
不過——在睡去之前，東城刃更有句非說不可的話。
不是因為身為主人的義務，而是家人間的純粹感情。
贈給誓言與他相守，獻出自身所有的女孩們。
「……我們回家吧。」

尾聲　醉人誓約的終末

1

世界最大的大教堂地下別有洞天，如今知道這地方存在的人屈指可數。

這裡是勇者一族總部「梵蒂岡」藏匿至今的「禁忌」誕生之處。

也是特務部的前身，且暗中採取迅的細胞，以進行複製人計畫的研究設施。

陰暗的設施內部，有條看似深且高的長長通道。

為這處於地下深處，陽光絕照不進的空間提供照明的，只有列於左右牆邊的無數巨大筒狀儲槽。充斥儲槽的液體被賦予特別的力量，如燈管般散發蒼白淡光。

而如此靜謐的空間最深處，有一名男子。

幽然浮現於陰暗室內的白色祭袍，是只有聖王才能穿著的特製品。

「…………」

他所注視的巨大儲槽，連接著各種粗細與材質的管線，但裡頭空無一物，只有虛無。

男子默默地將右手按在儲槽的弧面玻璃壁上。
一陣冰涼透過右手奪去他的體溫。
「二十年啦……」
回想這漫長的時光以及逝去的過往，他不禁呢喃。
「——這裡就是你的祕密基地啊，阿爾巴流斯？」
忽然間，背後有人說話。
不知何時，儲槽玻璃壁上映出了另一個人的形影。
於是，君臨勇者一族總部「梵蒂岡」頂點的聖王阿爾巴流斯，轉身看向聲音的主人。
見到從前背負勇者一族使命的男子。
同伴將他譽為最強勇者，敵人魔族則視為戰神而懼怕。
「迅……」
阿爾巴流斯皺眉一瞪，道出他的名字。
「是怎樣，表情這麼凶狠……對了，有句話我一直忘了說呢。」
迅忽然想起些什麼，微笑著說：
「恭喜啊，阿爾巴流斯。當上聖王是你的悲願吧。」
「……反倒是你，變得這麼落魄啊。」

尾　聲
醉人誓約的終末

面對往日戰友酸溜溜的祝福，阿爾巴流斯不屑地反譏。

「想不到曾經是一族英雄的人……在大戰裡莫名其妙帶回連母親都不知道是誰的孩子，擅自退出第一線，最後連勇者一族的使命都放棄了。」

「怎樣，很意外嗎？是啦，我也沒想到自己會生孩子，不過那也是沒辦法的事嘛。」

迅大言不慚地說：

「因為我遇見讓我愛到死心塌地的女人，而且她們好像比別人都更清楚自己有多強，打來打去都是在保護其他人……總是表現出強悍的一面，不讓別人看見她們的軟弱。」

不過呢——

「那樣的女人卻願意讓我一個看見她們的軟落和沒化妝的臉，所以我就決定無論如何都要保護她們了。然後……」

迅放低聲音說：

「我到現在也忘不了她們知道懷孕了的那一刻有多高興，還有她獨自生下了我的孩子，我卻保護不了她的無力感。儘管如此，她們還是把我們的感情——一起創造的希望託付給了我，所以我不當勇者了。我的使命已經不是保護這個世界……而是保護自己的孩子。」

「把那種鼻屎大的事情當使命……真可笑。」

聽了阿爾巴流斯的嘲笑——

「是嗎，那你的使命又是多偉大？你以前總是把改變勇者一族的定位，讓世界變得更好掛在嘴邊嘛。」

可是──

「然後呢？你變成大人物以後，這個世界有稍微變好一點點嗎？」

對於迅的質疑──

「憑你的眼睛當然看不見……世界呈現的景象，會隨著一個人地位而改變。要改革世界，就得從神的視角來俯瞰才行。」

「神啊……都一把年紀了，不要一本正經地說那種小鬼頭的傻話好不好？都被恭一叮得滿頭包了，還敢一副高高在上的樣子。」

「……我已經把握和控制住狀況了，什麼問題也沒有。」

到此，聖王阿爾巴流斯終於問：

「──所以，你來這裡做什麼？」

「那還用問嗎……收爛攤啊。」

迅想也不想地立刻回答：

「刃更他……已經完成自己的使命了，接下來是我的工作。」

尾　聲
醉人誓約的終末

東城迅正面直視阿爾巴流斯。

「貴為聖王連個隨從也不帶，太不小心了吧……」

並且這麼說，緩緩舉步向前。

「只顧掌握汪洋大海另一邊的狀況，卻疏於注意自身周遭……如果這就是你所謂『神的視角』，也未免太拙劣了吧。」

就在迅這麼說時——

「你果然是看不見——我所看見的東西。」

有群人站到臉上帶笑的阿爾巴流斯身前保護他。

每一個都是同樣的身材長相，迅一眼就知道他們是什麼人。

斯波恭一的複製人。

共有七個，在迅面前一字排開。

「我說過了……我已經把握和控制住狀況了。」

阿爾巴流斯悠然說道：

「我並不需要你兒子和他那些夥伴……不管那個失敗作幹了什麼好事，我都能用這些來處理。」

「…………原來如此。」

見到阿爾巴流斯的王牌，迅喃喃地表示理解。

——時至今日，已有二十年時間。

對迅而言，那是獲得刃更這個兒子，獲得新幸福的時間。

對斯波恭一而言，是為了向勇者一族復仇而累積力量的時間。

對阿爾巴流斯而言，這二十年——則是登上通往聖王的階梯，鞏固其地位的時間吧。

……多半。

阿爾巴流斯眼中的威脅不僅是斯波，也包含了迅。

擔心他總有一天會像這樣出現在自己面前。

因此，他要斬除阻擋面前的一切——並且一路為此累積力量，直到今天。

「畢竟負責管理那個個體的『村落』，說不定會用他來搞鬼……所以在移交之前，我先採了點毛髮培養副本了。」

阿爾巴流斯說道：

「出現能吸收所有『穢瘴』的個體，對當時的我們來說簡直是奇蹟……不過這二十年來世界變了很多，魔法和科技也日益精進，達到了進化的水準，要重複從前的奇蹟也不是問題。」

尾聲

醉人誓約的終末

在阿爾巴流斯這麼說的同時，七名斯波複製人一起湧出強勁的黑暗「氣」流。

『————————』

證明不僅是外表，能力也和斯波完全相同。

「…………………」

面對如此複製人隊伍，迅雙眼一瞇。

「既然你都來了……那正好，就來做你的複製人吧。」

接著，阿爾巴流斯說道：

「前次大戰末期，你從魔界回來以後，出現前所未有的靈子反應。我要親手再造這樣的你，讓你登上更高的境界，甚至讓戰神這個稱號都相形失色。」

「恭一的失控都把你弄得這麼難看了，真是不知好歹……」

聽聖王笑著這麼說，迅顯得不是滋味。

「你這樣的人……應該會在這件事告一段落以後，找個藉口叫刃更他們過來吧。」

「那當然……我們的使命是帶領這個世界前往遙遠的未來。為了達成使命，縱使走的是成神之路也不能停下腳步。就讓你的孩子和他身邊的人成為我們的基石，為世界盡一份力吧。」

最後——

「首先，就從你開刀……」

阿爾巴流斯低笑道：

「稍微留下一點毛髮或細胞碎片就行——宰了他。」

此令一出，斯波的複製人便群起動身。

阿爾巴流斯見到七名斯波的複製人一起往迅衝去。

——一名先行，其餘六名隨後。乘著有陣型的神速，瞬時縮短間距。在迅對先鋒做出任何應對的瞬間，其他六名就會互相搭配，一口氣解決他。就算犧牲頭一個也無所謂。

反正只是複製人，無論造價再高都有替代品能用。

……況且幹掉他以後，就有更好的研究材料了。

阿爾巴流斯雀躍地想像幾秒後的未來，接著見到迅朝先鋒複製人單純地豎起右掌。

下一刻，右掌中迸出炫目閃光。

那閃光霎時吞沒先鋒與其後方的六名斯波複製人。當閃光消散——

「——什麼……？」

尾聲

醉人誓約的終末

阿爾巴流斯人都傻了。

因為七名斯波複製人已悉數消滅。而且不留痕跡。

阿爾巴流斯知道這現象叫什麼名字。

無次元轉移——和刃更將目標送至零次元的「無次元的執行」是同種現象。

「怎麼會……這招不是只有你兒子會用嗎？」

阿爾巴流斯不敢置信，呻吟似的呢喃。

「有什麼好驚訝的……作老爸的會用自己兒子的招很正常吧？原理我也全都懂。」

迅說道：

「不過我不像刃更那麼嫩，不是反擊也能用。」

這理所當然似的一句話，徹底讓阿爾巴流斯啞口無言。

隨後他見到，迅身上不知何時浮現出刺青般的花紋。

那是古代龍紋。

「其實啊……過來之前呢，我到你以前帶我去的餐館吃了頓飯，結果嚇了一大跳。可能是生意很好，跟以前完全不一樣了。」

迅遙望虛空，雙眼注視著過去。

「大致點過一輪之後，發現菜當然還是很好吃……可是菜色和價格跟我們以前常光顧時完全不同，豪華得像另一種東西。」

接著他落寞地說：

「很可惜，當時的菜已經不在了吧——就和你一樣。」

「——！」

阿爾巴流斯倒抽一口氣，不得動彈。

眼前的迅所散發的威壓，已是斯波遠不能及，完全是不同境界，嚇得阿爾巴流斯臉色蒼白。

「你知道為什麼即使發生恭一的事，我還是沒對你出手嗎？就是因為刃更。要是我亂來，你們很可能趁我不在人界的時候找他麻煩……所以我才讓你活到今天。」

阿爾巴流斯注視迅的視線逐漸上揚。

因為迅的肉體出現變化。

從人形變為巨龍，且全身包覆形似勇者一族戰鬥服的白色外骨骼。

「————」

『怎麼啦，阿爾巴流斯……不是想知道為什麼我的靈子在經歷那場大戰以後變化那麼大嗎？』

當迅以震撼空氣的聲音對瞠目結舌的阿爾巴流斯說話時，他已完全變成龍形。

尾聲
醉人誓約的終末

巨大白龍俯視著他說：

『從前你說想讓世界變得更好，我知道那是真心話……至少在那個時候是。結果曾幾何時，你也被骯髒的欲望污染了。』

說完話的龍嘴沒有閉上。而是張得更開。

接著——

『永別了——阿爾巴流斯。』

巨龍如此宣告後——閃光迸裂。

神聖的光輝，瞬時吞沒聖王阿爾巴流斯的身體與意識。

2

……又夢到那時候了。

東城刃更注視著從前發生的悽慘悲劇，並知道那是夢境。

遭邪精靈占據的清斗，以鮮紅色的瘋狂眼神俯視幼小的刃更。
被他斬殺的大人們，在周圍慘叫哀號。
兒時玩伴倒臥血海，彷彿要沉入其中。
背後是柚希害怕顫抖的喘息與啜泣。
這當中，發狂的清斗緩緩走近。
接著到來的，是下一場悲劇開始的時刻。
全身似乎遭到捆綁，呼吸逐漸困難。
然而——
「…………………」
東城刃更仍默默注視這場從前的悲劇。
不是已經習慣，而是夢境已經發生。
只能注視自己犯下的罪——絕不會消失的過去。
不久，眼前的慘劇與步步逼近的死亡恐懼，將幼小刃更的精神逼至極限。
下一刻——一團白光以刃更為中心放射而出。
「無次元的執行」的消滅能量失控了。
炫目光輝無情吞噬刃更與柚希周圍的一切。

尾聲

醉人誓約的終末

連同遭清斗殺害的大人，與他朋友的屍骸。

儘管如此——

「————————」

東城刃更依然一眼不眨地注視從前自己犯下的悲劇。

彷彿是——對自己這罪人課下的義務。

當刃更睜眼時，他又是一陣錯愕。

夢應該已經醒了——可是眼前一片黑暗，同時呼吸困難。

他下意識想到的，是斯波的「深淵」。

憶起沉浸在無底黑暗「穢瘴」的那段時間——

「！……干（該）、干不嘿（該不會）……！」

刃更的驚嘆聲模模糊糊。

黑暗緊貼著他的臉，讓他話也說不清。接著——

「嗯嗚……呼啊♥死相啦，刃更哥一起床就好積極喔。」

有股暖意的黑暗另一邊傳來令人火大的聲音，讓刃更強行撥開眼前的黑暗。

但只是造成劈哩劈哩的布料撕裂聲，刃更的視野——依然受阻。

因為儘管黑暗散去，眼前還有個小屁股。

溫暖的感覺緊貼口鼻之間，胸部到下腹還有舒爽的重量壓著。

這究竟是什麼狀況呢？

東城刃更——現在臉是被女孩子以俗稱「69」的姿勢坐在屁股下。

撥去黑暗的右手，明顯有撕破內褲的觸感。

「————————」

刃更默默以雙手抓住眼前屁股上方那柳枝般的腰際，將坐在他臉上的少女抬起來搬開，並往床頭櫃上的數位鐘看，以上下顛倒的視野確認鐘面上的時間。

五點半。剛迎接日出沒多久的早晨。

掌握自身各種狀況後，刃更開口了。

「……………我說萬里亞啊。」

「好的，刃更哥請說。」

「請妳說明這是什麼狀況。」

「這個嘛……該從哪講起呢……」

萬里亞望著什麼也沒有的半空中說。

尾聲

醉人誓約的終末

「總之能請妳告訴我，妳這是在做什麼嗎？」

刃更在心中反覆告訴自己不能生氣，好聲好氣地問。

「因為昨天是跟我和澪大人做，叫刃更哥起床是我的工作。所以我就絞盡腦袋下了一番功夫。」

「是絞盡腦汁吧，腦袋是用想破之類的。」

「不不不，絞盡腦袋也可以啦。還有，對夢魔來說，換成『是絞盡奶汁吧』會比較高分喔……要重來嗎？」

「不要，請繼續。」

「這樣啊……真可惜。總之因為這個緣故，我開始回想以前都是怎麼叫你起床。」

萬里亞表情感慨地說：

「結果，我發現都是我鑽到你的T恤或內褲裡面say hello，從沒招待你到我的衣服或內衣褲裡玩，真是太粗心了……這個驚人的事實，讓我覺得真的很抱歉。」

即使萬里亞這麼說，刃更還是不生氣。

「………………這樣啊，然後呢？」

「然後，我就用右手拉開內褲頭，把空間撐到最大，鼓起勇氣從你的頭部開始嘗試了……左手托著頭，好不容易把頭頂到後腦杓都放進去以後，我就開始在你身上匍匐前進，終於成功招待你的臉進我的內褲聞香了。」

怎麼樣呀？

「雖然我用了夢魔的睡眠魔法，讓你不會因為這點小動作就醒來，不過這仍然是69的新里程碑呢。」

對於這個嗯哼挺胸的里程碑級笨蛋，刃更還是還是不生氣。

「…………我都不曉得該從哪裡吐槽了。」

「如果要用刃更的雞雞吐槽，上面的嘴或下面的嘴，要前要後都非常歡迎喔。」

「我就不吐槽妳這句話了……為什麼妳這麼執著於69啊？」

「哎喲……因為我覺得吹起床號可能不夠刺激了嘛。」

對於說這種話的蘿莉色夢魔，東城刃更還是還是還是不生氣。

「不用擔這種心啦，妳們肯每天早上那樣叫我，我就心滿意足了。」

於是他和顏悅色地勸導萬里亞，結果她搖了搖手。

「不不不，刃更哥——光是吹起床號不能滿足的是我自己。」

「是妳自己喔！」

佛也發火。

妳白痴啊？滿足不了也要忍耐啊，忍住！全力憋起來！

尾聲
醉人誓約的終末

結果白痴一臉錯愕。

「過分耶……我都鑽過你的T恤和內褲了，你卻不讓我招待你進內褲，這樣到底要我怎麼做？」

「正常叫醒我就好啊！正常點！」

「正常是吧……也對啦，吹起床號的話嘴巴塞滿滿的也沒辦法說早安，所謂茅塞頓開就是這麼回事吧。」

「妳那顆只有色慾的腦袋再怎麼開也沒用吧。」

「……嗯……」

就在刃更損人時，睡在身旁的澪伴著睡醒的吐息睜開眼睛。

「抱歉……吵醒妳了嗎？」

刃更隨即道歉。

「沒有……早安。你們兩個在做什麼，還很早耶。」

澪揉揉惺忪的眼睛問。

「我在和刃更哥研討並實驗怎麼叫他起床最理想。」

「什麼東西啊……呃，奇怪？」

澪忽然發現異狀，表情疑惑。

接著手在當被子用的白色絲布裡頭摸了摸。

「…………好像……有個怪怪的硬物。」

「咦，刃更哥的雞雞出問題了嗎！」

「才不是咧！妳看……是這個啦。」

澪從被子裡取出的是一個扁塑膠盒。

那是遊戲或影像軟體常用的盒子，且正好封面朝向澪和刃更，兩人便一起一探究竟。

封面上有個表情和服裝都很煽情的少女，還戴著掛鎖鏈的項圈。這作品是——

《我與真實繼妹的青春番外地Ⅱ》

完全是色情遊戲。

「啊，那是上個月底上市的新作。」

「誰管它啊！還有Ⅱ是怎麼回事，賣得很好嗎！」

「那當然呀。Ⅱ製作經費提高，能攻略的角色一口氣多很多，H場景也大幅增量。不只有更激烈重口味玩法，連後宮路線也一應俱全。」

萬里亞驕傲地說明。

「所以呢——我希望刃更哥務必好好參考這款遊戲。」

尾聲

醉人誓約的終末

「……………………」「……………………」

聽了這句話，刃更和澪沉默下來，整間房裡也隨之屏息般呈現一片靜謐。

接著，刃更慢慢翻轉外盒，查看盒子背面。

或許是主打賣肉的緣故，排滿盒背的遊戲畫面裡全是受盡調教的少女，為屈服於主人而深感愉悅，表情如痴如醉地淫交的場面。

而這些限制級遊戲的角色們任何表情與行為，對現在的刃更而言已不是虛構情節，全都是他對澪等人實際做過的事。

「……………」

因此，刃更吞吞口水，往澪和萬里亞看。

「啊………呀……哈啊、嗯……哥哥……呼啊啊啊♥」

「討厭啦，刃更哥……嗯嗚，昨晚都那麼激烈了……哈啊啊♥」

光是這樣，就觸發了澪和萬里亞的催淫詛咒。

「澪……萬里亞……」

見狀，刃更掀開當被子用的絲布。

絲布底下，三人和昨晚入睡時一樣，都是赤身裸體。

刃更的陽物已經脹得發疼，而陷入催淫狀態的澪和萬里亞股間蜜液橫流，沾得大腿淫光閃爍。

「妳們兩個……把腿張開。」

「…………」「…………………………」

刃更一下令，澪和萬里亞就默默頷首，照刃更說的做。

對他展現她們最羞恥的部位。

然後雙眼含著對感官刺激的期盼，等待刃更動手。

「——我來了，馬上讓妳們解脫。」

於是東城刃更這麼說，實現自己的話。

發洩欲望般大肆享用這兩名姊妹。

3

與斯波的決戰已結束一個星期餘。

那也是他們春假最後的時間。

尾聲
醉人誓約的終末

這段期間，刃更幾個沒日沒夜地瘋狂亂交。

——因為萬里亞對戰黃龍時太胡來，需要恢復她的生命力。

所以在「為了萬里亞」這個正當名目下，刃更等人使用夢魔祕藥等物助興，從早到晚作個不停。

在這之前，都是替澪幾個抑制催淫詛咒，或是需要提昇戰鬥力才會淫交。可是為了成就主從誓約而跨過底線後，矜持已久的最後理性便完全崩潰，一發不可收拾。

這一星期，刃更也開始主動索求澪她們的肉體了。

不過她們同樣也因為跨越底線而解放了壓抑至今的欲望，刃更主動要求反而給她們更大的快樂。

而主從關係成為誓約，使得不會再因為自認有害於主人而發動詛咒，讓澪她們也起了變化。

當刃更對澪她們產生性興奮，誓約就會跟著反應而發動催淫詛咒，好立刻接受刃更的男性欲望。

這就是決心將自己完全獻給刃更、完全接受刃更的副作用。

然而刃更和澪她們都絕對不會為自己的選擇後悔，讓他們一味沉溺於肉慾中，彷彿想逃避隨之而生的罪惡感。

直到前天，所有人都在地下室那張六人睡也綽綽有餘的巨床上貪求彼此。但是從昨晚起，刃更就回自己房間睡了。

因為讓澪她們同時陷入催淫，自己實在分身乏術，很花時間，搞到早上才有時間睡覺。解決方法就是兩兩輪班到刃更房間陪睡，為休息進行必要的睡眠。

而第一天人次，是澪和萬里亞。

剛起床就與澪和萬里亞滾床單，給她們數不盡的高潮後。

將意識因強烈快感而恍惚的兩人留在床上，刃更自己離開房間。

走廊上充斥春天特有的清澄空氣，讓火熱的身體相當暢快。

下樓後，刃更先前往浴室。

打開木眼紋的門，踏進更衣間時——

「喔，沒拿衣服……算了。」

雖然忘了拿換洗衣物，不過櫃子裡有浴巾。

尾聲

醉人誓約的終末

圍浴巾出來就好。

於是刃更進入浴室，開始沖澡。

溫暖的水，將昨晚與今晨和澪跟萬里亞流的汗沖洗乾淨。

當刃更準備搓洗身體時，有個少女開門進浴室來了。

是柚希。

「刃更早安……可以一起洗嗎？」

而她當然是一絲不掛。

「可以呀。怎麼啦，今天起這麼早？」

柚希踏著濕地板走近，苦笑著說：

「因為聽見澪和萬里亞的聲音……」

「這樣啊……抱歉，吵到妳了。」

「不會。」柚希對刃更搖搖頭說：「刃更……可以幫你洗嗎？」

「……嗯，麻煩妳了。」

刃更同意後，柚希便繞到面前跪下。

並理所當然地張嘴，含入刃更的東西。

「嗯……咧嚕、啾嚕……哈姆……嗯呼、啾……啾噗♥」

並用她濕黏的舌頭，將每個角落都舔得乾乾淨淨。

而刃更也理所當然地接受如此淫褻的侍奉。

因為這早已是他們生活中的一部分。

刃更將手放在渾然忘我的柚希頭上輕輕撫摸，美麗的青梅竹馬也樂得神魂顛倒，舔得更起勁。

使刃更的陽物每個角落都沾滿黏稠唾液後，柚希才終於鬆口。

「嗯……哈啊、嗯……♥不只有刃更的味道……還有一點澪和萬里亞的味道。」

柚希咕嚕一聲吞下滿嘴唾液，表情騷浪。

這是當然。

因為柚希的口交已讓刃更的陽物亢奮得暴脹高挺。

這表示，柚希也進入了催淫狀態。

因此——

「柚希……」

當刃更叫她的名字，柚希就站起來轉身，雙手扶牆雙腿跨開，抬高那對飽滿豐臀。

「嗯……沖乾淨以前，我也想給刃更沾滿我的味道。」

並稍微轉頭，帶著勾魂眼神妖媚一笑。

「好……」

於是刃更兩手往她屁股一掐，徐徐插入其中。

下一刻，柚希的淫叫震響了整間浴室。

4

完事後，刃更再沖去和柚希流的汗。

柚希因高潮餘韻而使不上力，要稍作休息再出去。

再留在浴室裡，恐怕這亢奮是永遠不會停。

所以刃更在浴缸放熱水，抱柚希進去躺下以免她感冒，先一步出浴室。

用剛洗過的鬆軟浴巾擦乾身上水滴後纏腰圍起，離開更衣間前往客廳。

在走廊就能聞到一股芳香。進了客廳，果然見到潔絲特在廚房準備早餐。

而胡桃也已經坐在沙發上，身穿睡衣，盯著手上的平板電腦看。

「……早安。妳們都好早喔。」

「刃更主人早安。」「早啊，刃更哥哥。你也起得好早。」

聽見刃更打招呼，潔絲特和胡桃也笑咪咪地應聲。

接著，刃更先往離得近的胡桃走。

胡桃睡衣只穿上半，底下只有內褲，毫不設防。裸露在外的整條大腿，說多撩人就有多撩人。

刃更從她背後窺探平板螢幕問：

「妳拿平板在幹什麼？」

「嗯……沒什麼，就是寫信給爸爸媽媽。」

她答話的側臉，顯得有些寂寞。

「…………這樣啊。」

刃更短短回答，從背後輕摟她。

因為從胡桃的話察覺了她的心情。

胡桃的手也扶上刃更的手臂，兩人就這樣維持了一小段時間。

「啊，對了……搬家公司回信了。」

後來，胡桃忽然想起這件事，叫出新到的郵件。

「信上說會照契約，晚上才送來，有需要變更的地方就打這支電話。」

信件內文的手機號碼，應該是工頭的電話吧。

尾　聲

醉人誓約的終末

「知道了。今天中午就放學，應該沒問題……為方便起見，先把信轉寄給我吧。」

「嗯，好。」

胡桃點個頭，開始轉寄。刃更對她說聲：「麻煩啦。」之後到廚房去，從冰箱拿出一公升裝鮮奶盒就喝。

「……………………」

喝點冰涼的出浴奶滋潤喉嚨之後，刃更有意無意地往做菜的潔絲特看。

她已換上烹飪用的侍女服，一併處理多種菜色。

每一甩動平底鍋，那對碩大的胸部也在刃更眼中跳呀跳地。

彷彿在勾引他。

「────────」

「…………那個，對不起，您肚子餓了嗎？我以為您會晚一點下床，每一道菜都還要一點時間才能上桌。」

潔絲特發現刃更盯著她，不好意思地說。

「還是我先切點水果？或是您不想等，現在就來嘗嘗看也可以。」

說到這裡，潔絲特先關閉所有爐火。

「這個嘛……」

刃更明知她的意思卻裝作不知道，繼續注視她的背影。

「……啊……嗯嗚……♥」

只見潔絲特按捺不住了似的哆喘，屁股左右扭來扭去。

刃更便將鮮奶放在流理台空位，慢慢走到潔絲特身旁，從背後摟住她。並搓揉她的巨乳，用硬挺的下體抵住她的臀間，告訴她自己現在有多興奮。

「啊啊……哈啊、嗯……嗚……刃更主人……嗯嗚……♥」

潔絲特完全進入催淫狀態，隨刃更的愛撫陶然媚叫。

──瓦斯爐前不安全，且不能弄髒正在做菜的廚房。

所以刃更橫著抱起潔絲特，送到客廳去。

放在沙發上低頭一看，潔絲特就完全領略了主人的意思。

「……是。」

她隨即嬌羞地抬高屁股，撩起裙子。

白色蕾絲邊的吊襪帶，和包著內褲的渾圓香臀全都露了出來。內褲股間部分因四溢的淫水變得透明緊貼，將潔絲特最羞人部位的形狀勾勒得清清楚楚。

「…………」

於是刃更一把扯下她的內褲。

尾聲
醉人誓約的終末

背。

完全暴露潔絲特的私處後，解開纏腰浴巾的結。

同時，有雙手從刃更背後繞到身前，猥褻地套弄起刃更勃起的陽物，並以來回舔舐他的背。

「啾……信我寄過去嘍……嗯♥」

胡桃也對刃更的亢奮狀態起了反應，春情蕩漾地說。

「這樣啊……謝啦。」

「嗯……刃更主人、胡桃小姐，真的很不好意思……在兩位的大日子做出這種事……」

在道謝的刃更眼前，潔絲特左右搖晃著屁股道歉。

「無所謂……妳沒有錯。」

刃更跟著輕撫那翹高的臀。

——這全是因為刃更與她們結下的主從誓約。

沒有主從誓約，他們無力擊敗斯波。

因此，他們坦然接受自己的現況。

只是潔絲特這個百依百順的侍女，在自己能勾起刃更興趣而喜悅的同時，也感到些許歉疚。

——但她的催淫狀態，純粹是因為刃更對她興奮而起的反應。

所以若問是誰的錯，那就是刃更吧。

不過刃更這個主人不能道歉。潔絲特是向他宣誓忠誠的侍女，那樣會傷害她的自尊。

所以刃更不說任何關於道歉的話，只是這麼問：

「潔絲特……妳是我的誰？」

以此要求潔絲特說出自己的角色。

刃更背後的胡桃也繞到潔絲特身旁，貼著她敏感的耳朵絮語：

「快呀，潔絲特……快說自己是刃更哥的什麼。不說的話，我要先開動嘍？」

這樣的刃更與胡桃，使潔絲特滿心幸福地吐息。

接著——

「我是侍女……把自己完全奉獻給刃更主人的侍女。」

潔絲特以幸福至極的聲音說出自己是什麼人。

於是刃更向前一個挺腰，給侍女應得的獎勵。

告訴潔絲特，東城刃更這個主人所代表的真正意義。

尾　聲

醉人誓約的終末

——和潔絲特和胡桃在沙發上大肆交歡後。

所有人一起用完早餐，做好上學準備就出門了。

在這個櫻花紛飛，晴空萬里的日子，聖坂學園要舉行兩項典禮。

一是替新學年開幕的開學典禮，然後是歡迎新生的入學典禮。

聖坂學園校地內，有個擠了特別多學生的地方。

就在為這天置於校舍正門邊的特製亭式布告欄前。

看布告欄的學生表情有喜有憂，是因為公告的是新學年分班表。這份表將決定今後一年得和什麼樣的人共度校園生活，是死是活全看它了。

然而，在周圍一整片既期待又怕受傷害的眼神、歡呼與悲嘆聲中，東城刃更極為冷靜地注視分班表。

如同去年春天，柚希和瀧川潛入校園監視澪的行動，刃更也為了預防諸多風險與突發狀況，進行了各種「操作」，讓自己與柚希、瀧川和澪保持同班。

所以刃更不是找自己的名字，而是確認結果無誤。

「二年F班……沒問題。」

看到需要的名字都編為同班，他暗自說聲：「好。」

「嗯，待會兒要跟老師道謝才行。」

身旁的柚希點頭這麼說，是因為操作分班表的人正是長谷川。

雖然操控教職員的意識令人過意不去，可是分散各班將使歹徒容易有機可趁，進而危害周遭無辜人民的安全，只好出此下策。

畢竟解決斯波事件，並不代表所有不安與懸念會就此抹滅，所以必須操控分班表。

長谷川身為保健室老師，在校內有特殊定位，讓她來操縱教職員的意識可將問題降到最低。

……而且。

以去年柚希和瀧川各在春季操縱過一次，長谷川在第二學期刃更轉學進來時也操縱過一次，總共已有三次而言，這次做一次解決，已經是降到最低程度，應該不會有大問題。

「…………」

不過刃更身旁——另一邊的澪卻是看也沒看分班表，默默低著頭。

表情略顯緊張，是因為她和其他普通學生一樣，對分班既期待又怕受傷害。

「啊，找到了。千佳，這邊這邊！」

這時，喧噪的公布欄前爆出特別響亮的女聲。

轉頭一看，是相川在背後招手。

尾聲
醉人誓約的終末

「真的耶。大家早呀。」

被相川叫來的榊笑咪咪地道早。

「早。」「早安。」

「啊……嗯。早安，妳們也來看呀。」

刃更和柚希應話後，和相川和榊交情最好的澪表情有點複雜地看著她們，而刃更知道那是為什麼。

——因為先前，佐基爾對澪下手時，同班的相川志保和榊千佳也遭到牽連。

夾在想和她們繼續同班的感情，以及曾在佐基爾事件連累她們而害怕和她們同班的罪惡感之間，讓澪不知該如何是好。

同班可能會使她們暴露在危險之中，但出事時也容易保護她們。這兩種想法都沒有對錯之分。

所以討論的結果是讓交情和她們最好的澪自己決定。

無論如何，所有人都會尊重澪的判斷。

可是，曾經殃及她們是不爭的事實。

澪又有養父母因為她的緣故而慘遭佐基爾毒手的經驗，期限到了也下不了決定——最後就乾脆不操縱相川和榊的分班結果，聽天由命了。

……不過。

澪始終在思考，這樣的判斷究竟對不對。

直到今天都沒有結論。

「澪，妳看過分班表了嗎？」

榊問道。

「呃……」

刃更和柚希已經看過了，澪還沒。

所以澪想先找個適當回答，以免引起誤會。

「又和你們同班真的超安心的啦～今年也多多關照喔。」

然而在那之前，相川先開心地這麼說並往澪一抱。

「咦——？」

意外的事實讓澪錯愕地看看相川再看看榊——最後往刃更看。

先一步知情的刃更微笑著對澪點頭，再對相川和榊說：

「就是啊，今年也多多關照。」

「——！」

澪一時紅了眼眶，但立刻擠出笑容說：

尾聲
醉人誓約的終末

「我也……我也很高興能繼續和妳們同班。」

所以——

「也請各位多多關照。」

澪這句話，應該帶有相當大的覺悟與決心吧。

刃更和柚希也有相同心境。

相川和榊不只是澪的朋友，也是刃更和柚希的朋友。

——不，不僅是她們，還有很多重要的朋友和同學師長。

這所學校對刃更幾個而言，是無可取代的日常。

是他們渴望守護、永遠捧在手中的寶物之一。

因此，無論如何都要保護學校。

刃更等人如此重新擦亮決心。

這時，胡桃看完新生分班表後，從校舍正門另一邊過來了。奇怪的是，表情有點陰暗。

「？怎麼啦，胡桃？」

「分班有問題？」

「……沒有，也不算問題啦。」

面對刃更與柚希的疑問，胡桃難以啟齒地搔著臉頰說：

「就是……我班上有萬里亞的名字。」

「咦…………？」

就在兩人不禁傻眼時——

「呵、呵、呵～我終於等到這天啦！」

蘿莉色夢魔大言不慚地笑著從旁出現。

東城刃更想跑也跑不掉。兩手叉腰、嗯哼挺胸的她，竟然穿著聖坂學園的制服。

「先等一下，妳穿這樣……該不會……」

怎麼辦，頭好痛。穿起來實在很合適，更是令人無名火起。

萬里亞回答扶額的刃更說：

「沒錯！刃更哥有三個人互相照應，只有胡桃一個落單太危險了，所以我要陪她上學。」

哎呀～我怎麼會想到這麼好的點子，傷腦筋喔～萬里亞自我陶醉得抱著自己扭來扭去，帶著燦爛笑容來到大夥面前。

「就這樣，以後請多多指教喔，刃更學長！」

「這種事怎麼不早點說啊，笨學妹！」

既然是為了保護胡桃，刃更當然不會反對。

她就是看透這點才保密的吧，的確是愛惡作劇的萬里亞會安排的驚喜。

……不過。

這麼一來，會產生另一個不得不考慮的問題。

「只留潔絲特單獨看家也不對吧……」

學校離東城家有點距離，出事時無法即時趕到。

得想個辦法讓她也來學校才行。

姑且先找時間和長谷川談談吧。

「喔，這件事就不必擔心了……唔呼。」

在刃更為潔絲特考量時，新生蘿莉色夢魔若有玄機地加深笑容。

尾聲
醉人誓約的終末

刃更在簡短的晨間班會後明白了萬里亞的意思。

入學典禮前，二、三年級得先在體育館集合。

參加開學典禮。

和朝會不同，學生們在擺滿體育館的鋼管椅就座後，首先按照慣例是校長致詞，再來便是介紹新進教職員。

十多名新進教職員走上台來，其中有個褐膚美女——潔絲特。

服裝不會太招搖，可是她的美色非比尋常——和長谷川一樣，對青春期高中男生刺激過於強烈，根本是糖衣毒藥。

再加上她外國人種的五官，在台上顯得格外突出。

『接下來是負責二年級英文的潔絲特．Ｂ．史都華老師。』

一聽介紹，二年級男生歡聲雷動，三年級則是擺明失望地嘆息。『安靜！』充當司儀的教務主任開口制止。

潔絲特接下麥克風，向前一步說：

『那個……我是約聘講師潔絲特．Ｂ．史都華，以後會在這裡教一段時間的英文課，希望不會造成任何不便……還請多多指教。』

這句話明顯是對刃更說的。

多半是萬里亞的鬼點子，而潔絲特是為了隱瞞而道歉吧。

約聘講師不像正規教職員會受到科外業務、社團顧問、學生輔導等校務限制，只需要在有課的時段到校，上完課就能直接離開。

潔絲特希望一肩扛起東城家所有雜務，這樣就不衝突了。

而且——

尾聲

醉人誓約的終末

……史都華啊。

潔絲特的化名「Sｔｅｗｅｒｄ」為管家之意。是因為用東城恐怕會造成不必要的問題，又想找個有意義的名字，才會這樣取吧。

——而B這個中間名，多半是刃更的頭一個字母。

整體意思很單純，就只是刃更的侍女。

做完簡短的自我介紹後，潔絲特深深一鞠躬，掀起幾乎要掀掉體育館屋頂的掌聲。這當中，刃更與緩緩平身的潔絲特對上眼睛。

『————』

潔絲特懷著歉意看來，刃更則是微笑著搖搖頭。

告訴她不必擔心，別在意。

澪和柚希等女孩，表情也和刃更一樣吧。

『………………！』

台上的潔絲特見到刃更的反應，表情豁然開朗，那笑容又讓男學生一陣歡呼鼓掌，連教務主任的『安靜！』都幾乎聽不見了。

這當中，刃更的視線從講台移到側面牆邊。

與同樣望著講台的教職員行列中，唯一看著他的女教師對上眼。

那是美得大放異彩，身穿白袍的長谷川千里。

「————」

長谷川以滿意的笑容望著刃更。

於是刃更也對她稍微苦笑。

心想——除分班之外，還要為其他事向她道謝了。

介紹完新任教師後，開學典禮沒多久就結束了。

刃更等在校生離開前段座位，往中段座位移動，入學典禮終於開始。

首先是家長進場。

不只是新生入學需要祝福。

送孩子進入新環境的家長們，同樣也需要祝福……這是聖坂學園的原則，而在校生也鼓掌迎接新生家長。

提早到校準備的家長們就座後，體育館逐漸安靜下來。

『——新生進場，請各位鼓掌歡迎。』

肅穆氣氛中響起的司儀指示，帶動如雷掌聲。

尾聲

醉人誓約的終末

在祝福的樂聲中，生澀的新生們陸續進入體育館。

『——接下來歡迎一年F班，導師森野美希。』

年輕女教師鞠躬進場，接下麥克風宣讀自己班級的學生姓名與座號，男生進場完畢後輪到女生。

『————』

這時，出現小小的騷動。

因為女生之中，有人長相特別出眾。

不是別人，正是萬里亞和胡桃。

萬里亞趾高氣昂地邁步，胡桃有點難為情地走在她背後。

兩人編入F班，是因為刃更他們的教室就在正上方，容易察覺異狀，萬一出事也能以最短距離趕到。

成瀨和野中兩個姓的座號會相連，也是考慮到諸如課間或健康檢查等時候，要盡量讓她們在彼此身邊而作的安排吧。突然得知萬里亞和潔絲特都要到學校來還覺得很意外，不過包含潔絲特的約聘僱用在內，一切都考量得很周詳。

……也得感謝老師才行。

實際上都是長谷川在打點的吧。

待會兒得好好謝謝她。

拍著手注視萬里亞和胡桃的同時，刃更心想——

……可以的話，真想都找過來。

柚希和胡桃遠在「村落」的父母，修哉和薰。

萬里亞魔界的母親雪菈和姊姊露綺亞，以及拉姆薩斯。

然而今天無法邀請他們共赴盛會。

結界的強度、黃龍顯化、斯波所得到的驚人力量，使得這次事件傳遍了「梵蒂岡」與「村落」外的勇者一族。

結果造成其他地區——尤其是美國與中國的強烈抨擊，為此富士、熊野、熱田三長老負起責任讓出長老之位。

現在日本「村落」正在評估候選人，目前由修哉代為管理。柚希與胡桃脫離勇者一族，使其父母修哉和薰在族內的評價不甚理想。然而薰在電話裡提到，過去大戰期間，修哉在村中的實力是僅次於同年代的迅，除他以外沒人有能力統管「村落」，所以最後修哉仍會就此成為「村落」的最高領導。

若事情順利，刃更等人與「村落」的關係或許會逐漸改善，往良好方向前進。

所以現在冒然接觸刃更等人，恐怕會造成反對修哉繼任長老的聲浪，必須先忍忍。

尾聲

醉人誓約的終末

另一方面，雪拉和露綺亞雖能偽裝成人類，或是用隱形魔法避開普通人的耳目，不過刃更也是前不久才知道萬里亞要入學，倉促之中無法通知她們。

也許萬里亞自己能事先通知她們——

……不過……

萬里亞卻沒有那麼做。

穩健派與現任魔王派同盟交給瀧川的密文，要求勇者一族將刃更等人視為「聖域」，魔族自然是不該任意接近。

……況且。

既然胡桃不能請修哉和薰來參與她的入學典禮，那麼萬里亞也不願只有自己找雪菈或露綺亞來吧。

至於拉姆薩斯——不，威爾貝特，則是邀了也不可能來。他選擇以拉姆薩斯的身分活下去，肯定未來也會和過去一樣保持距離。但是——

……我還是很想邀請他。

拒絕也無法，目的在於表示對他想法的理解。

然而刃更沒有機會那麼做。

所以他託人拍攝萬里亞和胡桃的相片和影片。

好讓和他同樣深愛她們的家人，能在有朝一日看看她們這天的模樣。

——待新生全數入場，校長與來賓致詞過後。

代表在校生致歡迎詞的，是前副會長梶浦立華。去年運動會以來，由於沒有其他候選人，校方改行贊成投票，而她也獲得多數肯定，於今年春天就任學生會長。

立華站在講台上的講桌前，環視新生後說道：

「各位新生、各位家長大家好，恭喜各位加入聖坂學園這個大家庭，我是學生會長梶浦立華。我與全體在校生，全都是滿心歡喜地期盼這一天，由衷歡迎各位入學。」

立華續以學生角度介紹聖坂學園的校風與特徵。

然後——

「接下來介紹的，是本校幾項不分學年的大型活動。參加這些活動，不僅能激發身為本校學生的榮譽感，更能培養愛校心以及互助心。」

說到這裡，她顯得有些靦腆。

「我也和各位一樣是個新人，到去年為止都還是以副會長的身分參與學生會活動……這當中，我獲得許多好夥伴的幫助，他們不僅是學長姊和同學，我也獲得許多學弟妹的扶持。希望各位新生也能在這裡找到無可取代的朋友和夥伴，各位的校園生活一定會因此而更加燦爛。」

但雙眼依然真摯，一字一句都充滿力量。

「最後……我要再一次鄭重歡迎各位來到我們親愛的學習天地。我衷心期盼往後這三年，各位都能享美妙的校園生活。」

立華結束致詞的那一刻。

『————————————————』

今天最大的掌聲包圍了她。

不僅是新生和家長，連在校生和教職員等所有人都被她深深打動。

刃更也在這當中，毫不吝惜地贈與掌聲。

6

開學入學典禮結束後，學生們依學年次序返回各自教室。

只有刃更悄悄脫離人群，前往他處。

那是聖坂學園最接近天空的地方——樓頂。

登上樓梯開了門，迎接刃更的是一片爽朗景緻。

那是在蔚藍畫布淺淺抹上幾筆雲白的春季天空。

迎面吹來的風舒爽怡人，佐以和煦陽光，開闊來訪者的心胸。

——不過，有個男學生比刃更更早來到樓頂。

他的背和手肘放鬆地倚在防墜護欄上。

那是晨間班會就不見人影，開學入學典禮都沒參加的青年——瀧川八尋。

「嗨，小刃……蹺課啊？」

瀧川賊笑著問，刃更也微笑回答：

「是啊，我覺得可能會在這裡找到你，就過來看看了。你呢？」

「我也一樣，想說在這裡遲早會等到你。」

「這樣啊。」刃更點點頭，走到聳肩的瀧川身旁問：「你來這邊多久了？那場戰鬥之後，你有回魔界一趟吧？」

「是啊，因為斯波那傢伙偏偏在我被派到勇者一族的『村落』當特使的時候惹麻煩，再加上巴爾弗雷亞的事，有一堆麻煩的報告要弄，差點沒把我搞死。」

瀧川嘆道：

「不過呢，那些麻煩也總算是告一段落……我就趁昨天晚上過來了。目前，穩健派與現任魔王派聯盟要我繼續監視你們。」

尾聲
醉人誓約的終末

畢竟——

「這次事件使『梵蒂岡』和『村落』元氣大傷，上面認為勇者一族肯定會接受我們的停戰協議。看樣子，勇者一族不會因為這件事有任何形式上的追究……那些長老也都退休了。這次停戰協議，是野中她老爸帶頭談判的吧？」

「是啊……」

打倒斯波，將「四神」歸還「村落」後。

刃更等人向「村落」與「梵蒂岡」承諾絕不洩漏任何對他們不利的真相——斯波的祕密，以及其叛亂行為的一切資訊。

也就是賣他們一筆人情。

三長老下台，不僅是由於美中轄區勇者一族的責難，也有向刃更等人承諾保密而道謝的意味在。

斯波事件以及柚希、胡桃的離去，使日本「村落」管理能力備受質疑。這樣的「村落」卻成了勇者一族與魔族結訂協議的窗口，惹來其他地區不少反彈。然而魔族方卻堅稱「村落」最了解在協議中定為「聖域」的刃更等人，若不是他們，勢必得不到最完善的談判結果，讓其他地區無話可說，事情平安落幕。

此外，「梵蒂岡」也有不小的動盪。

消息是瀧川主動提供。

「對了，我們這裡收到情報說『梵蒂岡』的聖王阿爾巴流斯失蹤了。是害怕醜事敗露而躲起來……還是被某個人收拾了就不曉得了。」

一口氣後。

「——小刃，你那邊有什麼消息嗎？」

「沒有……我什麼都不知道。」

刃更的回答，是謊話。

擊敗斯波數小時後，勇者一族在「梵蒂岡」偵測到震度7的強震。怪的是震源只限於大教堂地下，地面建築完全沒有搖晃，只有勇者一族知道這件事，並於翌晨開始著手調查。

結果發現大教堂地下出現巨大的空洞。

東城刃更知道那是誰幹的好事。

因為對方親自和他聯絡了。

『你以後可以不用再擔心「梵蒂岡」來找碴了。』

好久沒聯絡的迅，突然打電話來這麼說。

同時，也交代暫時還不會回去。

尾聲
醉人誓約的終末

因為他查到瑟菲亞應該被關在神界。

多半是知道拉法艾琳遭到封印以後怎麼也按捺不住，單槍匹馬入侵神界，結果被逮到了。因此——

『現在時機正好，我想乾脆一次把她們救出來。』

電話另一邊的迅，將入侵神界說得彷彿不當一回事。

——瑟菲亞和拉法艾琳都是刃更的母親。

刃更自然是有意協助，但是被迅斷然拒絕了。

『她們是我的女人，你想辦法顧好自己的女人就行。』

只不過，在不得不和神族大打出手的時候，說不定會牽連到刃更那邊，迅也先為此向他道歉，而刃更當然是不介意。

迅做的是身為家人，身為男人理應做的事。

假如澪她們也被抓到神界，刃更肯定會下同樣的決定。

這點程度的牽連並無所謂，有需要也會義無反顧地提供協助。

因為他們是一家人。

順道一提，迅還想把穩健派與現任魔王派決戰期間帶在身旁的魔族少年菲歐也一起帶到神界去。迅是笑著說菲歐哭著求他帶他走，不過電話另一邊跟著傳來霹靂啪啦的抗議，可見是迅在瞎扯。

菲歐原是現任魔王派的少年兵，不幸捲入迅與雷歐哈特的戰鬥中，而後被迅帶到穩健派安置。雖然可以繼續在維爾達生活，不過有鑑於原先是現任魔王派的潔絲特在穩健派的待遇不算好，菲歐的生活想必不會好上哪去。

……所以老爸他……

應該是打算藉由讓菲歐同行，強行替他製造救回前任魔王威爾貝特之妹瑟菲亞回去領賞，這樣他以後在穩健派一定有好日子過，不會有任何不便吧。

所以才強迫菲歐跟他走。

「……哼~就當作是這樣吧。」

在刃更猜想迅的體恤時，瀧川如此回答，不再多問。

或許瀧川已經掌握了某種程度的情報。

但是有些事實或真相就算明知已經暴露，也不能輕易承認。

收拾聖王阿爾巴流斯一事，會對迅造成負面影響。

假如勇者一族公布此事，迅或刃更等人的立場將一夕告急。

所以刃更不會告訴瀧川，也不會承認有這件事。

當然，刃更與瀧川共享許多祕密，堪稱是命運共同體。

尾　聲

醉人誓約的終末

就算說出這件事，瀧川也不會回報魔族。

一旦刃更坦白，瀧川就會多一個不可告人的祕密，更難以出賣他。

……可是。

刃更不願這麼做。因為給瀧川背負不必要的風險，也會增加瀧川反目的風險。

這次刃更能戰勝斯波，很大一部分是因為戰術運用成功。

互猜最方底牌，在最後一著定下勝負——這就是戰鬥的結果。

據萬里亞說，雷歐哈特打倒巴爾弗雷亞時完全解放了魔劍洛基的威力，接近刃更或斯波的狀態，不過那也是與姊姊結訂主從契約所賜。

那是刃更憑借魔劍布倫希爾德，與完成澪等人的誓約才好不容易抵達的領域，斯波也是有魔拳化的雷金列夫以及與黃龍同步才辦到。

可是——瀧川不同。

他沒有主從契約或特殊武器，只憑自身能力正面打敗那頭黃龍。

儘管有萬里亞的拖延，胡桃和潔絲特爭取時間，事實上擊敗黃龍的仍是瀧川。

首度見面時，刃更就覺得他深不可測。

總是表現得有點懶散，老愛開玩笑，不得不行動時總是拉長了臉，現在就是如此。

然而瀧川八尋——這個名叫拉斯的男人，卻一臉平然地接近刃更等人絕不可能單憑己力踏入的領域。
憑刃更現在的實力，應該能正面戰勝瀧川。
可是當雙方手段計謀出盡——刃更也不敢保證自己能從眼前這男子手中保護澪她們。
失去所愛，刃更就等於戰敗。
對刃更而言，瀧川就是個能打倒卻勝不了的人。
但刃更認為維持現狀就夠了。
由於瀧川如此難纏，刃更才能放心請他保守祕密，甚至將性命交給他。
……而且。
刃更等人能戰勝斯波，也是瀧川向穩健派與現任魔王派回報狀況，不僅帶來雷歐哈特一行，還有高志和賽莉絲。雖然雪菈的次元隧道成了逆轉的祕密武器，不過推動狀況的人無疑是瀧川。
多虧於此，刃更才能獲得勝利，保住澪幾個的性命。
這份恩情非報不可。
「總之呢，既然你們現在正式成為『聖域』了，我就得經常來確認狀況是不是正常。下星期，勇者一族也要派之前那個賽莉絲來監視你們，所以我身為魔族代表，往後必須睜大眼睛，看有沒有穩健派或現任魔王派的叛亂分子、其他反抗勢力或勇者一族找你們麻煩。真是

尾　聲
醉人誓約的終末

的，工作只會多不會少，受不了喔。」

所以刃更對唏噓的瀧川問：

「對了，關於這件事……瀧川，我有個點子想告訴你。」

「…………喂喂喂，你該不會又想叫我跑腿了吧？」

瀧川立刻擺出一臉的不願。

「差不多啦，不過這對你應該也有好處才對。」

刃更苦笑著說出與斯波一戰後編織的想法。

「我們想和你們結下同盟關係——所以想請你替我向雷歐哈特傳個話。」

「你們要和我們同盟……？」

刃更的提議使瀧川八尋不禁皺眉。

因為猜不到刃更的意思。

「向雷歐哈特傳話……是無關穩健派，只和現任魔王派嗎？」

「不——同盟是指和穩健派與現任魔王派聯盟同盟，只是我想先和雷歐哈特談。」

「搞什麼啊……結了這個同盟，你們就不能再當『聖域』了。而且你們和穩健派有關連，找現任魔王派當談這種事的窗口，恐怕會影響你們和穩健派的關係喔。該不會——」

瀧川兩眼一瞇，問道：

「你們想推翻穩健派和現任魔王派的和平同盟嗎？」

「沒有，我當然不會破壞和平同盟……只是被當『聖域』有點麻煩。」

因為——

「要是魔界出了事——我們就不能過去救火了。」

聽了這答覆，瀧川心想——

……原來如此，是這麼回事啊。

這次斯波事件中，刃更等人受到魔族的協助。

所以他們也想在瀧川等人需要時提供一臂之力吧。

理解刃更的想法後，瀧川心想——真的有夠天真。

不過——

「搞不懂耶……這樣不需要找雷歐哈特當窗口吧？直接跟穩健派談，拿到會談上討論不就好了？」

瀧川提出疑問。

「找雷歐哈特當窗口，無非是對外的說詞。比起找現任魔王派而引起穩健派反彈，相反情況的反彈會比較大吧？實際上，我會事先和穩健派與現任魔王派雙方——拉姆薩斯和雷歐哈特兩個同時當面談。」

刃更解釋：

「穩健派與現任魔王派結盟的眾多目的中最重要的一個，就是帶給魔界和平吧？兩大勢力不僅停戰還結盟，兩派就不會再有犧牲，還能有效牽制其他勢力。」

「是啊……能這樣說。」

「所以呢——如果再加上我們，至少不會再有人想正面和你們敵對吧？我們應該已經表現出那樣的力量了。」

刃更隱約提及擊退凱歐斯的戰績，而瀧川冷靜地提出風險。

「慢著慢著……未免想得太簡單了吧。你和野中姊妹都是人類，又曾經是勇者一族，不喜歡你們的人多的是。就算戰力能夠威嚇其他勢力，但也可能在感情面上造成額外敵人吧？」

「關於這個危險，只要公布我的出身，應該就能有效降低……因為我的母親是前任魔王威爾貝特的妹妹瑟菲亞。」

刃更說得眉也不挑一下。

「喂喂喂，你認真的嗎……」

這件事，原本不是瀧川應該知道的事。

然而他也並不是不知情。

刃更早在向瀧川表明計畫暗殺貝爾格時，就已經說出瑟菲亞是他母親了。

不只有「無次元的執行」，還能以重力波攻擊——所以刃更決定賭一把，結果瀧川和刃更都成功賭贏了。

後來成為穩健派與現任魔王派聯盟的代表，重新獲命監視刃更等人時，瀧川為了在現場做出正確判斷，請求雷歐哈特盡可能提供重要機密而獲得認可，對威爾貝特與迅的企圖與祕密也有大致了解。

「至於柚希和胡桃，只要說出我們主從誓約的事，就會知道她們不可能背叛了吧。」

「這個嘛……她們本來就不會背叛你啦。」

瀧川也表示同意。

「或許這樣做在魔界真的行得通……可是和魔族結盟的話，勇者一族不會默不吭聲吧？好不容易關係稍微改善了點，白白放掉這個機會真的好嗎？」

「這你不用擔心——我也會一併和勇者一族談這件事。」

刃更若無其事地說出破天荒的話。

「我有澪她們陪我……雖然這次給『村落』和『梵蒂岡』賣了不小的人情，可是不管走

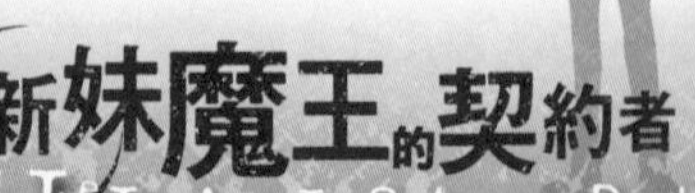

到哪裡，都有對我們沒好感的人吧。那麼與其立個『聖域』的名目置身事外，不如用結盟的方式，直接把我們納入勇者一族和魔族的停戰協議裡。」

「呃，或許是有點道理啦……可是不會有人認為無法接受你們和魔族同盟，害我們的停戰協議泡湯嗎？」

「這部分我會再和修哉叔叔或賽莉絲談，找一個可以說服勇者一族的好方法。他們原本就有意和魔族結訂停戰協議，而我們結的是類似的關係，應該沒什麼好抗議的。再說我們還打倒了讓黃龍顯化的斯波……勇者一族應該更不想找我們麻煩吧。」

況且——

「如果我們保證不會和魔族起衝突，就會降低勇者一族和魔族因為一些摩擦而毀棄停戰協議的風險。比起完全不能碰我們，保持一定接觸的狀況反而比較讓人安心吧？只要讓他們徹底了解這麼做的好處，應該是談得成。畢竟將我們視為『聖域』的方案是魔族單方面提出，勇者一族就算接受也不是滋味吧。」

聽了刃更的考量，瀧川心想——

……是有點難度，不過好像挺有道理。

總之就是並非排除刃更等人，而是以他們為媒介結訂停戰協議。

——說起來，「聖域」一案是拉姆薩斯為澪和其同伴而提出的。

這是為了讓澪遠離魔界的政治糾紛，所以拉姆薩斯或許會排斥刃更的同盟案，不過反過來說，好處是能夠隨時提供支援。

對雷歐哈特而言，只要能加強牽制其他勢力的力量，應該沒有拒絕的理由。這麼一來，只剩一個問題了。

「我了解你的想法了……可是那哪裡對我有好處啊？」

「澪跟諾耶打聽過——你的成長背景。所以……」

刃更以確切口吻回答瀧川的問題。

「只要魔界勢力之間不再爭鬥，又和勇者一族結訂更穩定的和約，就能減少無辜小孩被殘酷命運折磨的悲劇——這樣還不錯吧？」

「————」

這番話使瀧川睜大了眼。

——瀧川在前次大戰初期失去雙親，在孤兒院長大。

在那裡，他終於得到新的家人——當親手足般傾慕的哥哥和姊姊，可是他們卻遭到滿心骯髒欲望的男人殺害。對瀧川而言，如果世上不再有戰爭孤兒，絕對是再好不過。

而刃更的意思是，比起拉姆薩斯和雷歐哈特，他們能以更好的方式實現瀧川的夢想。

對於刃更的提議，瀧川輕聲回答：

尾聲

醉人誓約的終末

「………………不好意思，我對這種亂七八糟的事沒興趣。」

「……這樣啊。」

當刃更如此低語時，瀧川以一聲「不過呢」繼續下去。

帶著無奈的苦笑。

「雖然現在這樣實在是亂來得可以……只要在重點多琢磨一下，說不定有點搞頭。所以

——」

瀧川八尋——拉斯說道：

「你的這個點子……就讓我跟到跟不下去為止吧。」

「……謝謝。」

聽見這樣的回答，刃更也微笑道謝——這時，鐘聲響了。

典禮後的班會結束，放學時間到了。

於是——

「好，差不多該回去了。我和澪她們約好，放學以後要去買東西，這件事我們明天再談

……我還有很多事要先對你說一聲呢。」

「知道了，要再請我吃高檔肉喔。」

「好……我再找間好店訂位。」

刃更就此離去。

「………對了，小刃。」

瀧川八尋目送著他的背影，忽然叫住他。

說出的是個單純的疑問。

「你以後到底怎麼打算？」

「我自己不會有什麼改變啦，就是繼續守住這個理所當然的日常。不過——」

刃更回頭答覆瀧川：

「要是有人膽敢破壞、傷害我心愛的一切，我一步也不會退讓……要打就來。」

一口氣後。

「無論對方是誰——我都不管。」

7

有個人從遠處聽著刃更和瀧川樓頂的對話。

那是在入學典禮結束時返回保健室的長谷川千里。

尾聲

醉人誓約的終末

……刃更……

主人的宣言，更加深了長谷川對刃更的愛。

「挺高興的嘛，阿芙蕾亞……喔不，在這裡該叫長谷川老師吧。」

有個聲音，如此調侃面帶微笑的長谷川。

來自與長谷川同在保健室，眼細如針的青年——斯波恭一。

「刃更說的『心愛的一切』也包含妳，讓妳這麼開心呀？」

「如果你只是來說風涼話就給我滾……我還沒有饒恕你。」

長谷川對淺笑的斯波平靜地表露憤怒。

「別這樣說嘛，我可是很感謝妳留我一條命喔？」

斯波聳起雙肩而說的，是事實。

在刃更的「無次元的執行．爆滅」奔流吞噬刃更之際。

長谷川將本該就此消滅的斯波納入虛數次元空間，保住了他的性命。

不過，她拯救斯波這個敵人是有原因的。

「我說過了……我根本一點也不想救你。會那麼做，完全是因為刃更的要求。」

事情發生在刃更與斯波的最後決戰前。

刃更對長谷川說，自己一定會設法擊敗斯波，所以請長谷川暗中囚禁斯波。

假如刃更就要消除斯波時，請盡可能保住斯波的性命。

……但是。

那不是刃更原諒斯波要置澪幾個於死地。

也不是認為戰勝斯波就能獲得諒解。

這是當然，畢竟長谷川的主人——東城刃更不是那麼天真的人。

那麼，他為何選擇暗中留下斯波的性命呢。

斯波讚嘆地說出了原因。

「話說，刃更還真是會動腦筋……居然會想和我結主從契約呢。」

沒錯——戰後，刃更私底下借用長谷川的力量，和斯波結下主從契約。

因此——

「那你最好小心點……不要嘴皮子耍到連命都丟了，你不會不懂吧。」

「那當然。畢竟我和妳們不同，是用刃更的能力特性結的契約。敢輕舉妄動，就會被『無次元的執行』送到零次元，連個渣也不剩，我怎麼會反抗他呢。」

長谷川的忠告，使斯波苦笑著說出自己的處境。

尾聲
醉人誓約的終末

「阿爾巴流斯好像也死了……神劍『聖喬治』這個『梵蒂岡』的威權象徵之一，也被刃更的『無次元的執行』消除了。『梵蒂岡』多半會就此瓦解，或是完全改組吧。也好，這樣算是替我出了一口最底限的氣，我會乖乖做他的部下的啦。他要我拍胡桃和萬里亞參加入學典禮的影片，我不也就乖乖照辦了嗎？」

斯波展示相機說：

「話說刃更打倒我這個亂源以後，給『村落』做了不小的人情，可以說他和勇者一族的問題幾乎都解決了吧。而且和魔族的互不侵犯和約也應該能順利結訂……可以安心好一陣子了吧。」

然而——

「從刃更知道這樣還完全不能大意看來，他還滿可靠的嘛……很清楚要真正保護心愛的東西是多麼困難的事。」

畢竟——

「我做的事應該引起神界不小的關注，而且收拾這件事的刃更，又是前十神拉法艾琳生下來的。以後神界肯定會盯上刃更吧。」

說到神界——

「迅接下來好像要到那裡去，能談得順利就好了……要是鬧翻了，不得不和神族全面衝突的可能也不是沒有。和我結主從契約，就是為了這件事作保險吧。不過——」

斯波笑著往長谷川看。

「看來保險不只這個就是了。例如……除了澪她們以外，刃更還在和我打最後一戰之前和前十神偷偷結了主從誓約。」

「……你什麼時候發現的？」

聽了斯波的話，長谷川平靜地反問。

那等同是承認了斯波所言不假。

他的回答是——

「這個嘛……在我體內的時候，刃更是直接暴露在連雷金列夫都能消化的『穢瘴』裡。在『深淵』的黑暗中，正常是連動都不能動，可是刃更卻和澪的重力波彼此相吸，逃出我的體內，並且戰勝了我。就算和澪她們達成誓約，這樣也未免太奇怪了。」

可是——

「奇怪歸奇怪，那並不是完全不可能辦到的事。對『穢瘴』最有效的防禦，就是神族的聖屬性力量。而刃更體內的神族力量，是來自母親拉法艾琳，以及和他結了主從契約的妳。然而，光是這樣還是不夠。」

除非——

尾聲

醉人誓約的終末

「有完全奉獻一切的誓約，那就另當別論了。那就是刃更即使被『穢瘴』的深淵吞噬，也能繼續戰鬥的關鍵吧？」

說到這裡，斯波表情略顯疑惑。

「不過，我對這件事有點不解，因為我不認為妳會建議刃更那麼做。雖然感情上十足有那種可能……但實際那麼做的話，刃更被神界盯上的危險會一口氣提高很多。」

這是因為——

「儘管妳的能力受到限制，他還是完全降伏了曾為十神的妳，那麼神界……尤其是其他十神，肯定無法漠視刃更的存在。」

只是——

「從刃更的個性來看，我實在不認為他會因為需要誓約助他獲勝，就要求妳和他上床。所以我原本以為，刃更不會和妳結下主從誓約。防範一切危險固然重要，但過於警戒，也容易在極限戰鬥中導致誤判。」

然而——

「妳還是和刃更結下誓約了……這是為什麼呢？」

「……小心這種下流的猜想會害你少活幾年啊。」

斯波的追問使長谷川皺起眉頭。

「別這樣嘛~我身為刃更的祕密武器，只是想了解他的想法而已。」

斯波笑道：

「我還活著的事，是只有妳和刃更知道的祕密。要是被人知道刃更偷偷讓闖下大禍的我活下來，還結下主從契約納為戰力，肯定會鬧得雞飛狗跳，而且祕密武器就是要保密才能發揮最大功效嘛。」

因此——

「此後，我會擔任刃更的密探……那麼妳不認為我有必要盡可能了解刃更的大小事嗎？」

「既然你這麼想，直接問他就好了吧。」

「即使是為了主人好，當他的面追根究柢地問女人的事，還是很不尊重。可是為了主人，從身邊的人打聽主人的想法，本來就是屬下的工作之一，這樣也比較有禮貌吧？」

長谷川不禁嘆息。

「說得沒錯……我和刃更的誓約，不是我們兩者提出的。」

那麼究竟是誰呢——長谷川跟著說出答案。

「要我和刃更結誓約的……是澪。」

「咦……不是萬里亞，是澪呀？」

尾聲
醉人誓約的終末

長谷川的坦白，讓斯波相當意外。這反應給她的想法是——

……這也難怪。

澪要求時，她也很吃驚。

首先要面對的是處境上的問題。斯波說得沒錯，有被神界發覺的危險。

再來是感情上的問題。刃更曾說，他們不該為誓約而強迫彼此結合。

這兩點讓長谷川和刃更猶疑不決，然而澪依然不願讓步。

『要是刃更在這裡死掉了……我們一定會後悔莫及。』

這裡的「我們」，也包含了長谷川。

澪繼續強調她們必須盡其所能，最後說：

『假如老師也願意將自己全都獻給刃更……拜託妳，和我們一起陪刃更走下去。』

受到這樣的請求，長谷川自然是無法拒絕。

畢竟長谷川也很想和澪她們一樣，將自己全都獻給刃更。

於是她同樣將處女獻給刃更，在數度交合後完全成為刃更的所有物，達成主從誓約。

「————」

一想起那時的經過，滿心洋溢的幸福就讓她不禁顫抖。

而且從今晚起，她就夠享受更多這樣的幸福。

因為刃更要她也搬過去住。

潔絲特已經用魔法在東城家地下室設置了長谷川的房間。

待今晚搬家公司送來長谷川的行李後，與刃更的同居生活就開始了。

……然後。

下星期，勇者一族派來監視東城家的賽莉絲·雷多哈特也會入住，和他們一起生活。

——賽莉絲還不曉得刃更與長谷川等女性的關係。

想到她得知實情時的反應，就覺得有點對不起她。不過聽柚希說，賽莉絲也對刃更頗有好感，應該很快也會有同樣想法。

起初，誰也沒想過會和刃更締結主從契約。

可是現在，所有人都與刃更達到誓約的境界，且沒有絲毫後悔。

有的只是令人發顫的驕傲與喜悅……今後，長谷川等人將會在刃更身旁日益加深這份幸福吧。

在長谷川想像未來時，斯波對她所承認的事實作了番思考，並說：

「原來如此……和她們五個結成誓約後再加上妳，刃更好不容易獲得的五行屬性力應該會失衡才對，所以我一直想不通，現在我懂了。」

斯波接著說出他的理解。

「『五行思想』和『陰陽思想』相結合，進化為『陰陽五行思想』。如同陰陽混合的太極圖，魔族方的澪、萬里亞和潔絲特代表『陰』，神族的妳、勇者一族的柚希和胡桃代表『陽』。是藉由兩者的平衡，從一般的五行昇華成陰陽五行了吧。」

相對地——

「我沒有尋求『陽』的力量……說得不到應該比較正確。畢竟我體內『穢瘴』這份『陰』的力量，不是吸收雷金列夫就能取得平衡。說不定，就是這差距決定了最後概念衝突的勝敗呢。」

斯波全想通了似的說：

「那麼從今以後，就要設法不讓人阻礙你們的誓約了。未來和過去不同，不只是需要打倒威力驚人的強敵……怎麼對付企圖削弱你們力量的敵人也很重要。好啦——」

斯波喃喃走向保健室的門。

「既然想問的事問到了，我差不多該走了。妳們接下來戰力免不了下降一陣子……這段時間就靠我來補吧。」

「？你在說什麼？」

長谷川不明就裡地問。

「也難怪妳們自己都還沒發現……我是因為擅長操縱『氣』才會知道的。」

斯波說道：

「我是不太想因為冒然告訴刃更而突然消失不見啦……可是知道了又不說，日後出了問題也會有一樣的結果，所以我還是說出來好了。」

或許妳不想從我口中聽見這件事就是了。

在如此前言之後，長谷川千里從斯波恭一得知有生以來最使她震驚的事實。

「刃更的精子好像很強壯呢。澪和妳——還有其他女孩子，要暫時好好保重身體了。最好多小心一點喔。」

8

說完該說的話以後，斯波恭一就離開了長谷川所在的保健室。

走廊見得到參與入學典禮的新生家長，可是沒人察覺完全消除氣息的斯波。

「哎呀……那張臉真是極品啊。」

斯波在走廊悠然漫步，並回想著長谷川得知自己懷孕時的反應，忍不住嗤嗤竊笑。

為驚喜得逞而高興之餘，還有件非考慮不可的事。

尾聲

醉人誓約的終末

——與澪等人結成誓約後，刃更現在已達到神族中最強的十神等級。

澪她們也因為這個誓約而獲得遠超乎以往的力量。

就連長谷川也似乎取回了十神阿芙蕾亞時期的力量。

澪具有最強魔王威爾貝特深濃血統。

萬里亞的父親同樣是威爾貝特，且繼承最強夢魔的血統。

柚希和胡桃脫離了勇者一族，卻擁有超越勇者一族的力量。

潔絲特現在的力量，連佐基爾等樞機院階層的高階魔族也望塵莫及。

還有曾為十神的長谷川，以及現役勇者中最強等級的賽莉絲。

……再加上我。

斯波在心中屈指清點戰力，搖頭感嘆。

「而且刃更是『四族混血』，父親迅又是史上最強勇者，且擁有古代龍的力量，兩個母親還各是十神和魔王等級。」

有這樣的戰力，將他們視為威脅的人肯定比視為保障的人多。

……話說回來。

這邊許多人有孕在身，不能太勉強。不過……

「真教人期待啊……」

斯波作起各種想像。

刃更對瀧川提出的，是成為勇者一族與魔族雙方的楔石，同時擔任調節平衡的角色。如此一來若有萬一，對魔族或勇者一族伸出援手都不是問題。

這個只有寥寥幾人，連勢力都稱不上的集團——一個家庭，要成為兩個世界、兩個種族的調停者。這就是刃更的宣言。

若狀況允許，他還會讓神族不得不認同他們的存在與自由吧。

刃更至今不僅是秉持強烈執著守護絕不退讓的事物，為消滅圖謀不軌的敵人，再冷酷無情的手段也不避諱。

對重視之物的愛，將與對敵人的冷酷成正比。

這樣的少年得知自己有了孩子以後，會懷抱多大的新愛，其背後又會產生多大的深濃黑暗呢。

光是想像就讓人陶醉不已。

「迅好像是吞忍了各式各樣的妥協才能走到現在……」

斯波恭一笑著低語。

「那麼你又會怎麼走呢……刃更。」

尾聲
醉人誓約的終末

9

兩個典禮順利落幕後，學生們返回教室，在班會上自我介紹。

待介紹完畢，新學年的第一天也就結束了。

刃更回到二年F班教室，發現不只是澪和柚希留下來，萬里亞和胡桃也來了，與相川和榊聊得正開心。

相川和榊前不久曾到東城家玩，與萬里亞和胡桃見過面。潔絲特方面，是以母方遠房親戚來介紹，佯稱目前來日本留學，正在找工作。所以來聖坂學園作約聘講師的驚喜，也就三、兩句便打發了。

接著，伴隨相川對他開學第一天就蹺班會的吐槽，刃更和澪她們一起離校，與候在校舍門外的潔絲特會合。學校為新任教師與講師準備了歡迎會，但她鄭重婉拒了。

長谷川也將在免不了的校務會議後返回公寓，等搬家業者清空行李就前往東城家。

因此，東城家今天很意外地成了滿是慶祝的一天。除慶祝胡桃入學、長谷川入住以外，還要慶祝萬里亞入學和潔絲特就職。

刃更、澪、柚希升上二年級固然也值得慶祝，不過今晚的主角仍是她們四個吧。

——之後。

刃更一行在回家途中，到附近超市買宴會的食材。

「好，今天要特別澎湃一點，錢給他砸下去就對嘍～首先從肉開始！」

「好的。還有，我已經煮了慶祝用的紅豆飯，順便買點配料回去吧。」

萬里亞和潔絲特雙眼閃閃發光地找起食材。

「我們要烤蛋糕慶祝，會弄得非常豪華，不會輸給萬里亞和潔絲特煮的菜喔。」

「不過萬里亞她們做菜也會用到烤箱，頂多只能烤一個吧。她們在數量上占優勢，我們要用震撼力贏過她們。」

「那就烤一個大一點的海綿蛋糕，做成像雙拼披薩那樣，可以的話做成四拼怎麼樣？草莓、巧克力、綜合水果和奶油起司之類的。」

澪、柚希和胡桃一面討論，一面往烘培區去。

刃更備感幸福地看著她們，呢喃道：

「現在買全家要吃的菜也不是件容易的事呢……」

最一開始——只和澪跟萬里亞同居時，靠腳踏車的籃子和把手就能搞定，可是現在有六個人。

而且長谷川將於今晚起加入，下週還有賽莉絲。

尾聲

醉人誓約的終末

雖然買得再多再重也不會覺得困擾，可是吃飯的嘴多了，購物量也得增加。像這樣全家出動買菜，還能分工合作，氣氛熱鬧也挺有趣。

……不過，不是每次都能這樣。

這麼一來，東城家或許是該買台車了。

長谷川已有駕照，潔絲特外表年齡也不是問題。

考慮到車不只是用來購物，還可以是全家出遊的交通工具，應該選休旅車類吧。

「好……就趁今晚和大家商量。」

自言自語的刃更不禁莞爾。

——竟然會因為家人變多而發生不便。

自己現在得到的，是多麼奢侈的幸福與煩惱啊。

這是離開「村落」，與迅兩人單獨生活時想也想不到的事。

刃更再一次細細咀嚼自己掌握的幸福，往洗手間去。結果在男廁門口與一個神色慌張的男子擦身而過。

「嗯？怎麼啦？」

疑惑地走進去查看，便立刻發現了原因。

因為男廁裡有個可愛的女孩子。

那名少女穿得和刃更一樣，是聖坂學園的男生制服。

她是以男性身分上學，可是不管怎麼看都是個女孩子——而她的確也是個女孩，刃更也很清楚她是誰。

「七緒……？」

她在沒有其他人的男廁裡，照著洗手台的鏡子。

「咦……東城同學？」

橘七緒一發現刃更就興高采烈地跑過來。

一個春假不見，七緒外表的女孩子氣更重，聲音也變尖了，讓刃更不禁一怔。

「妳怎麼在這裡啊……我看妳沒來開學典禮，還有些擔心呢？」

刃更小心地問，不讓她察覺心中的緊張。

長谷川老師應刃更要求，將七緒排進他班上，而她的名字也的確出現在F班。可是——今天在二年F班教室裡沒見到人。

導師說她請了病假，於是刃更傳手機簡訊慰問，但沒有回音。原以為是感冒了正在睡，打算晚上再聯絡。

「對不起喔，害你擔心了……其實我是有一點事，不能去學校。而且手機怪怪的，不能聯絡你。」

七緒滿懷歉意，然後說：「東城同學……過來。」她牽起刃更的手拉進廁所隔間。門裡掛了個白紙袋，而七緒背手鎖門，稍微紅著臉說：

「那個啊……你不是讓我的身體定在女生了嗎？」

「對、對啊……」

七緒抬著眼壓低聲音問，又離得這麼近——讓刃更想起上學年結業式那天他們做過的事而臉紅。

「後來呀……我的體型好像在春假裡變了很多，只是我每天都在鏡子裡看到，沒有發覺，結果以前的制服已經穿不下了。你看。」

她隨之解開制服外套的前方鈕釦。

將她性別固定為女性時還只是微微隆起的胸部，已經膨脹到無法掩飾的尺寸，強調其大小般將襯衫擠得都繃住了。雖不如澪、潔絲特或長谷川，但仍與反覆淫交而完全長成巨乳尺寸的柚希相仿。

……看樣子。

七緒的罩杯尺碼，有他們的班號那麼大。

看來這種尺寸不穿內衣實在藏不住，襯衫下能隱約看見白色蕾絲。

「妳、妳就是因為制服的關係不能來嗎？」

刃更別開眼睛問。

「嗯。我是打算請人改制服尺寸，可是發現得太晚，來不及今天早上穿。我現在就是因為人家打電話給我說改好了，剛去拿回來。原本想在他們那邊試穿……不過說是我要穿的，怕人家誤會，所以就來這裡試穿看看有沒有問題。看樣子，身體的線條都遮住了，只要再買不會看見內衣的襯衫，應該就沒問題了吧。」

「這、這樣啊……」

七緒說得很高興，可是刃更認為就算能遮掩身體曲線，也恐怕再也藏不住她是女性的事，為該不該老實說出來而苦惱。

「可是七緒，妳為什麼這麼堅持男性身分啊？妳不是可以用魔眼操縱意識，讓別人以為妳原本就是女生嗎？」

最後出口的是較為根本的問題。

「要那樣也不是不行……但我想盡量避免為了我自己方便而操縱別人的意識。而且扮成男生，在體育課或校外教學住宿的時候不是就能跟你在一起了嗎？這樣就能留下連跟你一起住的成瀨同學她們都不會有的回憶了。」

七緒說道：

「其實我真的很期待今天的開學典禮……很想用布把胸部纏一纏就過去。可是你不是說

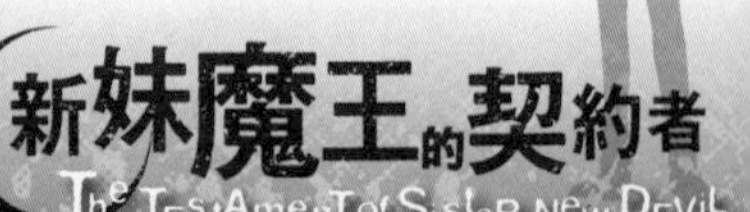

尾聲
醉人誓約的終末

我是女生，也讓我變成真正的女生嗎？所以我不想隱瞞，也不想騙人……因為這是我自己想要的結果。」

因此──

「如果我會愈來愈像女生……我希望讓東城同學看看最真實的我。」

「──────！」

聽見七緒的一片心意，使刃更心裡噗通噗通跳──即使早上作了那麼多次，現在依然亢奮得無法自拔。或許是因為與澪幾個濫交的副作用，他的性慾愈來愈不受控制，一點小刺激就容易起反應。

「……啊……東城同學……」

七緒察覺刃更胯下的隆起，吞了吞口水。

「呃，這是因為……」

刃更支吾其詞時，七緒眼裡忽然漾起一抹媚色。

那完全是女人的眼神。

「…………對不起喔，都是我害的。」

說的是道歉的話，語氣卻高興極了。

「東城同學……方便的話，能請你看看我在春假期間往女生成長了多少嗎？」

七緒更挑逗刃更似的這麼說——慢慢解開鈕釦。

制服外套落在廁所隔間地板，她解開腰帶、褲頭釦和拉鍊，褲子就滑到腳邊。

她一件件褪去衣物的表情與氛圍撩人得難以置信，而刃更為此倒抽一口氣時，她已摘下了胸罩。解開束縛而袒露的雙乳，似乎是因為罩杯尺寸略小，看起來更大了。

「七緒……………」

「沒關係……我制服會送洗，也有準備回去穿的衣服。」

七緒面帶撫媚微笑脫下內褲的模樣，以及在超市廁所隔間做這種事的悖德情境，讓刃更的胯下脹到找不了藉口的地步。

這時，有其他客人進廁所了。

刃更不禁屏息，而七緒似乎是因為自己挑起刃更的性慾，顯得不怎麼在意，抱著刃更竊語：

「沒關係……他馬上就會出去了。」

而那個人也果真如七緒所言，很快就走了。儘管不速之客嚇出刃更一點冷汗，對七緒的性奮依然使他胯下滿脹高挺。

「你這樣出不去了吧……坐下來。」

七緒妖妖一笑，要刃更坐上蓋起的馬桶。

接著一絲不掛的她在刃更面前跪下，徐徐拉低刃更的褲子拉鍊。

並將她嫩白的手從拉鍊開口探進褲襠。

「啊…………」

刃更勃起後的尺寸，讓七緒又驚又喜地一嘆——然後慢慢掏出來。

十根手指溫柔地包覆那暴露在空氣中的下體。

「希望你能徹底感受到……我現在真的是個女生。」

橘七緒這麼說之後，用她的嘴和牙綿密地疼愛刃更的陽物。

10

盡情享受七緒的口交，洩在她口中之後。

刃更也給予她只有女性獨享的快樂當作回報。

接著先一步離開隔間，對留在裡頭更衣的她問：

「對了，七緒……之前梶浦學姊邀我加入那件事，我決定接受了。」

『咦……真的？』

門後傳來訝異的聲音。

「真的……雖然準備運動會那時出了很多事，可是能幫上大家的忙，我還是很高興。總之我、澪和柚希，還有胡桃都同意了。」

萬里亞怎麼說還不知道，但從她個性來看，應該也會加入。這麼一來，也得給潔絲特在放學後留下來的理由。

……嗯，總會有辦法的。

約聘老師留校頂多沒薪水拿，並不是違約行為。若真的出了問題，再請長谷川處理就好。

這方面的事，就趁今晚在家好好聊一聊吧。

可是，就算梶浦再怎麼求，刃更也不打算擔任重要職務。

因為未來因故無法到校的可能並不是零。

然而他也已經決定，不會因為這種負面的可能——或者說危險，而刻意與周遭保持距離，侷限自己的日常生活。

所以他私底下拜託長谷川將相川和榊排進F班。

若要在不讓他人捲入危險而遠離，與為了保護他人不受危險而留在附近，刃更寧願選擇積極的一方。

尾　聲

醉人誓約的終末

假如擔心自己害人暴露在危險之中而遠離一切，到頭來只會得到孤獨——而死亡則成為將危險減到最低的最佳方法。

——當然，那是刃更現在的想法。

視情況，也可能有不得不放棄學校的一天。

但只因害怕最糟的狀況而犧牲自己，是一種錯誤。

東城刃更不會放棄自己辛苦得來的日常。

「下禮拜，我會再找梶浦學姊說。」

這麼說時，隔間門打開了。七緒身穿聖坂學園的水手服，完全是女孩的模樣。

「我還是覺得妳比較適合穿這樣……」

刃更不禁苦笑。

「謝謝……沒關係啦，有你一個人知道就好了。」

七緒甜甜地笑。

「話說回來——東城同學願意加入學生會真是太好了。梶浦學姊一定會很高興。」

「是嗎？那就好。」

「沒問題的啦。」七緒笑著說：「以後要和大家一起多留下一些回憶喔。」

「好。」刃更對向他微笑的少女由衷頷首。

11

和七緒在廁所前告別後，東城刃更返回澪幾個身邊。

她們似乎已經買完，感應到的位置在超市外的停車場。

「……抱歉，讓妳們等我。」

刃更快步趕去。

然後——就在穿過買晚餐材料的人潮，踏出超市門口時。

「——走開。誰敢碰我，我就殺他一百次。」

熟悉的聲音，帶著火藥味傳來。

刃更愣了一下，趕緊跑過去。

「——喂，不會吧。」

結果眼前的畫面讓他傻在當場，錯愕地這麼說。

尾聲

醉人誓約的終末

——澪她們被一群人包圍了，且顯然並非善類。

乍看之下超過十人，而且刃更見過其中幾個。

……那些人，就是上次那些吧？

不會錯——剛搬過來那陣子，順熟悉環境之便來到超市買菜時，也是這群人纏上她。想不到還會再遇到他們。

喔不，既然有相同的生活圈，以前都沒遇過才算是奇蹟吧。

不過這個狀況實在太危險了。

「…………」「…………」

「————」「————」

澪和胡桃一臉惱怒，不曉得什麼時候會爆發。

柚希和潔絲特則是以冰冷得近似殺意的眼神瞪著他們，感覺也很不妙。

糟糕，若不處理，那些人真的會死一百次。

但是他們人數眾多，已經吸引不少行人的注意。

該怎麼辦呢。

「啊，刃更哥～」

在刃更思索盡可能和平解決的方法時，唯一等著看好戲的蘿莉色夢魔注意到刃更而喊人，而且聲音大到左鄰右舍都聽得見。

周圍視線跟著聚到刃更身上。

「……………今天可就沒買胡椒了吧。」

刃更無奈低語，走向等待他的少女們。

這樣的小癟三，澪她們隨便都能擺平。

可是這件事刃更無論如何都不會讓給別人。

不管對方是地痞流氓，還是最強魔王或至高無上的神。

該保護她們──保護家人的不是別人，正是他自己。

所以──

「呃……我們家的人怎麼了嗎？」

東城刃更如此提詞，向小混混們出聲。

──未來的日子，將會像這樣不停累積。

平凡無奇的日常，將與他人無法相信的非日常反覆交替。

儘管連坦然面對過去也辦不到，只能背負罪孽。

但倘若活下去就能保護更重要的事物，倒也甘之如飴。

這樣的想法，已隨時間淡去。

即使背負如何面對也無法抹滅的過去，與自己犯下的所有罪孽。

東城刃更也要不斷前進。

——伴隨誓言相守的家人。

以守護無論如何都絕不退讓——自己心愛的一切。

尾聲
醉人誓約的終末

後記

已經讀完本書的讀者，以及從這裡翻起的讀者大家好，感謝各位閱讀本書，我是上栖綴人。

就這樣，小說主線劇情在此完結。可是沒想到，居然決定要賣新ＯＶＡ和藍光套裝版了！這都是拜各位的支持所致，真的感激不盡！

不嫌棄的話，還請各位買回家收藏！

雖然這集先用第十集消化掉一部分，結果都刷新全套最厚紀錄了還是塞不下，只好請求提高頁數，最後變成這麼厚一本。

多虧如此，讓我能用群星會的方式完成劇中高潮。我們的高志等趕來支援的戰力，也得以有相當不錯的表現。

以劇情發展來說，接下來應該算是「神界篇」，可是那會變成「迅」的故事，不是刃更的故事，不是《新妹魔王的契約者》了呢……

而且迅強到不管什麼敵人都好像能見一個殺一個，肯定沒有刃更他們出場的機會，所以

後記

我決定在這裡結束主劇情，並再推出一冊，收錄在本集末尾所揭露，刃更與長谷川偷偷結下主從誓約的過程、後日談短篇，以及過去寫的特典小說。希望各位能繼續伴我走完全程。

——接下來，要向本作所有相關人員致謝。

Nitroplus的大熊老師，感謝你又完成了這麼多超棒的插畫！斯波的最終型態真是快帥死我了。也感謝你提供各種招式的想法。みやこ老師，恭喜漫畫版連載完畢，辛苦了&感謝你的付出！《新妹》能成為這樣的作品，有你的漫畫版助威也是原因之一，真的非常感謝。

動畫版工作人員，又要受各位照顧了。觀眾對於OVA的要求標準或許會提高很多，懇請貴社能盡可能滿足大家的需求！

本集日程的安排可說是前所未有地糟，能順利上市，全是責任編輯、製作、設計師、校稿人員、業務人員與各處關係人士嘔心瀝血的結果，實在感激不盡。

總之，請各位陪《新妹》再走一本。

最後——我要把最大的感謝獻給購買本書的所有讀者。

那麼，接下來的本系列最後一集也請多多關照！

上栖綴人

感謝各位購買《新妹魔王的契約者》完結篇。大家好，我是大熊猫介(*'ω'*)ノ。

回首顧盼，當初秉著「我想畫輕小說插圖啦！」的心而火力全開接下的《新妹魔王》，如今也陪伴我五年多了。對於夢想參與輕小說製作工作的我而言，這不僅是美夢成真，還獲得漫畫化與簽名會、動畫化等各種讓人高興得不得了的珍貴體驗，是我永難忘懷的一部作品。另一方面，對於我思慮不周之處而造成作者上栖老師與各處關係人士諸多不便，我定會銘記於心並深加反省，努力活下去。嗚嗚嗚orz

堪稱與《新妹魔王》共度的這五年來有苦有樂，感謝提攜我到最後一集的上栖綴人老師、責任編輯，以及敝社Nitroplus。最重要的，是喜愛這部作品的各位讀者，請收下我最大的感謝！

再會了！感謝各位的支持！
期待有朝一日能在《新妹魔王》的世界裡再會(*'▽')ノシ

最後是
荒淫的

後日談♥

與斯波進行最終決戰前，
刃更是如何與長谷川交合，
奪去她的處女而結成主從誓約呢……
戰後，刃更等人享受終於獲得的日常——
充實的校園生活。
這當中，賽莉絲也開始在東城家生活，
價值觀因目睹他們的荒淫關係而開始改變——

新妹魔王的契約者 12

The Testament of Sister New Devil

Next is After Story

怕痛的我，把防禦力點滿就對了 1 待續

作者：夕蜜柑　插畫：狐印

防禦力×全點＝無雙!?
怕痛少女悠悠哉哉大冒險！

梅普露缺乏一般遊戲常識，把所有配點都灌到防禦力（VIT）去了。雖然動作緩慢又不會用魔法，卻意外取得特殊技能【絕對防禦】，並以致命施毒技能蹂躪全場？不按牌理出牌讓眾玩家都傻眼的「移動要塞型」最強初學者登場！

NT$200/HK$60

今天開始靠蘿莉吃軟飯！ 1~4 待續

作者：暁雪　插畫：へんりいだ

靠蘿莉吃軟飯變成國家請吃牢飯!?
此外還大啖蘿莉不穿內褲涮涮鍋!!!

小白臉天堂春竟然被警察大叔出聲叫喚：「跟我們來一趟派出所吧。」喂喂，靠蘿莉吃軟飯到底是觸犯了哪一條法律啊？此外本集還有蘿莉護士啦、蘿莉不穿內褲涮涮鍋等等，為您送上甜蜜到極點的靠蘿莉吃軟飯生活！

各 **NT$200/HK$60**

Kadokawa Light Novels

以我的能力創造開外掛的老婆們 1 待續

作者：千月さかき　插畫：東西

超人氣後宮奇幻網路小說！
與超強化的奴隸老婆一起甜甜蜜蜜的冒險譚!!

忽然被召喚到異世界的凪，發現自己被迫成為勇者!?可是勇者的待遇實在太血汗了，不想當社畜的凪因此離開王城！凪擁有特殊力量，能透過與人簽訂奴隸契約重組、強化對方的技能。他遇到淪為奴隸的少女賽西兒，展開意想不到的異世界之旅……

NT$210/HK$65

台灣角川

※疼愛妹妹是編輯的第一要務。

作者：弥生志郎　插畫：Hiten

責任編輯哥哥×輕小說作家妹妹
笑中帶淚、感動人心的熱血創作愛情喜劇！

巳月紘有個願意為她捨命的妹妹唯唯羽。但兄妹倆有個無法對外人道的祕密──唯唯羽是個（不賣座的）輕小說作家，紘則是她的責任編輯！「照這樣下去，編輯有可能會換人。我一定要哥哥當我的編輯才行！」可是，唯唯羽淨是寫些搞錯方向的無厘頭小說？

NT$230/HK$70

國家圖書館出版品預行編目(CIP)資料

新妹魔王的契約者 / 上栖綴人作 ; 吳松諺譯. --
初版. -- 臺北市 : 臺灣角川, 2018.11-
冊 ; 公分
譯自 : 新妹魔王の契約者
ISBN 978-957-564-590-8(第11冊 : 平裝)

861.57 107016099

Kadokawa
Fantastic
Novels

新妹魔王的契約者 11

（原著名：新妹魔王の契約者 XI）

2018年11月7日　初版第1刷發行
2023年6月19日　初版第2刷發行

作　者：上栖綴人
插　畫：大熊猫介（Nitroplus）
譯　者：吳松諺

發行人：岩崎剛人
總編輯：蔡佩芬
編　輯：黎夢萍
美術設計：黃永漢
印　務：李明修（主任）、張加恩（主任）、張凱棋

發行所：台灣角川股份有限公司
地　址：104台北市中山區松江路223號3樓
電　話：（02）2515-3000
傳　真：（02）2515-0033
網　址：www.kadokawa.com.tw
劃撥帳戶：台灣角川股份有限公司
劃撥帳號：19487412
法律顧問：有澤法律事務所
製　版：巨茂科技印刷有限公司
ISBN：978-957-564-590-8